중국문학사의 한국적 고찰

박종숙 지음

지 문 사

편집자의 말

1. 본문에 나오는 한자漢字 가운데 어려운 벽자의 조합으로 서체의 균형이 매끄럽지 못한 곳이 한두 자 있습니다.

2. 책명은 《 》로, 책 속의 편이나 장, 논문 등은 〈 〉으로 표기했습니다.

3. 이 책의 수록된 그림 중 일부는 《그림으로 읽는 중국문학 오천년》(예담刊)에서 인용했음을 밝히며, 승락해 준 예담출판사에 깊이 감사를 드립니다.

5천 년 이상의 역사를 가졌다는 중국문학과 한국문학에 관해서는 그간 많은 교과서, 참고서가 나와 있다. 중국문학에 대해서는 《중국문학사》, 《중국문학개론》, 《중국고대문학사》, 《중국근대문학사》, 《중국현대문학사》, 《중국당대문학사》, 《당시》, 《송사》, 《명청소설》 등이 나와 있고, 한국문학에 관해서는 《한국문학사》, 《고려문학》, 《조선시대의 소설》 등 많은 개론서와 각론서들이 이미 출판, 보급되어 있다.

이렇게 중국문학사를 한국문학사와 완전히 별개로 보는 관점은 중국과 한국이 서로 완전히 별개의 나라로 보는 현대의 시각을 가지고 있기 때문이다. 이러한 관점은 일견 너무나 당연한 것이다. 왜냐하면 현재 한·중 양국의 국가와 민족과 언어 및 문화가 완전히 다르기 때문이다. 그러나 자세히 들여다보면 중국의 몇천 년의 문학사를 다루면서 인접 국가인 한국과 그 영토 및 민족의 공통분모를 전혀 고려하지 않고 있다는 잘못을 범하고 있음을 알 수 있다.

특히 고대문학을 기술함에 있어서 은殷, 노魯, 추鄒, 연燕, 제齊, 월越, 초楚, 진秦 및 송宋, 제齊, 양梁, 진陳, 북위北魏 등의 남북조南北朝, 당唐 등 황하강과 양자강 중하류의 중국측 나라들과 고조선古朝鮮, 기자조선箕子

朝鮮, 위만조선衛滿朝鮮, 부여夫餘, 고구려高句麗, 백제百濟, 신라新羅 등 중국의 동북부와 동남부의 땅을 차지하고 있었던 한국측 나라들을 이어주는 동이족東夷族의 문학을 거의 간과하고 있음을 지적하지 않을 수 없다.

실제로 《사기史記》, 《후한서後漢書》, 《자치통감資治通鑑》, 《남사南史》, 《북사北史》, 《통전通典》, 《수서隋書》, 《당서唐書》, 《신당서新唐書》 등등 중국측 역사서에서 조선, 부여, 고구려, 백제, 신라에 관한 기록을 비교적 상세히 찾아볼 수 있음을 볼 때, 고대에 있어서 양국의 문학사적 공통분모를 찾는 일이 시급하다고 하겠다.

그런 의미에서 《산해경山海經》, 《회남자淮南子》, 《초사楚辭》 등에 실려 있는 동이족의 각종 신화, 전설과 《대학大學》, 《중용中庸》, 《논어論語》, 《맹자孟子》의 사서四書와 《시경詩經》, 《서경書經》, 《역경易經》의 삼경三經, 《노자老子》, 《장자莊子》, 《춘추春秋》, 《전국책戰國策》 등에 실려 있는 동이족의 정치, 사상, 역사, 그리고 앞서 언급한 《사기史記》서부터 《당서唐書》에 이르기까지 기록된, 한족韓族, 고구려족, 백제족, 신라족의 기록을 유의할 필요가 있다. 아울러 남북조시대에 크게 유행했던 병문체騈文體 부賦와 백제의 병문체 비문碑文, 그리고 당나라의 통속문학으로 19세기 말 돈황敦煌 석굴에서 발견된 강창문학講唱文學, 기악무伎樂舞와 백제의 기악무를 연결시켜 고찰할 필요가 있다.

본서가 갖게 될 이같은 관점은, 필자가 수년 전부터 대학 강단에서 중국문학사를 가르치면서 한국인으로서 갖지 않을 수 없었던 것으로, 이를 풀어서 온전한 단행본으로 엮는다면, 착종錯綜되어 있는 고대 한국 문학과 중국문학을 보다 잘 이해할 수 있으리라고 생각한다. 비록 곳곳에 논리의 비약과 고증의 불철저함이 있는, 아직은 엉성한 초고草稿에 불과할 것이지만 중국문학, 특히 고대 중국문학을 공부하는 한국인으로서 한번쯤은 탐구해야 할 과제로 믿고 나름대로 최선을 다했다.

2003년 10월
박종숙

차례 | 중국문학사의 한국적 고찰

제5장 시, 소설 및 문학평론

제6장 민간문학

제1장

한국인의
중국문학 이해

중국, 중국인과 중국문학

중국문학을 이해하기 위해서는 먼저 중국과 한국, 그리고 중국인과 한국인의 역사를 이해해야 한다. 사실상 하夏, 은殷, 주周, 춘추春秋, 전국戰國, 진秦, 한漢, 위魏, 진晉, 남북조南北朝, 수隋, 당唐, 송宋, 원元, 명明, 청淸으로 이어져 온 중국의 역사와 단군조선檀君朝鮮, 기자조선箕子朝鮮, 위만조선衛滿朝鮮, 예맥濊貊, 마한馬韓, 진한辰韓, 변한弁韓, 고구려高句麗, 백제百濟, 신라新羅, 고려高麗, 조선朝鮮 등으로 이어져 온 한국의 역사 가운데, 고대의 상당 기간 동안 영토와 민족을 공유하던 시절이 있었다.

은殷나라와 춘추시대의 노魯나라, 추鄒나라, 전국시대의 제齊나라, 연燕나라 및 진秦나라는 고조선, 기자조선, 위만조선, 예맥과 더불어 지금의 산동성, 하북성, 요령성, 길림성, 흑룡강성 등, 중국 동북부를 분할해 차지하였고 민족 또한 같은 동이족東夷族이었다. 뿐만 아니라 남북조의 북위北魏, 동진東晉, 송宋, 제齊, 양梁, 진陳의 영토와 민족은 고구려, 백제,

신라와 함께 옛 오吳, 월越, 초楚의 땅, 즉 지금의 강소성, 절강성, 호북성, 호남성 등, 중국 동남부를 분할해 차지한 동이족의 후예였다.

황제黃帝의 자손이라 자처하는 중국민족은 하夏, 주周의 화하족華夏族, 은殷, 노魯, 추鄒, 연燕, 제齊, 초楚, 월越, 진秦의 동이족, 한漢, 수隋, 당唐, 송宋, 명明의 한족漢族, 원元의 몽고족蒙古族, 청淸의 만주족滿洲族의 순서로 지배민족을 바꾸어 왔다. 이에 비하여 단군의 자손이라 자처하는 한국민족은 동이족(단군조선, 기자조선, 위만조선), 예맥족(예맥조선, 동예), 한족(韓族, 삼한, 고구려, 백제, 신라, 고려, 조선, 한국)의 순서로 비교적 단일한 민족을 이어왔다.

물론 영토와 민족이 무 가르듯 그렇게 딱딱 갈라지고 나누어지는 것은 아니기 때문에 이같은 구분은 적잖은 예외현상을 수반하고 있다. 또한 사람도, 땅도 잠시도 쉬지 않고 끊임없이 변화하는 특성을 가지고 있기 때문에 우리 민족의 단일성도 잘라 말하기 어려운 점이 있다. 그럼에도 불구하고 고대중국의 강역과 그 민족 구성은 고대한국의 강역과 민족 구성과 상당 부분 공통분모를 가지고 있음은 확실하다.

그럼에도 불구하고 많은 현대 중국인들은 이른바 한자문화권漢字文化圈, 또는 한문화동화론漢文化同化論을 내세우며 중국인인 한족漢族이 과거 수천 년 동안 줄곧 중국 대륙의 중심에서 주변의 오랑캐 이민족들에게 일방적으로 영향을 끼쳤다고 주장한다. 심지어 나라가 분열되어 이민족이 활개쳤던 춘추春秋, 전국戰國시대나 남북조南北朝시대, 그리고 몽고족이 중원을 차지했던 원元나라 때나 만주족이 대륙을 차지했던 청淸나라 때에도 한자 문화의 주체인 한족漢族이 이들 몽고족이나 만주족까지 문화적으로 흡수했다는 한족중심론을 내세우고 있다.

이같은 주장은 중국인뿐만 아니라 한국인도 수긍하는 사람들이 많다. 그래서 이들은 상고대上古代로부터 한국은 중국으로부터 정치뿐만 아니라 문화적으로도 영향을 받았다고 믿고 있다. 이는 물론 민족정기를 압살하려는 일본 제국주의자들이 김부식金富軾의 《삼국사기三國史記》 이래의 사대사관事大史觀를 강화한 결과일 뿐, 정약용의 《강역고彊域考》 또는 신채호의 《조선상고사朝鮮上古史》로 이어지는 민족사관民族史觀의 관점이 아닌 것이다.

이제 문학을 이야기해 보자. 고대중국의 문학을 언급하려면 먼저 그 시절 문학의 의미와 현대문학의 의미가 어떻게 다른지를 살펴보아야 한다. 우선 고대에는 문학과 학문의 구분이 없었다. 그러니까 글자로 씌어진 것은 모두 다 문학의 범주 안에 들었다. 오늘날의 철학, 종교학, 정치학, 사학, 사회학, 심리학, 어학, 문학 등 각종 다른 분야를 포괄하는 인문사회학이 바로 문학이었다. 이는 종이와 붓이 많지 않고 교육의 기회도 많지 않던 시절이라, 학문의 범위가 오늘날처럼 그렇게 넓지 못했고 참여 인구 또한 오늘날처럼 그리 많지 않았기 때문이다. 그래서 학문의 범위도 문文, 사史, 철哲을 포괄한 정도에 불과했다.

그러나 현대에 와서 학문의 범위는 수학, 물리학, 화학 등 자연과학과, 의학, 약학 등 응용과학, 미술, 음악 등 예술 분야에까지 확대되어 있어서 문학이라고 하면 인문학 가운데서도 소설, 시, 산문, 희곡 따위의 지어낸 이야기, 또는 기껏해야 비유, 상징을 다루는 수사학修辭學 같은 문학비평이론에 국한되어 있다. 그러나 현대에 있어서도 진정한 문학은 인문과학뿐만 아니라 사회과학, 심지어 자연과학 및 응용과학까지 그 내용으로 삼지 않는 분야는 없다.

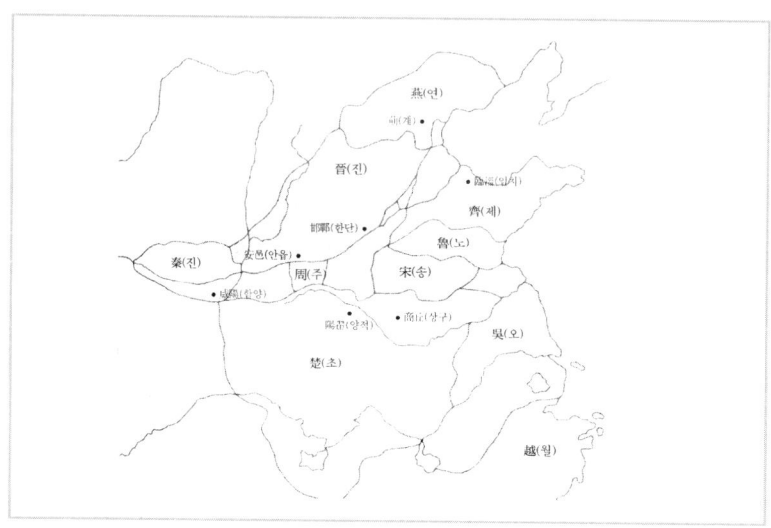

춘추시대의 영토

　예를 들어 현대의 소설 가운데 《뇌》, 《야간비행》 같은 소설은 인문, 사회과학뿐만 아니라 자연, 응용과학에 관한 지식과 정보를 바탕으로, 적당한 언어와 구성을 통해 그럴듯하게 표현해낸다. 구체적으로 말하면 한 편의 소설을 통해 독자는 역사와 철학만이 아니라 천문, 지리, 의학, 공학 등에 관한 재미있는 이야기를 보게 되는 것이다.

　그렇지만 고대 중국문학에 한해 말하자면 역시 한漢나라 때까지는 문학, 역사, 철학이라는 인문학을 기본으로 하고 있다. 즉, 사서삼경과 《노자》, 《장자》, 《산해경》, 《회남자》, 《춘추》, 《전국책》, 《사기》 같은 고전은 대부분 이처럼 문, 사, 철을 포함한 인문학을 다루고 있다. 이는 앞서 말했듯 글을 쓰고 읽을 수 있는 문인과 지식인의 수가 극소수였기 때문에 글로 기록된 모든 자료는 곧 문학의 자료가 되었던 것이다. 그러다가 위진남북조시대부터 서서히 문학은 역사나 철학과 거리를 유지하면

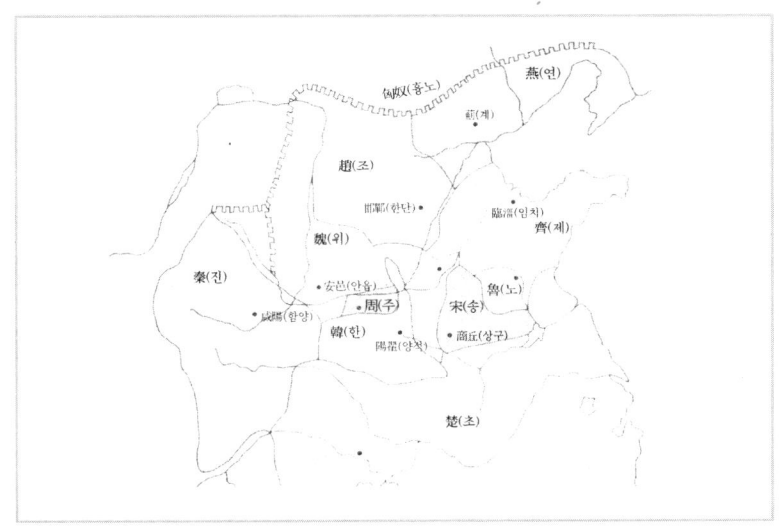

서 문학의 독자적인 영역이 구축되기 시작했다. 시, 소설, 문학이론 등 오늘날의 문학 장르와 비슷하게 구분되기 시작한 것도 바로 이때부터 라고 할 수 있다.

　아무튼 문학, 철학, 역사를 아우르는 고대중국의 문학은 은殷, 주周, 춘추春秋, 전국戰國 시대로부터 문학이 독립하기 시작하는 위진남북조魏晋南北朝를 거쳐 당대唐代에 이르기까지 고조선, 고구려, 백제, 신라 등 고대한국의 문학과 함께 어우러져 발전해 왔다. 이는 사서삼경四書三經 같은 경전과 《노자老子》, 《장자莊子》, 《초사楚辭》, 그리고 위진남북조의 병문騈文, 당나라의 강창문학講唱文學을 통해 고조선, 고구려, 백제, 신라 의 문학을 맛볼 수 있음을 의미한다.

　두 나라의 문학이 비교적 독립적으로 발전하기 시작한 것은 정치적 으로 대륙과 반도가 거의 완전히 분리되어 대륙에 송宋나라가, 반도에 고려가 들어선 10세기 초부터다. 이후 원元, 명明, 청淸나라 문학과 고려, 조선의 문학은 우리가 익히 알고 있는 바대로 주로 중국 대륙의 영향을 받아 한반도에 맞게 소화, 발전시킨 것이라 할 수 있다.

한자에 관하여

한자의 기원에 대해 《설문해자說文解字》에는, '한자는 황제黃帝 때의 사관史官인 창힐蒼頡이 새의 발자국을 본떠 창제한 글자로, 그후 노끈을 묶은 형태의 글자인 결승문자結繩文字로 발전했다'고 기록되어 있다. 그러나 고고학적으로는 이미 알려진 대로 약 3,000년 전 은殷나라 지방에서 사용되었을 것으로 추정되는 갑골문자(甲骨文字, 소의 허벅지 뼈와 거북의 등껍질에 새겨진 문자로 하남성에서 발견됨)와 약 3,500년 전에 동이족에 의해 사용된 것으로 보이는 정공문자(丁公文字, 양의 뼈에 새겨진 글자로 하남성에서 발견됨)를 한자의 기원으로 본다.

실제로 고대 상형문자象形文字의 모양은 한 가지가 아니라, 올챙이 모양(과두문자蝌蚪文字), 꽃 모양(화서花書), 용 모양(용서龍書) 등 여러 가지였음이 드러났다. 이는 고대의 지역과 민족에 따라 창제되어 사용된 상형문자의 종류도 저마다 달랐음을 의미한다. 단적인 예로 현재 중국 운남성

갑골문자

雲南省 려강麗江에 사는 납서족納西族은 지금도 자기들의 선조가 썼던 독특한 상형문자를 마을 입구에 세워 둔 문기둥과 제단에 전시하고 있다. 요컨대 한자는 한나라의 문자가 아니라 한나라 이전 화하족華夏族, 동이족東夷族을 비롯한 여러 부족이 나름대로 약속하고 사용한 상형문자로 된 고문자古文字라고 하겠다.

한자는 여섯 단계의 발전과정을 거쳐 발전했다고 하는데, 이를 육서六書라고 하며 상형象形, 지사指事, 회의會意, 형성形聲, 전주轉注, 가차假借로 불린다. 흔히 앞의 상형, 지사, 회의, 형성을 만드는 글자[조자造字]라고 하고 뒤의 전주, 가차를 운용 글자[용자用字]라고 한다. 왜냐하면 상형, 지사, 회의, 형성문자는 기본적으로 제조된 반면 전주, 가차문자는 제조된 문자들을 운용하기 때문이다. 먼저 상형문자를 말한다면, 자연물의 구체적인 형상을 본떠 만든 글자로, 해 일日, 달 월月, 나무 목木을 그 예로 들 수 있다.

또 지사문자는 어떤 의미의 추상적 형상을 표시한 글자로, 위상上, 아래하下가 그 예이다. 회의문자는 상형문자나 지사문자를 합해 쓰는 글자로, 예를 들어 밝을 명明, 수풀 림林, 울창한 숲 삼森 등이다. 형성문자는 소리와 뜻을 합한 글자로 황하 하河, 양자강 강江, 비천할 천賤 등이 그 예인데, 대개 왼쪽 부분이 뜻을 나타내고 오른쪽 부분이 소리를 나타낸다. 형성문자는 전체 한자의 약 75퍼센트를 차지할 만큼 중요하다고 알려져 있다.

다음으로 전이轉移의 뜻을 가진 전주轉注문자는 한 글자의 의미가 다른 글자의 의미와 같아지는 경우와 한 글자 안에서 한 의미가 다른 의미로 바뀌는 경우 두 가지가 있다. 다시 말해 한 의미가 두 글자로 늘어나는 것과 한 글자가 두 의미로 늘어나는 것을 말하는데, 늙을 고考가 늙을 로老와 같아지는 경우와 악할 악惡이 미워할 오惡로 바뀌는 경우가 그 예이다. 마지막으로 빌다는 뜻을 가진 가차문자도 두 가지 방식이 있는데 그 하나는, 표현하려는 내용을 담은 글자가 없거나 생각이 안 날 때 기존의 다른 글자를 빌려서 그 뜻을 부여하는 경우이고, 다른 하나는 표현하고 싶은 소리를 가진 글자가 따로 없을 때 같은 소리가 나는 다른 글자를 빌려 사용하는 경우이다. 다시 말해 어떤 뜻을 표현할 글자가 없을 때 그 뜻을 가진 다른 글자를 빌려오는 것과 어떤 소리를 담을 글자가 없을 때 비슷한 소리를 가진 다른 글자를 빌려오는 것을 말한다. 예를 들어 우두머리라는 뜻을 담고 싶은데 글자를 모를 때 길다라는 뜻을 가진 장長을 빌려 우두머리장長으로 삼고, 코카콜라라는 소리를 나타내고 싶을 때 비슷한 소리를 가진 글자를 빌려 커코우컬러可口可樂라고 쓰는 방식의 글자이다. 가차문자는 오늘날에도 활발히 운용되는 글자로 중국에서는 주로 외국의 인명, 지명에 많이 사용한다.

흔히 한자는 소리글자인 한글과 달리 뜻글자(표의문자表意文字)라고 한다. 그래서 거추장스럽게도 소리를 표기하는 발음기호를 따로 표기하지 않으면 안 된다. 중화민국에서는 1913년 주음부호注音符號를 발음기호로 사용하기 시작했고 중화인민공화국에서는 1957년 이래 한어병음

자모漢語拼音子母라는 로마자로 발음기호를 삼고 있다. 그런데 사실은 한자의 발음기호가 바로 문자가 되어 버린 경우가 바로 한글이다. 조선 세종 때 반포된 훈민정음은, 당시 조선의 언어를 어려운 한자로 표기하는 대신, 민중이 배우고 쓰기 편리한 글자라는 역할 외에도 한자의 발음을 표기하는 발음기호의 역할[동국정운東國正韻]도 했다. 실제로 고려 때부터 이미 일부 사람들은 구결口訣이라는 발음기호를 써서 한문에 토씨를 다는 데 사용했다. 주로 불경을 베끼는 과정에서 많이 사용된 구결인 입겻은 그 모양이 오늘날 일본의 글자 가운데 가다카나カタカナ의 몇 글자(ヒ, ト, ツ)와 상당히 비슷한 모양을 갖고 있다. 또한 구결은 가다카나뿐만 아니라 중화민국의 발음기호인 주음부호注音符號와도 비슷한 점이 있다.

　이는 서양 문자와 언어의 발전과정과도 비슷하다. 오늘날 영어, 독어, 불어 등의 기본이 되는 로마자(알파벳)는 한자와 마찬가지로 상형문자인 이집트의 상형문자로부터 출발해 페니키아인들의 표음화 과정을 거쳐 변화를 거듭한 끝에 오늘에 이르게 된 것이다. 서양의 문자 변화가 이처럼 표의문자表意文字에서 표음문자表音文字로의 발전인 것같이 한국과 일본도 한자의 표음화 과정(한글과 가나)을 통해 언어와 문자를 통합시켰다. 그렇다면 한국, 일본과 달리 중국이 이에 동참하지 않은 것은 무슨 이유일까?

　많은 사람들은 한자가 중국인의 고유한 표의문자이기 때문에 따로 표음문자로 대체할 이유가 없다고 잘못 알고 있다. 사실 중국인의 문맹률은 거의 세계 제일로, 많은 중국인들은 글자를 배우기가 무척 어렵다고 말한다. 세종대왕이 훈민정음을 창제할 때 "어린 백성이 니르고저 홀 배 이셔도 그 뜻을 시러 펴지 못할 노미 하니라[어리석은 민중이 하고 싶은 말이 있어도 그 뜻을 (글자로) 담아내지 못할 사람이 많으니래"라고 했듯, 지금 중국에도 제 뜻을 문자로 표현할 수 없는 우매한 민중이 많다.

그뿐만 아니라 56개의 민족이 모여 살고 있는 중국에서 통일된 발음 기호를 정비하기는 쉽지 않은 일이다. 민족뿐만 아니라 각 민족이 사용하는 언어의 차이도 만만치 않다. 방언方言이 너무 많은 것이다. 때문에 1930년대 노신魯迅을 비롯한 계몽적 지식인들이 문맹률을 낮추고 중국 민중의 민도民度를 높이기 위해 로마자를 한자 대신 중국의 문자로 사용하자는 문자개혁운동을 펼쳤지만 실패했다. 실패의 이유는 한자가 중국의 고유문자여서가 아니라 중국이 너무도 다양한 언어를 가지고 있는 다민족국가이기 때문에 표음문자의 전제가 되는 언어의 통일이 불가능했던 것이다. 따라서 부득이 언어가 통하지 않더라도 필담筆談이 가능한 한자를 고집하게 되었을 뿐이다.

그러나 실제로 청나라 때는 뜻글자인 한자와 함께 소리글자인 만주 문자를 사용했다. 예를 들어 북경에 있는 천단天壇이나 원명원圓明園, 그리고 이화원頤和園의 현판에는 한자와 함께 만주어가 표기되어 있다. 다만 만주족의 청나라가 망한 이후 한족 중심의 중화민국, 중화인민공화국에서 만주 글자를 의도적으로 배제했기 때문에 오늘날에는 만주 언어와 문자가 거의 사라지고 없을 뿐이다.

마지막으로, 글을 쓰는 두 가지 문체인 문어체文語體와 구어체口語體에 대해서 거론하려고 한다. 물론 표음문자인 한글에도 글 쓰는 투로 쓰는 문어체 문장이 있고 말하는 투로 쓰는 구어체 문장이 있다. 그러나 조선 중기나 후기에 쓰던 구어체 문장은 이미 현대의 우리에게는 이해하기 어려운 문어체 문장이 되어 있다. 이처럼 표음문자로 기록하는 경우에도 시대가 지나면서 구어체 문장이 문어체 문장으로 편입되는 경향이 있다.

수천 년의 역사를 갖는 한문의 구어체는 당연히 더욱 복잡하다. 예를 들어 한漢나라 이래 춘추, 전국시대 및 몽고족의 원나라, 만주족의 청나라 때 사용했던 구어체 한문은 상당 부분 고문古文이 되어 버렸다. 고조선 이래 고구려, 백제, 신라, 고려 때까지 우리의 선조들이 사용했던 구어체 한문도 해독이 불가능한 부분이 많은 것으로 알고 있다. 무녕왕릉에서 발굴된 백제 왕비의 팔찌에 새겨져 있는 한문이 그 예이다. 고故 양주동이 해석한 신라 향가鄕歌의 내용도 구어체 언어를 상상하지 않고서는 불가능한 일이었을 것이다.

이에 비해 한문의 문어체 문장은 뜻을 위주로 하는 속성 때문에 시대와 지역을 뛰어넘어 비교적 이해하기 쉬운 편이다. 주로 명사와 동사, 그리고 형용사의 뜻이 중시되는 관계로 설사 조사나 접속사를 모른다 하더라도 대강의 뜻을 알 수 있기 때문이다. 실제로 문어체 한문에서는 명사, 동사, 형용사를 실제 내용을 담은 품사라고 하여 실사實辭라고 하고 그밖에 조사, 전치사, 접속사 등을 별 중요한 의미가 없는 품사라고 하여 허사虛辭라고 분류하고 있다. 이처럼 실사가 중시되기 때문에 모르는 한문 문장을 봤을 때 무조건 반복되는 명사와 동사를 찾아 이 단어들을 중심으로 여러번 반복해 읽으면 그 뜻이 대강 들어온다.

고대중국 또는 한국의 고전은 상당 부분 한문의 문어체 문장으로 이루어져 있다. 사서삼경四書三經을 비롯해 《초사楚辭》, 《사기史記》, 《당시唐詩》, 《삼국사기三國史記》, 《삼국유사三國遺事》 등, 수많은 문헌이 바로 이 문어체 한문으로 씌어졌기 때문에 한문을 잘 아는 중국인이나 한국인은 그 대강의 뜻을 이해할 수 있다. 물론 서로 다른 시대와 지역에서 사용되었던 구어체 한문이 문어체 한문에 섞여 들어가 문어체 한문도 시대별로 조금씩 다른 모양을 하고 있다. 그러나 소리보다는 뜻 중심으로, 그것도 명사, 동사 같은 실사實辭 중심으로 씌어지고 읽혀지는 관계로, 문어체 한문은 여전히 오늘날 극동 아시아에서 시대와 국가를 초월한 고문古文으로 추앙받고 있는 것이다.

그럼에도 불구하고 애국적인 한글전용론자들 가운데는 한자가 우리의 글이 아니기 때문에 한글만 사용해야 한다는 논지를 펴는 사람들이 있다. 이들은 어디까지나 한글 창제 이래 현재까지의 상황만으로 그 이전의 상황까지 덮어 버리는 오류를 범하고 있다. 물론 한자가 워낙 배우고 익히기 어렵기 때문에 신문이나 공문서같이 일반 대중이 보는 글의 경우, 보고 읽기 쉬운 한글을 쓰자는 이들의 주장에는 동의한다. 그러나 한글로 토씨를 달기 이전에 우리의 조상들이 사용한 구어체 및 문어체 한자도 우리의 문자로 받아들여 소중히 계승해 후세에 넘겨 주어야 할 것이다.

한국인의 중국문학 이해

앞서 말한 것처럼 고대중국과 한국은 국토와 민족뿐만 아니라 한자도 서로 공유하는 매우 밀접한 관계였다. 즉, 하夏, 은殷, 주周, 춘추春秋, 전국戰國, 한漢과 고조선, 그리고 위진남북조魏晉南北朝, 수隋, 당唐과 고구려, 백제, 신라는 중국 대륙에 영토를 서로 나누어 가지고 있었고 민족 가운데서도 동이족東夷族이라는 공통분모를 가지고 있었다. 게다가 수천 년간 한자도 공유했었기 때문에 두 나라의 문어체 한문은 공통으로 해독할 수 있었다.

다만, 신라의 향가鄕歌 같은 고대 구어체 한문은 어순語順이나 문법이 문어체 한문과 다르기 때문에 비교적 해독하기 어려운 점이 있다. 고대중국의 구어체 한문도 해독이 쉽지 않기는 마찬가지다. 그러나 이같은 문자소통의 어려움은 현대에도 있다. 그러니까 현재 중국에서 사용하는 한자와 한국 또는 일본에서 사용하는 한자의 소리가 다르고 표기表記

가 다르고 뜻도 다르다. 예를 들어 주走는 우리말로는 달아나다라는 뜻인데 중국어 발음으로는 '조우'이고 가다라는 뜻이다. 예藝는 우리말로 기예의 뜻인데 중국어로는 '이'라고 읽고 글자도 우리의 약자인 예芸가 아니라 乙'이다. 한국과 일본에서 예藝의 약자로 쓰이는 '芸'은 중국어에서는 풀의 한 종류의 뜻으로, 발음도 '윈'이다. 고소告訴의 경우도 우리는 법원에 고소하는 의미로 사용하는데 중국에서는 '까오수'로 읽히고 뜻은 단순히 알려주다이다. 또한 결속結束의 경우 우리는 단단히 묶다라는 뜻으로 쓰지만 중국어 발음으로는 '지에수'이고 뜻은 끝내다이다. 이처럼 중국에서 사용하는 간체자簡體字와 한국, 일본에서 사용하고 있는 정자正字, 또는 약자略字의 발음과 그 의미는 상당히 차이가 있다.

고대 한·중 두 나라는 이처럼 영토적, 민족적, 문자적 공통점을 가지고 있기 때문에 문화적으로도 공통점이 있다. 따라서 《산해경山海經》, 《천문天問》, 《사기史記》 등등 고대문헌에 기록되어 있는 복희씨伏羲氏, 수인씨燧人氏, 신농씨神農氏, 황제黃帝, 소호小昊, 전욱顓頊, 제곡帝嚳, 요堯, 순舜, 서왕모西王母, 여와씨女媧氏, 치우씨蚩尤氏, 공공씨共工氏, 축융씨祝融氏, 반고씨盤固氏에 관한 신화神話에서부터 《대학大學》, 《중용中庸》, 《논어論語》, 《맹자孟子》, 《시경詩經》, 《서경書經》, 《역경易經》, 《춘추春秋》, 《노자老子》, 《초사楚辭》를 거쳐 남북조南北朝의 병문騈文, 당唐의 강창문학講唱文學, 기악무伎樂舞에 이르기까지 고대중국 문학을 고조선, 고구려, 백제, 신라 등 고대한국의 문학과 연결해 보아야 한다. 특히 문학과 역사, 그리고 철학이 포괄된 인문학으로서의 문학을 이야기할 때는 더욱 그렇다.

그리하여 한국인으로서 문학을 이야기할 때 이제까지와 같이 중국의 문학으로부터 일방적으로 영향을 받았다거나 기껏해야 수입해 새롭게 계승, 발전시켰다는 식의 소극적 입장을 버리고 당당히 적극적으로 우리의 것을 되찾거나 적어도 공동의 소유권을 주장해야 한다. 물론 통일신라, 고려, 조선이 중국 대륙의 강대국인 당唐, 송宋, 원元, 명明, 청淸에 비해 상대적으로 약소국이었기 때문에 문학적으로도 이른바 '대국大國'으로부터 적잖은 영향을 받았음은 사실이다. 그러나 거듭 주장하거니와 그 이전의 천 년, 혹은 그 이상의 세월 동안 이루어진 고대 중국문학은 상당 부분 고대 한국문학이기도 한 것이다.

제 2 장

경전문학

동양의 경전 하면 우리는 흔히 사서삼경四書三經을 떠올린다. 옛날 대학입시의 국어 문제에도 등장했던 사서와 삼경은 바로 《대학大學》, 《중용中庸》, 《논어論語》, 《맹자孟子》의 사서와 《역경易經》, 《서경書經》, 《시경詩經》의 삼경을 말한다. 고전 중의 고전인 이 경전들은 고려 광종 때부터 조선시대에 이르기까지 과거科擧시험의 주요 과목이었다. 조선시대의 예를 들면 오늘날의 행정고시, 외무고시 같은 국가고시에 해당하는 과거시험에 문과文科에 합격을 하려면 먼저 소과小科를 치러야 했다.

소과에는 생원과와 진사과가 있었다. 생원과에 합격을 해 생원生員이 되려면 바로 이 사서삼경을 공부해야 했다. 시험 과목이 바로 사서삼경 또는 사서오경이었기 때문이다. 오경五經은 삼경에다가 《예기禮記》와 《춘추春秋》를 더한 것이다. 한편 진사과에 합격해 진사進士가 되려면 시詩, 부賦, 송頌, 책策이라는 문학 장르를 공부해야 했는데, 시는 《시경》을 비롯해 청나라, 조선까지 발전해 온 4언, 5언, 또는 7언의 운율을 갖춘 운문韻文을 말한다. 부는 《초사》에서 비롯되어 한나라의 부, 남북조의 병문騈文, 당나라의 사륙문四六文을 거쳐 명나라, 청나라의 6·6언체 부에 이르는, 대구對句를 갖춘 반운문半韻文을 말한다. 송은 누군가를 찬미하고 그 업적을 기리는 반산문半散文으로, 이 또한 《시경》의 송頌에서 비롯되었다고 할 수 있고, 책은 사회와 정치 또는 외교상의 책략, 또는 계책이 담긴

논술식 산문인 시론時論, 또는 정치평론을 말한다.

다시 조선의 문과文科 과거시험을 살펴보자. 1, 2차 시험에 걸친 소과小科에 합격해 생원이나 진사가 되면 또다시 1, 2, 3 차에 걸친 대과大科를 치러 급제及第하게 되는 문과文科 시험은 무과武科나 잡과雜科 시험에 비해 어려웠다. 그런 만큼 출세가 보장되었기 때문에 문과 출신의 선비들은 많은 사람들의 존경과 찬탄의 대상이 되었다. 문과 출신의 선비를 우러르는 풍토는 특히 조선시대로부터 오늘날에 이르기까지 만연해 이공계통보다 인문·사회계통의 학과에 많은 학생들이 몰리고 있지 않나 여겨진다.

원래 삼경, 오경 따위의 경전은 유가儒家뿐만 아니라 묵가墨家, 법가法家, 음양가陰陽家 등등 다른 철학가들의 경전이기도 했다. 하지만 한漢나라 이래 송宋나라, 명明나라, 청淸나라 등 중국 대륙의 왕조와 고려, 조선 등 한반도의 왕조가 유교를 나라의 근본으로 삼아, 특히 공자孔子를 존숭했기 때문에 오경은 차츰 유교의 경전으로 손질되었다. 그 결과 오늘날 보는 경전은 공자의 이름을 빼고는 존재할 수 없을 정도로 되었는데, 유심히 살펴보면 역시 유교만이 아니라 도교 등 다른 사상의 뿌리도 여기에 닿아 있음을 알 수 있다.

삼경三經

경전의 수는 시대의 발전에 따라 많이 늘어 오늘날에는 삼경, 오경 이외에도 육경, 칠경, 구경, 십이경, 십삼경 등을 꼽는다. 육경은 오경에다가 음악에 관한 경전인 《악경樂經》이 더해진 것으로, 유감스럽게도 《악경》의 원본은 사라져 전하지 않는다. 칠경은 오경에다가 《논어論語》와 《효경孝經》을 더한 것인데, 《효경》은 공자가 제자인 증자曾子에게 효에 대해 한 말을 증자의 제자들이 정리한 내용이다. 또한 《효경》은 옛날 백제의 왕인王仁 박사가 《논어》, 《천자문千字文》과 함께 왜국倭國에 전해 주었다고 하니, 이 경전 또한 우리와 관계가 깊은 책이라 하겠다.

또한 구경의 구九는 삼경의 세 권에다가 《예기》, 《춘추》를 주석본에 따라 각각 세 권으로 늘여서 된 숫자로, 《역경》, 《서경》, 《시경》과 《주례周禮》, 《의례儀禮》, 《예기》, 《좌씨춘추左氏春秋》, 《공양公羊춘추》, 《곡량穀梁춘추》를 말한다. 십이경은 구경에다가 《논어》, 《효경》, 그리고 최초의 사전으로 알려진 《이아爾雅》를 더한 것이고 십삼경의 십삼十三은 십이경에다가 《맹자》를 더한 숫자이다. 그 가운데 철학, 정치, 역사, 문학의 시초라고 할 수 있는 《역경》, 《서경》, 《시경》을 말하는 삼경은 동아시아 고전의 백미白眉라고 할 수 있을 만큼 중요한 책들이다.

1. 《역경易經》

《역경》은 경전 가운데서도 가장 오래된 경전이라는 학설이 유력하다. 흔히들 점을 치는 책으로 들먹여지기도 한다. 물론 이 책은 오래 전부터 점을 치는 데 활용되고 있기는 하지만, 그보다 더 중요한 것은 이 책이 담고 있는 변화와 순환의 원리일 것이다. 모든 것은 생명이 있는 것이나 없는 것이나 다 그대로 머물러 있지 않고 끊임없이 달라지고, 또 시작도 끝도 없이 돌고돈다는 변화와 순환의 철학은 그대로 자연과 인간을 닮아 있다. 한마디로 달도 차면 기울고 사람도 태어나 장성해 활동하다가 기력이 다하면 죽는 것이다.

《역경》은 《역易》 또는 《주역周易》으로도 불리는데 《주역》은 주周나라의 '역'이라는 뜻으로 하夏나라의 '역'이나 은殷나라의 '역'과 구분해 부르는 이름이다. 역易이라는 글자의 뜻은 바꾸다로 날 일日과 달 월月을 붙여서 만든 글자라는 설이 있다. 해와 달처럼 자꾸 그 모습을 바꾸면서 돌고돈다는 뜻일 것이다.

《역경》은 복희씨伏羲氏가 처음으로 팔괘八卦를 열고 그것을 조합해 육십사괘六十四卦를 만들어 준 것으로 기록되어 있다. 여기서 말하는 복희씨는 나중에 다시 설명하겠지만, 간단히 말해 삼황三皇의 한 존재로 동이족東夷族의 신神이라는 학설이 있다. 아무튼 육십사괘마다 하나 하나 붙여진 해설문인 괘사卦辭로 이루어진 이 《역》을 공자가 얼마나 애독했는지 죽간竹簡의 끈이 세 번이나 끊어졌다고 전한다. 이처럼 열렬히 읽다 못해 공자 자신이 《역》의 괘사에 또 열 가지 주석을 달았는데 이를 십익十翼이라 부른다.

《역》의 팔괘는 건乾, 곤坤, 감坎, 리離, 손巽, 진震, 간艮, 태兌로 하늘, 땅, 물, 불, 바람, 우레, 산, 못을 나타내고, 팔괘의 부호는 ☰ ☷ ☵ ☲ ☴ ☳ ☶ ☱ 이다. 또한 팔괘 이전에 사상四象이 있는데 흔히 사상철학으로 잘 알려진 이 사상은 노양老陽, 소양少陽, 소음少陰, 노음老陰으로, 사상의학에서 말하는 태양太陽은 노양을 말하고 태음太陰은 노음을 말한다.

사상의 부호는 ⚌ ⚎ ⚍ ⚏ 이다. 사상은 또 음양陰陽에서 나왔는데 그 부호는 잘 아는 대로 -- — 이다. 음양은 물론 태극太極에서 나왔고 태극의 부호는 편의상 양陽과 같이 쓰지만 내용상으로는 음과 양을 다 포함하는 것이다. 그러니까 태극에서부터 음양이 나왔고 음양에서 사상이 나왔고 사상에서 팔괘가 나온 셈이다. 그리고 이 팔괘를 제곱해 육십사괘의 괘가 나온 것이다.

육십사괘는 건괘乾卦로부터 미제괘未濟卦까지 이어지는데 건괘의 부호는 ䷀이고 미제괘의 부호는 ䷿이다. 요컨대 주역의 수는 하나에서 둘이 나오고 둘에서 넷이, 넷에서 여덟이, 그리고 여덟에서 예순넷이 나온다. 이 예순넷이 자연과 인간이 모두 펼쳐진 모습이고 하나인 태극은 자연과 인간이 모두 합쳐진 모습인 것이다.

여기서 한국의 국기인 태극기를 보면 가운데 있는 태극 속에 음양이 펼쳐져 있고 네 귀퉁이에 팔괘의 앞 네 개인 천天, 지地, 수水, 화火의 건, 곤, 감, 리가 나누어져 있음을 알 수 있다. 태극기와 비슷한 도안은 중국의 도교道敎 사원에서 가끔 보게 된다. 또한 태극이 음양의 두 부분으로 나뉘지 않고 세 부분의 회오리 분양으로 나누어진 문양은 티베트에서도 발견된다. 아무튼 일찍이 백제시대에 역박사易博士를 왜국에 파견했다는 기록이 있음을 볼 때 《역》과 우리 민족과의 관계는 어쩌면 오성홍기五星紅旗를 국기로 하는 중화인민공화국 인민과의 관계보다도 한층 더 밀접하다고 할 수 있다.

앞서 이야기한 바 있지만 《역》은 예부터 길흉화복吉凶禍福을 점치는 점복서로도 활용되어 왔다. 《역》으로 점을 치는 방법 가운데 가장 잘 알려진 방법은 초등학교 1학년 학생들이 셈본을 배울 때 사용하는 산가지같이 생긴 점대를 가지고 치는 방법이다. 이를 시초점蓍草占이라고 한다.

시초점은 모두 50개의 점대를 가지고 치는 것으로 먼저 한 개의 점대를 뺀 다음 나머지 49개의 점대를 양손에 나누어 쥐고 오른손에 쥐고 있던 점대를 바닥에 놓고 그 중에 한 개를 뽑아 왼손의 새끼손가락에 끼우는 식으로 진행된 끝에, 마지막으로 모두 여섯 개의 음陰, 또는 양陽의 부호를 얻는다. 그런데 변화와 흐름을 중시하는 《역》의 철학에 의해 최종적으로 나온 괘에 대한 해석도 매우 유동적이 된다. 예를 들어 건괘乾卦의 경우를 보면 모두 여섯 개의 양陽 부호로 이루어진 나무랄 데 없이 최고의 괘이건만 그 해석은 올라갈 데까지 다 올라갔으므로 이제는 내리막길밖에 없다는 것이다. 이같은 《역》의 음양해석법을 기초로 해 후

에 물, 나무, 불, 흙, 쇠를 나타내는 수, 목, 화, 토, 금의 오행五行과 결합
해 상생相生과 상극相剋의 학설이 나왔다. 상대를 살린다는 의미의 상생
은 수가 목을, 목이 화를, 화가 토를, 토가 금을, 그리고 금이 수를 살린
다는 뜻이고, 상대를 이긴다(죽인다)는 의미의 상극관계는 수가 화를, 화
가 금을, 금이 목을, 목이 토를, 그리고 토가 수를 죽인다는 뜻이다. 이
오행에 십간十干과 십이지十二支를 적절히 엮어놓은 것이 바로 사주四柱
이다.

　사주는 넉사四와 기둥주柱, 즉 네 개의 기둥이란 뜻으로, 한 기둥에 한
개의 간지干支씩 해서 모두 네 개의 간지로 구성된다. 여기서 잠시 간지
를 설명하자면 간지의 간干은 10개의 태양에 해당하는 십간十干을 말하
는 것으로, 갑甲, 을乙, 병丙, 정丁, 무戊, 기己, 경庚, 신辛, 임壬, 계癸이다.
또한 간지의 지支는 12개의 달에 해당하는 십이지十二支를 말하는 것으
로, 자子, 축丑, 인寅, 묘卯, 진辰, 사巳, 오午, 미未, 신申, 유酉, 술戌, 해亥이
다. 따라서 한 개의 간지는 한 개의 간과 한 개의 지의 조합으로 이루어
진다. 이렇게 되면 태어난 연年, 월月, 일日과 시時에 각각 한 개의 간지
가 붙으니 합하면 네 개의 간지가 되는 것이다.

　예를 들어 계미癸未년 임오壬午월, 신사辛巳일, 갑오甲午시에 태어났으
면 계미, 임오, 신사, 갑오라는 네 개의 간지를 얻는 것이다. 이 네 개의
간지는 한 개의 간지가 두 개의 글자(한 개의 간과 한 개의 지)로 이루어져 있
기 때문에 합해서 여덟 글자로 팔자八字라고도 한다. 그래서 사주팔자를
본다고 하는 것이다. 사주에는 당사주唐四柱, 송사주宋四柱, 한사주韓四柱
등이 전해 오고 있다. 이밖에도 보다 간편히 볼 수 있는 십이지법十二支
法도 있다.

참고로 십이지법을 소개하자면, 한 사람의 생년, 생월, 생일, 생시를 십간이 아닌 십이지에 맞춰 자子는 천귀天貴, 축丑은 천액天厄, 인寅은 천권天權, 묘卯는 천파天破, 진辰은 천간天奸, 사巳는 천문天文, 오午는 천복天福, 미未는 천역天役, 신申은 천고天孤, 유酉는 천인天刃, 술戌은 천예天藝, 해亥는 천수天壽로 보는 비교적 간편한 방법이다. 이렇게 하여 만약 태어난 해에서 천복을 얻고, 태어난 달에서 천간, 태어난 일에서 천고, 그리고 태어난 시에서 천문을 얻었다면 천복은 초년의 운이고 천간은 중년의 운, 천고는 노년의 운이고 천문은 일생을 지배하는 전체 운이 된다고 한다. 이러한 사주는 어렸을 때는 복을 타고 나지만 중년에는 다소 힘들게 헤쳐나가다가 노년에는 외로운 신세로, 일생을 통해 볼 때 문학과 관계 깊은 삶을 산다고 해석할 수 있다.

그러나 사주팔자四柱八字가 나왔다고 해서 그 사람의 운명이 그렇게 정해지는 것은 아니다. 왜냐하면 사람은 각자 자유로운 마음을 가지고 있기 때문에 그 마음을 어떻게 쓰느냐에 따라서 팔자도 운명도 바뀌어진다. 그래서 족상足相이 수상手相보다 못하고 수상은 관상觀相만 못하고 관상은 심상心相만 못하다고 하는 것이다. 《역》이 말하는 괘卦의 변수變數는 바로 이를 두고 하는 말이다.

2. 《서경書經》

《서경》은 문헌으로 전해지는 가장 오래된 정치서로서, 《서書》 또는 옛날의 높은 책이라는 뜻을 담아 《상서尚書》라고도 부른다. 오제五帝의 한 분인 요堯임금으로부터 주周나라 무왕武王에 이르기까지, 여러 임금의 언행言行을 사관史官이 기록한 것으로 알려져 있는 《서》는 원래 3천 수백 편이나 되었다고 한다. 그러나 역시 한漢대 유학자儒學者들의 손을 거치면서 《서》 또한 《역》처럼 유가儒家의 경전이 되었다. 학자들에 따르면 3천 수백 편에 달하는 많은 분량을 공자가 100편만 뽑아 후세에 전했다고 한다.

그러나 현재 볼 수 있는 《서》는 공자가 뽑았다는 100편이 아니라 남조의 첫 왕조로 알려진 동진東晉 때 매색梅賾이 전했다는 32편이다. 이에 대해서는 진시황秦始皇이 분서갱유焚書坑儒의 과정에서 소실되었던 《서》를 한漢나라 사람 공안국孔安國이 어찌어찌해 58편을 찾아서 전한 것으로, 또 일부 사라지고 남은 편수라고 한다. 그러나 동진 이후에도 당唐, 송宋, 명明, 청淸대를 거쳐 오늘에 이르면서 이 책도 그 내용이 상당 부분 변질되었을 가능성이 높다.

그 증거로, 내용이 앞뒤의 관련이 없다거나 말이 안 되는 부분이 적지 않다는 점이다. 때문에 다른 모든 경전이 그렇듯 《서》 또한 진위眞僞의 문제가 늘 따라다닌다. 또한 씌어진 한자의 모양이나 문법이 서로 다른 까닭에 고대문자로 된 《서》이냐 현대 문자로 된 《서》이냐 하는 문제도 있다. 여기서 말하는 고대와 현대는 오늘날의 시점에서 하는 말이 아니라 한漢나라 때를 기점으로 한나라 이전을 고대라 하고 한나라 당시를 현대라 한 것이다.

역사 기록으로는 가장 옛날의 정치사인 《서》는 요임금 순舜임금 등을 다룬 〈우서虞書〉, 우禹임금 걸桀임금 등을 다룬 〈하서夏書〉, 탕湯임금 주紂임금 등을 다룬 〈상서商書〉와 문文임금 무武임금 등을 다룬 〈주서周書〉로 구성되어 있다. 그러니까 요임금과 순임금의 나라를 우虞나라로, 우임금 걸임금의 나라를 하夏나라로, 탕임금 주임금의 나라를 상商나라로, 그리고 문임금 무임금의 나라를 주나라로 보아서 〈우서〉, 〈하서〉, 〈상서〉, 〈주서〉로 구분한 것이다. 다만 여기서 말하는 상商나라는 바로 동이족이 지배한 은殷나라의 다른 이름이다.

공자

《서》는 위에 언급한 왕들과 또 다른 왕들이 어떻게 왕이 되었고, 이들이 누구를 만나서 무슨 이야기를 나누었고, 어떻게 왕의 자리에서 물러났는지에 관해 기술하고 있다. 예를 들면 〈우서〉에는 요임금이 나라를 평화롭게 다스리다가 왕위를 자신의 아들이 아닌 순舜에게 넘겨 주었다는 이야기가 있다. 이 이야기는 지금까지도 많은 사람들이 거론할 만큼 중대한 사건으로 친다. 민주주의 사회인 오늘날의 한국에서도 한 기업체의 사장이 자신의 아들에게 회사를 상속하고 사회주의 사회인 북한에서도 자식에게 나라를 물려 주는 판국에, 그 옛날 봉건 세습 왕국에서 '세자世子'가 그릇이 되지 못하기 때문에 세손世孫이나 대군大君도 아닌, 혈연관계가 전혀 없지만 덕이 높은 다른 사람에게 나라를 물려 준 임금이 있었다니 놀라운 일이 아닌가. 때문에 요임금의 이른바 '왕위 선양禪讓'은 유교의 이상인 현명한 군주의 덕스러운 통치의 예로 추앙받고 있다. 그래서 지금도 '요순시대'라고 하면 곧 태평성대를 가리키는 의미로 사용되고 있는 것이다.

또한 〈하서〉에는 곤鯀임금이 다스리지 못한 홍수를 우禹임금이 잘 다스려서 백성을 편안하게 했다는 이야기가 있고, 〈상서〉에는 하나라의 마지막 임금인 걸임금이 애첩 말희妹喜에 빠져 정사를 그르치고 있다가 훗날 은나라를 세운 탕임금에 의해 멸망하는 이야기가 있다. 마지막으로 〈주서〉에는 은나라의 마지막 임금 주임금이 하나라의 걸임금과 마찬가지로, 애첩 달기妲己에 푹 빠져 매일 술과 고기를 즐비하게 늘어놓고 방탕하다가 주나라 무임금에 의해 내쳐지는 이야기가 있다. 주지육림酒池肉林의 고사성어는 이로부터 비롯된 말이다.

물론 이같은 이야기는 주나라의 마지막 임금인 유왕幽王과 애첩 포사褒姒와의 이야기로 후세에 계속 이어짐으로써 훗날 나라를 기우뚱 망하게 하는 미인이라는 의미의 경국지색傾國之色이라는 말을 낳았다. 이밖에도 〈주서〉에는 주나라의 유왕이 애첩 포사에 빠져 그녀를 웃기려고 여러 차례 거짓 봉화를 올려 사방에서 제후들이 군대를 이끌고 왕도에 오게 하다가 결국 망하게 되었다든지, 춘추시대 월越나라의 왕 구천이 미녀 서시西施를 오吳나라 왕 부차에게 바쳐 오나라를 멸망하게 했고, 당唐나라 양귀비楊貴妃가 원래는 시아버지였던 현종 임금의 총기를 흐리게 해 안록사의 난을 불러들였다는 등의 이야기가 실려 있다.

그러나 백제의 의자왕이 삼천 궁녀와 질탕하게 놀다가 나라를 잃게 되었다거나 조선시대 숙종이 장희빈에 눈이 멀어 정사를 그르쳤다는 식의 이야기는 많은 경우 사실이 아닐 수도 있다. 왜냐하면, 역사는 멸망당한 자의 입장에 서기보다는 멸망시킨 자의 입장을 옹호하게 되어 있기 때문이다. 멸망시킨 자는 자신의 행위를 정당화하기 위해 멸망당한 자의 인격적 파탄이나 방탕을 과장하기 마련이다. 그럼에도 불구하고 오늘날에도 한 여인이 집권자의 총기를 흐리게 해서 나라를 뒤흔든다고 수군거리는 사람들이 많은 것을 보면, 예나 지금이나 미인계는 여전히 유효한 듯하다.

한편 〈주서〉에는 은나라의 후예이자 기자조선箕子朝鮮의 시조인 기자箕子가 등장하는데, 그 배경은 이렇다. 주나라 무왕이 기자의 소문을 듣고 그를 불러 하늘의 도道인 천도天道에 관해 묻자, 기자가 이렇게 답변한다.

제가 듣기에 옛날에 곤鯀임금이 홍수를 막지 못해 오행五行을 어지럽혔으므로 하느님께서 진노하셔서 큰 규범 아홉 원칙인 홍범구주洪範九疇를 주지 않아 아름다운 법도가 사라졌습니다. 곤임금이 사형되고 우임금이 그 뒤를 이어 발흥하자 하늘이 마침내 우임금에게 홍범구주를 내려 주어 아름다운 법도가 펼쳐졌습니다.

첫째는 오행이라 하고, 둘째는 오사를 정중히 함을 말함이요, 셋째는 팔정에 힘씀을 말함이요, 넷째는 오기를 조화로이 씀을 말하고, 다섯째는 황극을 굳게 세움을 말하고, 여섯째는 삼덕으로 다스림을 말하고, 일곱째는 계의를 밝힘을 말하고, 여덟째는 갖가지 징조를 잘 생각함을 말하고, 아홉째는 오복으로 베풀고 육극으로 권위를 세움을 말합니다.

我聞在昔, 鯀陻洪水, 汨陳其五行, 帝乃震怒, 不畀洪範九疇, 彝倫攸斁, 鯀則殛死, 禹乃嗣興, 天乃錫禹洪範九疇, 彝倫攸敍.

初一曰五行, 次二曰敬用五事, 次三曰農用八政, 次四曰協用五紀,
次五曰建用皇極, 次六曰乂用三德, 次七曰明用稽疑, 次八曰念用庶徵,
次九曰響用五福威用六極

아문재석, 곤인홍수, 골진기오행, 제내진노, 불비홍범구주, 이륜유두, 곤즉극사, 우내사홍,
천내사우홍범구주, 이륜유서.

초일왈오행, 차이왈경용오사, 차삼왈농용팔정, 차사왈협용오기, 차오왈건용황극, 차육왈
예용삼덕, 차칠왈명용계의, 차팔왈염용서징, 차구왈향용오복위용육극.

기자는 하나라 때 곤임금이 실패한 치수治水를 우임금이 성취하자 하
늘이 그에게 홍범구주를 베풀었다고 말하고 있다. 이 큰 규범 아홉 원칙
인 홍범구주에 대해서 그는 다음과 같이 설명하고 있다.

홍범의 첫째 원칙인 오행은 화火, 수水, 목木, 금金, 토土이고, 둘째는
모貌, 언言, 시視, 청聽, 사思의 오사(五事, 외모, 말하기, 보기, 듣기, 생각하기)를 잘
정비함이다. 셋째는 식食, 화貨, 사祀, 사공司空, 사도司徒, 사구司寇, 사師,
빈賓의 팔정(八政, 먹거리, 일상용품, 제사, 국토, 국민, 형벌, 군대, 외빈 관리)에 힘씀이
고, 넷째는 연年, 월月, 일日, 성신星辰, 역수曆數의 오기(五紀, 연, 월, 일, 시, 역
법)를 잘 조절함이다. 다섯째는 황극(皇極, 황제의 중심)을 굳게 세움이요,
여섯째는 정직正直, 강극剛克, 유극柔克의 삼덕(三德, 정직, 강건, 온유)으로 다
스림이요, 일곱째는 계의(稽疑, 의심스러운 점)에 자문을 구해 밝힘이다. 여
덟째는 서징(庶徵, 많은 징조)을 잘 생각함이요, 마지막 아홉째 원칙은 수
壽, 부富, 강녕康寧, 유호덕攸好德, 고종명考終命의 오복(五福, 오래 삶, 부유함,
편안함, 덕을 좋아함, 제 명에 죽음)을 베풀어 주고 흉단절凶短折, 질疾, 우憂, 빈
貧, 악惡, 약弱의 육극(六極, 흉하게 일찍 죽음, 질병, 근심, 가난, 악함, 약함)으로 위압

함이다.

하늘이 내린 아름다운 법도인 홍범구주는 이처럼, 첫째 오행과 이에 따른 오미(五味, 단 맛, 신 맛, 짠 맛, 매운 맛, 떫은 맛)와 오방(五方, 동, 서, 남, 북, 중)을 질서 있게 운행함이고, 둘째 외모를 갖추고 말하고 보고 듣고 생각하는 오사를 정비함이다. 또한 셋째 국민을 위해 팔정(농수산, 상공, 건설교통, 내무 치안, 법무, 국방, 외교 및 제사)을 잘 펼치고, 넷째 세월을 계산하기 위해 오기를 정해야 하고, 다섯째 황제의 중심축을 세워야 하고, 여섯째 정직을 기본으로 야단칠 때 야단치고 달랠 때 달래는 삼덕으로 국민을 다스려야 한다. 또한 일곱째 의심스러운 점은 반드시 물어보고, 여덟째 많은 징조를 잘 헤아려야 하고, 마지막으로 오복을 권장하고 육극을 경계하도록 하는 것이다.

중요한 점은 기자가 무왕에게 이와 같이 홍범구주를 설명하면서 은근히 무왕에게 만약 하늘의 뜻인 홍범구주를 얻어 아름다운 법도를 펼치지 못하면 곤왕의 운명을 면하지 못함을 암시하고 있다는 사실이다.

이렇게 볼 때 홍범구주는 하늘이 천자天子인 임금에게 부여하는 천부의 법인 셈이고, 오행을 운행함은 자연의 도리를 따름이고, 오사를 정비함은 황제 자신의 몸가짐과 언행을 반듯이 함이다. 또 팔정을 펼치고 삼덕으로 다스린다 함은 국민들을 대상으로 바른 정치를 펼침을 말하고 의심스러운 점을 묻고 많은 징조를 깊이 생각함은 문제에 봉착한 천자의 근중한 태도를 말함이다. 또한 오복을 권장하고 육극을 경계하라 함은, 국민에게 당근과 채찍으로서 상과 벌을 고루 줌을 의미한다. 이같은 천부의 통치법을 은나라의 유신遺臣이고 기자조선箕子朝鮮의 우두머리인 기자가 주周나라 무왕에게 알려주는 내용이 바로 《서書》의 〈홍범편洪範篇〉인 것이다.

여기서 또 짚고 넘어갈 점은 바로 기자가 중국인인가 한국인인가 하는 문제이다. 오늘날의 중국 역사가들은 기자가 은殷나라의 유신이라는 기록을 들어 기자가 한족漢族일 뿐만 아니라, 한자를 고조선에 전해 준 장본인이라고 주장하고 있다. 그러나 기자는 주나라의 신하되기를 원하지 않고 오히려 조선朝鮮이라는 국명을 자신의 나라 이름으로 삼았음을 볼 때, 그는 오히려 우리의 선조인 동이족이었을 가능성이 높다. 그가 신하 노릇을 했던 은나라도 동이족의 나라였음을 감안하면 더욱 그렇다.

3. 《시경詩經》

《역》과 《서》가 상고대의 철학, 종교, 역사, 정치, 사회 등을 담은 가장 오래된 산문이라면 《시》는 가장 오래된 운문으로, 이후 등장하는 초楚나라의 사辭, 한漢나라 위진남북조 여러나라의 부賦, 위진남북조와 당唐나라의 고시古詩, 절구絕句, 율시律詩, 그리고 송宋나라의 사詞 같은 역대 운문의 모태가 된다.

《역》과 《서》가 그렇듯, 《시》도 후대 유학자들의 손을 거쳐 유가儒家의 경전이 되었고 공자의 역할이 강조되었다. 예를 들어 상고대 여러 나라에는 수천 편(3천 편이라고도 한다)에 달하는 시들이 있었는데 그 가운데 공자가 3백5편을 추렸다고 해 《시경》이 《시 삼백》이라고도 불린다는 것이다. 실제로 공자 자신이 음악과 시를 즐겨서 스스로 거문고를 타기도 하고 "시에는 한마디로 사악함이 없다", "시를 모르는 사람과 마주하고 있으면 마치 담벼락과 마주하고 있는 것 같다" 등의 말을 한 것으로 기록되어 있음을 볼 때 그가 시와 음악을 통한 가르침을 중요시했음을 알 수 있다.

《시》는 주로 두 가지 방법에 의해 모아졌다고 전하는데, 첫째가 각 지방의 민요를 악관(樂官, 음악을 담당하는 관리)이 돌아다니며 채집하는 방법이고, 두 번째는 글을 아는 선비들이 시를 지어서 나라에 바치는 방법이다. 첫 번째 방법으로 채집한 민요를 '풍風'이라 하고, 두 번째 방법으로 봉헌된 시를 '아雅'와 '송頌'이라 한다.

'풍'은 주周나라와 춘추시대 여러 나라 각 지방, 즉 황하 유역인 하남성, 하북성, 산동성, 산서성, 섬서성, 호북성 등지에 있던 15개국의 민가民歌, 노동요勞動謠가 중심인 160편의 비교적 짤막하고 서정적인 시를 말하고, '아'는 주로 조정에서 조회朝會를 할 때, 또는 연회宴會를 베풀 때 아악雅樂에 맞춰 즐기던 105편의 비교적 길고 서사적인 시를 말한다. 또한 '송'은 주로 나라의 제사를 지낼 때 편종編鐘이나 편경編磬같이 장중한 악기의 반주에 맞춰 낭송되는 송축의 시를 말한다. 현재 주周나라의 송인 '주송' 31편과 노魯나라의 송인 '노송' 4편 및 은殷나라의 송인 '상송' 5편 등 모두 40편이 전해지고 있다.

《시》도 《서》와 마찬가지로 판본의 문제가 논란이 되고 있다. 그러니까 한나라 때에는 당시의 문자로 씌어진 《삼가시三家詩》와 그 이전 문자로 씌어진 《모시毛詩》가 있었는데, 한시韓詩, 제시齊詩, 연시燕詩로 구성된 《삼가시》는 이미 전해지지 않고 오직 모공毛公이 편찬했다는 《모시》만이 전해지고 있다. 《삼가시》의 한, 제, 연의 명칭은 산동과 하북 지방에 있던 나라를 뜻한다. 이 지방은 고대 동이족의 활동무대로, 동이족의 후예로서 《삼가시》의 소실은 참으로 안타까운 일이지만 다행히 《모시》가 전해져, 고려 때 과거시험의 중요한 과목이 되었던 것이다.

《시》305편의 표현기법을 간단히 살펴보면 우선 글자수가 세 글자, 또는 여섯 글자로 끊어지는 3언체와 6언체도 있지만 주로 네 글자로 끊어지는 4언체가 많다. 또한 직서直敍뿐만 아니라 비유, 은유, 상징 등의 다양한 수사법을 사용하고, 같은 글자의 반복을 말하는 첩자疊字, 각 행의 첫 음끼리 맞추는 쌍성雙聲, 각 행의 끝모음끼리 맞추는 압운押韻 등의 기법을 운용하고 있다. 예를 들어 '풍'의 한 편을 소개하면 다음과 같다.

꽌꽌 물수리는 황하 가에 있고요
아리따운 아가씨는 군자의 좋은 짝이고요
들쭉날쭉 조아기를 좌우로 헤치듯이
아리따운 아가씨를 자나깨나 찾는다오
구해도 얻지 못해 자나깨나 그 생각에
오랫동안 오랫동안 이리 뒹굴 저리 뒹굴
들쭉날쭉 조아기를 좌우로 따듯이
아리따운 아가씨를 거문고 비파로 벗을 삼고
들쭉날쭉 조아기를 좌우로 고르듯이
아리따운 아가씨와 종과 북으로 즐긴다오

關關雎鳩 在河之洲 관관저구 재하지주

窈窕淑女 君子好逑 요조숙녀 군자호구

參差荇菜 左右流之 참치행채 좌우유지

窈窕淑女 寤寐求之 요조숙녀 오매구지

求之不得 寤寐思服 구지불득 오매사복

悠哉悠哉 輾轉反側 유재유재 전전반측

參差荇菜 左右采之 참치행채 좌우채지

窈窕淑女 琴瑟友之 요조숙녀 금슬우지

參差荇菜 左右芼之 참치행채 좌우모지

窈窕淑女 鐘鼓樂之 요조숙녀 종고락지

　애정을 구하는 군자의 그리움, 찾음, 괴로움, 만남, 즐김이 4언체의 정형시에 잘 표현되어 있다.

　고조선의 시로 전해져 내려오는 〈공후인箜篌引〉 또는 〈공무도하가公無渡河歌〉의 "公無渡河공무도하/公竟渡河공경도하/墮河而死타하이사/公將奈何공장내하", 그리고 가락국駕洛國 민요인 〈구지가龜旨歌〉의 "龜何龜何구하구하/首其現也수기현야/若不現也약불현야/燔灼而吃也반작이흘야" 등도 모두 4언체로 되어 있음을 볼 때, 우리의 옛 노래 가사와 《시경》의 노래 가사가 어떤 유사성을 가지고 있음을 발견할 수 있다. 아무튼 모두 20행으로 된 이 시는 4행씩 각 5부분으로 나뉜다. 첫 부분 4행은 군자가 숙녀를 그리워하는 마음을 나타냈고, 두 번째 4행은 군자가 숙녀를 자나깨나 찾고 있음이 표현되어 있다. 세 번째 4행은 상대를 찾지 못해 자나깨나 생각하고, 네 번째 4행은 마침내 숙녀를 만나 거문고와 비파의 연주처럼 사귀게 되고, 마지막 4행에서는 마침내 둘 사이에 조율이 끝나고 본격적으로 즐기게 됨을 그리고 있다.

이 시에는 물새의 일종인 물수리가 군자로, 물풀의 일종인 조아기가 숙녀로 표현되는 상징법과 솔직한 직서법('황하 가에 있고요' '군자의 좋은 짝이고요')과 비유법('좌우로 헤치듯이' '좌우로 따듯이' '좌우로 고르듯이')이 사용되었다. 또한 글자를 반복하는 반복법 '꽌꽌' '요조숙녀' '참치행채'와 각 행의 첫 자음을 맞추는 쌍성('참치행채'의 'ㅊ' '요조숙녀'의 'ㅇ') 및 각 행의 끝 모음 또는 자음을 맞추는 압운('재하지주'와 '군자호구'의 'ㅜ', '좌우유지'와 '오매구지'의 'ㅣ', '오매사복'과 '전전반측'의 'ㄱ')도 확인된다. 이밖에도 이 시에서는 의성어('꽌꽌') 의태어('들쭉날쭉')의 사용도 눈에 띈다.

'풍'이 이처럼 짤막한 서정적 민요라면 '아'는 비교적 길고 웅장한 서사시로, 특히 한韓나라의 위대함을 노래한 '아'의 한 작품인 〈한혁韓奕〉이 눈에 띈다. 〈한나라는 위대하다〉라고 해석되는 이 작품은, 지금의 하북성에 있었던 한韓나라의 위대함을 찬미한 노래로 한국의 '한'과 같은 글자인 이 한국은 맥족貊族의 나라이며, 맥족은 예맥족濊貊族의 한 갈래라 한다. 그렇다면 이 한국과 우리 한국의 선조 역시 일치하는 바가 있다고 할 수 있다.

위대한 양산을 우임금이 다스렸었는데
도에 밝으신 한나라 제후가 명을 받으셨네
왕이 명하기를 그대 조상을 계승해
짐의 명을 버리지 말고 조석으로 부지런히
자리를 삼가면 짐의 명이 바뀌지 않으리니
조공 않는 나라를 다스려 왕을 보좌하라

네 마리 말은 위대해 크고도 높은데
한나라 제후 입궐할 때 큰 홀을 들고 있네
입궐해 왕을 뵈니 왕이 하사하시네
멋진 깃대, 깃머리 장식과 차가리개, 말 멍에
검은 곤룡포와 붉은 신, 말 배띠와 이마 장식, 수레 장식
호피 가죽 덮개와 고리 달린 고삐

한나라 제후 궁성을 나와, 도 지방에 머물제
현보가 송별회를 여니 맑은 술 백 단지라
안주는 무엇인가? 구운 자라와 생선이오
채소는 무엇인가? 죽순과 부들이라
선물은 무엇인가? 네 마리 말과 큰 수레라
요리 그릇 그득하니 제후께서 기뻐 즐기네

한나라 제후 아내를 얻으니 분왕의 조카요
궤보의 따님으로 한나라 제후 그를 맞으러
궤씨 마을에 가는데 많은 수레들 덜컹덜컹
말방울 달랑달랑 그 빛 매우 환했네
여러 누이 따라오는데 구름처럼 많고많아
한나라 제후 돌아보니 대문 안이 찬란하네

궤보 매우 용감해 안 가본 나라 없는데
딸의 혼처 알아보니 한나라만한 곳 없다네

즐거운 한나라 땅엔 냇물 못물 넘쳐흐르고
방어 연어 큼직하고 암사슴 숫사슴 우글우글
곰 있고 말곰도 있고 삵도 있고 범도 있어
좋게 보고 출가시켜 궤보의 딸 편히 즐기네

거대한 한나라 성 연나라 백성이 완성해
선조의 명을 받들어 많은 오랑캐를 다스렸네
왕은 한나라 제후에게 추, 맥 땅을 맡기고
북방 나라까지 하사받아 그곳 주인 되었네
성을 쌓고 해자 파고 논을 갈고 세금 정해
담비 가죽, 붉은 호피, 누런 말곰 가죽 바치네

奕奕梁山 維禹甸之　혁혁양산 유우전지
有倬其道 韓侯受命　유탁기도 한후수명
王親命之 纘戎祖考　왕친명지 찬용조고
無廢朕命 夙夜匪解　무폐짐명 숙야비해
虔共爾位 朕命不易　건공이위 짐명불이
幹不庭方 以佐戎辟　간불정방 이좌융벽

四牡奕奕 孔脩且張　사모혁혁 공수차장
韓侯入覲 以其介圭　한후입구 이기개규
入覲于王 王錫韓侯　입구우왕 왕석한후
淑旂綏章 簟茀錯衡　숙기수장 점불착형

玄袞赤舃 鉤膺鏤錫 　현곤적석 구응루석

梁軛淺幭 鞗革金厄 　곽굉천멱 조혁금액

韓侯出祖 出宿于屠 　한후출조 출숙우도

顯父餞之 淸酒百壺 　현부전지 청주백호

其殽維何 炰鼈鮮魚 　기효유하 포별선어

其蔌維何 維筍及蒲 　기속유하 유순급포

其贈維何 乘馬路車 　기증유하 승마로거

籩豆有且 侯氏燕胥 　변두유차 후씨연서

韓侯取妻 汾王之甥 　한후취처 분왕지생

蹶父之子 韓侯迎之 　궐부지자 한후영지

于蹶之里 百兩彭彭 　우궐지리 백량팽팽

八鸞鏘鏘 不顯其光 　팔난장장 불현기광

諸娣從之 祁祁如雲 　제제종지 기기여운

韓侯顧之 爛其盈門 　한후고지 란기영문

蹶父孔武 靡國不到 　궐부공무 미국불도

爲韓姞相攸 莫如韓樂 　위한길상유 막여한락

孔樂韓土 川澤訏訏 　공락한토 천택우우

魴鱮甫甫 麀鹿噳噳 　방서보보 우록우우

有熊有羆 有貓有虎 　유웅유비 유묘유호

慶旣令居 韓姞燕譽 　경기영거 한길연예

溥彼韓城 燕師所完 부피한성 연사소완

以先祖受命 因時百蠻 이선조수명 인시백만

王錫韓侯 其追其貊 왕석한후 기추기맥

奄受北國 因以其伯 엄수북국 인이기백

實墉實壑 實畝實籍 실용실학 실무실적

獻其貔皮 赤豹黃羆 헌기비피 적표황비

옛날 하夏나라의 우임금이 다스렸던 양산, 즉 연燕나라·제齊나라의 땅인 하북성을 주周나라 왕으로부터 하사받아 명실공히 한韓나라의 통치자가 된 한나라 제후가 왕을 뵙고 아내를 얻고 많은 선물까지 받아 금의환향하는 광경을 그린 서사시다.

이 시에 주석을 달아놓은 학자들에 의하면 한나라 제후에게 옛 연나라 땅과 추나라, 맥나라까지 하사한 왕이 다름아닌 주周나라의 임금이라고 하는데, 사실상 주나라 왕은 거의 허수아비로 명목상 왕일 뿐 실권은 한나라의 제후인 한후에게 있었음이 명백하다. 그렇지 않고서야 그가 한나라뿐만 아니라 추나라, 맥나라까지 다스리고 그 많은 선물과 환대를 받을 리가 없지 않은가? 물론 이 시에 나오는 한韓나라의 민족이 한반도에 있는 지금의 우리 한국과 완전히 똑같은 민족은 아니다. 다만 연나라, 추나라, 맥나라의 민족이 지금의 하북성, 산동성 등지에 있었던 동이족, 예맥족이었음과 호랑이, 곰 가죽 등의 특산품이 있었음을 볼 때, 이 시에 나오는 한나라는 고대 한반도의 삼한三韓과 긴밀한 관계가 있었을 것으로 보인다.

사서 四書

　사서는 앞에서 언급한 대로 《대학》, 《중용》, 《논어》, 《맹자》 등 네 권의 유가 경전을 말한다. 사서는 주자학朱子學의 거두 주자朱子로 알려진, 송宋나라의 유학자 주희朱熹에 의해 엮어졌다고 하는데, 고려시대부터 조선시대까지 과거시험의 주요 과목으로 책정되었던만큼 우리 선조들에게 필독서였던 셈이다.

1. 《대학大學》

　《대학》은 다음 소절에 설명할 《중용》이 그렇듯 오경五經의 하나인 《예기》의 한 장章이다. 여기서 《예기》를 잠깐 소개하자면, 《예기》는 《시경》, 《서경》, 《역경》의 경우와 마찬가지로 대부분 공자의 제자들인 유학자의 손을 거쳐 완성되었기 때문에 인仁과 의義를 기본으로 하는 대동大同의 이상을 담고 있다. 또한 선비의 예를 다룬 〈사례士禮〉, 관혼상제冠婚喪祭 같은 간결한 가정의례를 다룬 〈의례儀禮〉 등 예에 관한 다른 경전까지 포괄하는 《예》는 자기 자신을 수양하는 수신修身의 예로부터 가정과 사회, 국가, 세계를 이끄는 데 꼭 필요한 예까지 두루 설명하고 있다.

다시 말해 《예》는 먹고 입고 말하고 청소하고 정돈하고 나가고 들어오고 하는 자잘한 예절에서부터 희喜, 노怒, 애哀, 구懼, 애愛, 오惡, 욕欲의 칠정七情을 다스리는 법, 그리고 성인이 되고 결혼하고 장사지내고 제사지내는 관혼상제冠婚喪祭를 담은 가정의례 및 부위부강夫爲婦綱, 군위신강君爲臣綱, 부위자강父爲子綱의 삼강三綱과 부자유친父子有親, 군신유의君臣有義, 부부유별夫婦有別, 장유유서長幼有序, 붕우유신朋友有信의 오륜五倫의 기초가 되는 십의十義를 포괄하고 있다.

십의란 부자父慈, 자효子孝, 형량兄良, 제제弟悌, 부의夫義, 부청婦聽, 장혜長惠, 유순幼順, 군인君仁, 신충臣忠을 말함인데 그 의미는 이렇다. 먼저 '부자' 란 어버이는 자애로워야 하고, '자효' 란 자식은 효성스러워야 한다는 뜻이며, '형량' 이란 형은 선량해야 하고, '제제' 란 아우는 따라야 한다는 뜻이다. '부의' 란 남편은 의로워야 하고 '부청' 이란 아내는 잘 들어야 한다는 뜻이며, '장혜' 란 어른은 베풀어야 하고, '유순' 이란 어린이는 순종해야 한다는 뜻이다. 그리고 '군인' 이란 임금은 인자해야 하고 '신충' 이란 신하는 충성해야 한다는 뜻이다.

이와 같이 십의는 삼강오륜보다 더 명확하게 임금과 신하, 어른과 어린이, 남편과 아내, 형과 아우, 그리고 어버이와 자식의 관계를 설명하고 있다.

여기서 '부자', '형량', '부의', '장혜', '군인'이 '자효', '제제', '부청', '유순', '신충' 보다 앞서 나온 까닭은 자애로운 어버이, 선량한 형, 베푸는 어른, 의로운 남편, 인자한 임금이 효성스러운 자식, 따르는 아우, 잘 듣는 아내, 순종하는 어린이, 충성하는 신하의 전제조건이기 때문이다.

원래 대동大同의 이상을 추구하는 《예》인만큼 예禮란 시대의 변화에 따라 변화하는 매우 융통성 있고 설득력 있는 개념으로, 일찍이 조선시대 김장생金長生은 예학파를 만들어 젊은이들을 상대로 예의 이론을 공부하고 실천했다. 물론 때로는 권력을 쥐고 있는 사람들이 힘이 약한 사람들에게 예를 들먹이며 복종을 강요하기도 해, 특히 근대 이후 고리타분한 봉건적 개념으로 오인되기도 했다.

그래서 청淸나라 말엽 신교육을 받은 지식인인 노신魯迅은 예교禮敎를 봉건적인 수구세력을 옹호하는 낡은 것으로 배척하기도 했다. 자유민주주의를 내세우는 요즘 한국의 젊은이들에게도 예는 어딘지 시대에 뒤지는 번거로운 의식에 지나지 않을지 모른다. 그러나 이는 권력을 휘두르려고 하는 자들이 예를 이용한 결과이지 예 자체의 결함은 아니다.

이제 본 소절로 돌아와 《대학》에 관해 이야기하자면, 《대학》의 판본으로는 송宋나라의 사마광司馬光이 《예기》에서 독립시켜 놓은 것을 주희가 주석을 붙인 《대학장구大學章句》가 잘 알려져 있다. 일설에 의하면 《대학장구》의 경經은 공자의 말을 증자曾子가 기술한 것이고 전傳은 증자의 뜻을 그의 제자들이 기술한 것이라 한다. 그후 명明나라 때 왕양명王陽明이 《대학고본방역大學古本旁譯》이란 책을 펴내 주희의 《대학장구》와 몇 군데 다른 해석을 했다고 전하는 《대학》은 조선시대 양반의 자제들이 《천자문千字文》, 《동몽선습童蒙先習》, 그리고 《소학小學》을 공부한 다음 접하게 되는 고급교재였다. 그럼 《대학》의 중요한 한 단락을 보자.

《대학》의 도는 밝은 덕을 밝힘에 있고 백성을 새롭게 함에 있고, 지극한 선에 머무름에 있다. (지극한 선에) 머무를 줄 안 후에 정할 수 있고, 정한 후에 고요할 수 있고, 고요한 후에 편안할 수 있고, 편안한 후에 사고할 수 있고, 사고한 후에야 얻을 수 있다. 옛날 밝은 덕을 천하에 밝히려는 사람은 먼저 자기 나라를 다스리고, 자기 나라를 다스리려는 사람은 먼저 자기 집안을 정비하고, 자기 집안을 정비하려는 사람은 먼저 자기 자신을 수양했다. 자기 자신을 수양하려는 사람은 먼저 그 마음을 바르게 하고, 자기 마음을 바르게 하려는 사람은 먼저 자기의 뜻을 참되게 하고, 자기의 뜻을 참되게 하려는 사람은 먼저 앎에 이르러야 하고, 앎에 이름은 사물을 하나하나 규명하는 데 있다.

大學之道, 在明明德, 在新民, 在止於至善. 知止以後能定, 定以後能靜, 靜以後能安, 安以後能慮, 慮以後能得. 古之欲明明德於天下者, 先治其國, 欲治其國者, 先齊其家, 欲齊其家者, 先修其身. 欲修其身者, 先正其心, 欲正其心者, 先誠其意, 欲誠其意者, 先致其知, 致知在格物.

대학지도, 재명명덕, 재신민, 재지어지선, 지지이후능정, 정이후능정, 정이후능안, 안이후능려, 려이후능득. 고지욕명명덕어천하자, 선치기국, 욕치기국자, 선제기가, 욕제기가자, 선수기신. 욕수기신자, 선정기심, 욕정기심자, 선성기의, 욕성기의자, 선치기지, 치지재격물.

대체로 주희의 주석에 따라 해석한 이 단락은, 온 세상에 밝은 덕을 널리 펼치려는 포부를 가진 젊은 대학생에게 주는 중요한 지침이다. 이 글에 의하면 세상 만민의 등불이 되는 세계적인 지도자가 되려면 먼저 자기 자신의 밝은 덕을 밝혀서 자기 백성을 새롭게 함으로써 최고로 선량한 경지인 지선에 머무를 줄 알아야 한다. 여기서 밝은 덕을 밝힘이란 자신의 양심을 밝힌다는 뜻이고 백성을 새롭게 한다는 것은 백성을 혁신시킨다는 뜻이고 지극한 선에 머무름은 진리에 바로 선다는 뜻이다.

주희

그 다음은 지극한 선에 머무름에 관해 설명하고 있는데 그 뜻을 요약하면 지극한 선에 바로 서야지 진정한 삶의 목표가 정해지고, 그래야만 마음이 흐트러지지 않고 편안한 상태에서 올바른 생각을 하게 되며, 천하를 다스릴 수 있다는 것이다. 여기까지가 '명명덕', '신민'과 '지어지선'을 말하고 있는 대목으로 《대학》의 삼강령(三綱領, 가장 중요한 세 가지 법도)이다.

그 다음에 나오는 것이 팔조목八條目, 즉 천하를 다스리는 데 필요한 여덟 단계로 격물格物, 치지致知, 성의誠意, 정심正心, 수신修身, 제가齊家,

치국治國, 평천하平天下이다. 이를 거꾸로 설명하면 다음과 같다.

사람에게 주어진 본성인 밝은 덕을 온 세상에 밝히려는 사람은 먼저 자기 나라를 잘 다스려야 하고, 제 나라를 잘 다스리려면 자기 집안을 가지런히 정비하고, 제 집안을 잘 정비하려면 자기 자신을 잘 닦아야 하고 제 자신을 잘 닦으려면 자기 마음을 바르게 해야 하고, 제 마음을 바르게 하려면 자기의 뜻, 즉 인생의 목표를 참되게 해야 하고, 제 뜻을 참되게 하려면 종합적 앎에 도달해야 하고, 종합적 앎에 도달하는 일은 모든 사물의 이치를 하나하나 아는 데 있다고 한다.

한편 왕양명王楊明은 몇 가지 대목에서 주희와 해석을 달리하고 있다. 그 중 글자까지도 서로 고증을 달리하는 부분은 앞머리의 삼강령三綱領인 '명명덕', '신민', '지어지선'에서의 '명명덕'과 '신민'이다. 앞에서 소개한 대로 주희는 '명덕'을 그냥 '밝은 덕'이라고 보았지만 왕양명은 '밝은 본성'으로 본다. 그러니까 사람에게 본래 있는 밝은 천성을 말한다는 것이다. 또한 주희는 백성을 새롭게 한다는 새로울 신新자를 써 '신민新民'이라 했으나 왕양명은 가족, 또는 친함을 의미하는 친親자를 사용해 '친민親民'이라 했다.

왕양명에 따르면 백성을 새롭게 한다는 '신민'은 자기 자신을 백성과는 다른 특별한 존재로 생각하는 우월의식을 드러낸 것이므로 그는 자기 스스로를 백성과 친혈육관계로 인식하는 '친민'으로 보았다. 또한 팔조목八條目으로 알려져 있는 "평천하, 치국, 제가, 수신, 정심, 성의, 치지, 격물"에서의 '격물'도 "사물 하나하나의 이치를 규명한다"는 주희의 해석과 달리 왕양명은 "사물을 있는 그대로 바르게 본다"고 보았고, '치지' 또한 "종합적 앎에 도달한다"는 주희와 달리 그는 "선량한 깨달음에 이르다"로 보고 있다.

　왕양명의 해석대로 바꿔 보면 "대학의 도는 자신의 밝은 본성을 비춤에 있고, 백성과 친함에 있고, 지극한 선을 실천하는 데 있다"로 시작되고, "자기의 뜻을 참되게 하려는 사람은 먼저 선량한 깨달음에 도달해야 하고 선량한 깨달음에 도달함은 사물을 있는 그대로 바르게 보는 데 있다"로 끝난다. 한마디로 주희가 군자君子와 소인小人이라는 이분법에 의해 지배자와 피지배자, 나와 남, 나와 사물을 구분하고 있음과 달리 왕양명은, 나와 남뿐만 아니라 나와 사물의 합일合一을 말하고 있다. 이는 조선 중기 성리학자性理學者인 퇴계 이황의 이기이원론理氣二元論과 율곡 이이의 이기일원론理氣一元論을 생각나게 한다. 물론 퇴계나 율곡 모두 기본적으로는 주자학인 성리학에 뿌리를 두고 있지만 굳이 비교하자면 퇴계가 주희라면 율곡은 왕양명 쪽이 아닐까 한다.

　《대학》은 물론 세계적 지도자를 꿈꾸는 정치적 야망을 가진 사람에게 주는 교훈이다. 그러나 나름대로 품은 뜻이 있고 인생의 목표도 있는 우리 같은 평범한 사람에게도 《대학》의 팔조목과 삼강령은 가슴에 새겨 둘 만한 금과옥조이다. 어차피 강대국의 대통령이나 중진국, 또는 약소국의 시민 모두 사람이기는 마찬가지 아닌가.

2. 《중용中庸》

　《중용》은 《대학》과 마찬가지로 《예기》의 한 장을 독립시킨 것으로 일설에 의하면, 공자의 손자 자사子思가 지었다고 한다. 《대학장구》를 쓴 주희는 《중용장구中庸章句》를 지어 나름대로 중용의 도를 해석했는데 이 책은 오늘날 한국에서 《중용》에 접근하는 사람들에게 가장 권위 있는 해석서로 꼽히고 있다. 물론 주자 이외에 많은 사람들이 《중용》 해석서를 펴냈고 조선의 학자들이 쓴 것만도 여럿 있어 좋은 참고가 되고 있다.

《대학》이 세계적 지도자를 만드는 큰 학문이라면 《중용》은 구체적이고 실천적인 좌표라고 할 수 있다. 먼저 《중용》의 뜻을 살펴보면 '중中'은 좌로도 우로도 치우치지 않는 넘치지도 처지지도 않는 중심이고, '용庸'은 변하지 않는 영원한 절대를 의미한다. 절대적 중심으로서 중용은 고정불변의 중심이 아니라 사람마다, 때와 장소에 따라, 상황에 따라 변화하는 융통성 있는 중심이다. 마치 팽이가 축에 의해 돌아가고 맷돌이 심봉에 의해 돌아가고 지구가 지축에 의해서 자전하듯이 사람은 이 중용에 의해 살아간다고 할 수 있다. 때문에 중도中道라고도 부르는 중용은 이론적이고 막연한 적당주의가 아니라 실천적 생활을 위한 지침이다.

중용은 요즘처럼 물질로만 치닫는 사람들에게 정신의 중요성을 일깨워 중심을 잡게 한다. 예를 들어 최근 텔레비전 보도에 따르면 화를 잘 내는 사람에게는 어떤 특정 유전자에 문제가 있는데 그 유전자를 제거하거나 바꿔 주면 문제가 해결된다고 한다. 그렇다면 그 사람은 왜 그 유전자에 문제가 생겼을까? 설령 과학이 그 유전자를 조작해 화를 가라앉힐 수 있다고 하더라도 그 사람의 유전자에 왜 문제가 생겼는지 모른다면 그 유전자가 또 문제를 일으키지 말라는 법은 없다. 물질과학은 문제가 생길 때마다 해결해 줄 수 있지만 문제의 원인을 모르는 한 언제나

임시방편일 뿐이다. 이런 경우 중용은 문제의 원인을 밝힐 수 있는 정신과학을 끌어들여 중심축을 잡아 줌으로써 그 사람을 건강하게 살 수 있게 한다.

또한 중용은 지나치게 자기 위주여서 사람들과 화목하지 못하는 사람에게 다른 사람들을 끌어들여 나와 남들 사이에 중심축을 잡아 줌으로써 사람들과 화목하게 한다. 이밖에도 중용의 마음은 인간과 자연이 조화롭게 살아가게 하고, 키가 크고 작은 것, 모습이 아름답고 미운 것, 돈이 많고 적은 것, 권력이 있고 없음, 늙은이와 젊은이, 여자와 남자, 동양과 서양, 심지어 선과 악, 천국과 지옥까지도 완전히 서로 다른 것으로 배척하지 않고 그 둘의 중심축을 잡게 한다. 우리의 몸 속에 깨끗한 것과 더러운 것이 있는데 이 둘이 서로를 인정하지 않고는 우리 자신이 건강하게 존재하기 어렵기 때문이다. 이같은 중용의 뜻을 생활 속에서 실천하기 위해서는 먼저 반드시 알아야 할 몇 가지 개념인 천天, 명命, 성性, 도道, 교敎, 성誠이 있다. 《중용》에서는 이것들을 다음과 같이 설명하고 있다.

하늘의 명을 성性이라 말하고 성性을 따름을 도라 말하며 도를 닦음을 교라 한다.

도라는 것은 잠시도 떠날 수 없는 것이니 떠날 수 있다면 도가 아니다.

성誠이라는 것은 하늘의 도요, 지성至誠은 사람의 도이다.

天命之謂性, 率性之謂道, 修道之謂敎.

道也者, 不可須臾離也, 可離非道也.

誠者, 天之道, 誠之者, 人之道.

천명지위성, 솔성지위도, 수도지위교.

도야자, 불가수유리야, 가리비도야.

성자, 천지도, 성지자, 인지도.

첫 소절은 천天, 명命, 성性, 도道, 교敎의 연관성을 설명하고 있다. 하늘의 명은 하늘의 생명으로 이 하늘의 생명이 곧 성이라는 것이다. 다시 말해 천성天性이 천명天命이라는 뜻은 천성이 누구도 함부로 할 수 없는 하늘을 닮은 본성이라는 뜻이다. 그래서 "저 아이는 성격이 게을러"라고 말할 수는 있어도 "저 아이는 천성이 게을러"라고 말할 수는 없다. 성性이란 그만큼 원래 밝은 하늘이다. 그러한 성을 따르는 것을 도라고 말한다.

원래 밝고 맑은 본성이 사람에게 있지만 사람이 이 본성을 좇지 않으면 본성을 발현할 길이 없다는 뜻이다. 그러니까 본성을 향해 마음을 정하고 이를 열심히 따르는 것이 바로 도인 것이다. 마지막으로 이같은 도를 닦아나가는 것을 교라고 말함은 제아무리 사람에게 본성을 좇는 마음인 도가 있다 하더라도 이 도를 매일매일 순간순간마다 놓치지 않고 살아가기 위해서는 끊임없는 가르침과 배움이 있어야 한다는 것이다. 도를 완성하기 위해서는 자기 자신 또는 다른 사람, 또는 동식물 등 대자연의 가르침이 필요함을 뜻함이다.

이처럼 꾸준한 정진을 통해 도를 이룬 사람은 잠시도 이 도로부터 멀어질 수 없다는 것이 두 번째 소절의 뜻이다. 흔히 사람들은 "도통을 했다"라거나 "저 사람이 도사래" 하면서 어떤 특별한 능력을 갖고 있는 사람들을 비아냥거리기도 한다. 그러나 진정한 도인道人이란 이같은 신통력, 또는 예언의 능력을 지닌 사람을 말하는 것이 아니라 일거수일투족이 늘 도에 합당한 사람을 말한다. 이 순간 숨을 쉬고 걷고 말하는 자기를 깬 의식으로 지켜보는 태도가 필요한 것이다. 비록 초능력을 지녔다 하더라도 그의 일상생활이 밝은 본성을 따르는 마음인 도에서 조금이라도, 잠시라도 벗어난다고 한다면 그는 도인이라 할 수 없음이다.

이렇게 말하면 "그렇게 완벽한 경지에 이르는 사람이 있을라구? 만약 있다면 그게 신神이지 사람인가?"라고 생각하는 사람이 있을 것이다. 물론 힘든 일이다. 하지만 중용의 도는 바로 이런 때 필요한 것이다. 생활 속에서 도의 궤도에서 벗어났다고 느끼는 순간 다시 도의 궤도로 진입할 수 있다는 확신을 가지고 중심을 잡는다면, 비록 잠시 멈칫했지만 곧 다시 도의 수레바퀴를 굴릴 수 있는 것이다. 그러나 이러한 중심에 대한 진정한 확신 없이 잘못을 거듭하고도 가벼이 여긴다면 중용을 진실로 안다고 할 수 없다. 때문에 진정한 도는 곧 중도中道이다.

마지막으로 성誠이 하늘의 도이고 지성至誠이 사람의 도라고 하는 세 번째 소절에서의 성誠은, 참 또는 진실을 말하고, 지성은 참을 다함을 말한다. 참됨이 하늘의 도이고 참을 다함을 사람의 도라고 하는 이 소절의 내용은 첫 번째와 두 번째 소절과 연결해 이해해야 한다. 기독교식으로 말하자면 사람은 원래 하나님의 형상대로 만들어졌고 하나님으로부터 생명의 원기를 받았지만, 원죄에 의해 하나님과의 사이에 막이 가리게 되어 타락한 삶을 살게 되었다.

이를 불교식으로 말하면 사람은 원래 밝은 본성을 가지고 태어나지만 무명無明의 때가 끼어 거짓된 삶을 살게 되었다고 할 수 있다. 그래서 하늘은 참이지만 그 하늘의 생명을 받은 인간은 마치 태양이 어두운 구름에 가려져 있는 것처럼 태양을 가리는 막과 거울에 낀 때에 의해 본성을 잃고 있다. 때문에 사람은 진정한 생명을 가리는 막을 치우고 때를 벗기고 참 진실을 찾아야 하는데 이 과정이 바로 참을 다하는 지성이라고 하는 것이다.

이렇게 볼 때 《중용》의 철학은 불교의 중관中觀이나 도교의 도道 사상과 일맥상통하는 데가 있다. 실제로 송宋나라에 와서 유가 철학은 이처럼 도가와 불가 사상과 어우러져 새로운 경지에 도달하게 되는데, 후대 학자들은 이러한 유학을 신유학新儒學이라고 부른다. 한국과 일본, 그리고 중국 등 극동아시아의 세 나라가 다 어떤 의미에서 이같은 유불도儒佛道의 통합을 이루어냈다. 다만 유불도 가운데 '도'를 한국에서는 '선도仙道'라 말하고 일본에서는 '신도神道'라고 일컬을 뿐이다.

3. 《논어論語》

사서 가운데 《논어》만큼 우리에게 많이 알려진 경전은 없다.

"배우고 때로 익히니 또한 기쁘지 아니한가? 친구가 먼 곳으로부터 오면 또한 즐겁지 아니한가?(學而時習之 不亦悅乎, 有朋自遠方來 不亦樂乎. 학이시습지 불역열호, 유붕자원방래 불역낙호)"라든지 "나는 열 다섯에 배움에 뜻을 두고 서른에 그 뜻을 세우고 마흔에 미혹되지 않고 쉰에 하늘의 명을 알고 예순에 귀에 거슬리는 말이 없고 칠순에 마음먹은 대로 해도 법도를 넘지 않았다(吾十有五而志于學, 三十而立. 四十而不惑, 五十而知天命, 六十而耳順, 七十而 從心所欲不踰矩. 오십유오이지어학, 삼십이입, 사십이불혹, 오십이지천명, 육십이이순, 칠십이 종심소욕불유구)" 같은 몇몇 구절은 한문을 조금이라도 아는 사람이라면 거의 다 읊조리고 있는 명구들이다. 심지어 유가 사상을 깊이 모르는 일반 사람들조차 '불혹' 하면 40세를 말하고 '지천명' 하면 50세를 가리키는 용어로 사용할 정도이다.

공자(BC 551~479)의 어렸을 적 이름은 구丘이고 높임 이름인 자字는 중니仲尼이며 춘추春秋시대 노魯나라 사람이다. 비록 유가 사상을 부정하던 중국 공산당 극좌파인 사인방四人幇이 주도한 문화혁명 때 공자 비판 운동이 일면서 공자의 무덤이 파헤쳐지는 수난을 겪기도 했지만 지금의 산동성 곡부曲阜에 공자의 유적이 잘 보수되어 있다. 공자는 키가 매우 컸고 어린 시절 아버지와 어머니를 차례로 잃고 목공木工 같은 허드렛일을 하면서 독학 수도한 끝에 인仁을 완성했다. 73세의 수를 누리고 3백 명의 제자와 안회顔回, 자로子路를 비롯하여 70여 명의 문하생을 두었다. 공자는 석가, 예수, 소크라테스와 함께 4대 성인四大聖人으로 손꼽히기도 하는데 자비慈悲의 석가나 사랑의 예수, 그리고 사람들에게 "너 자신을 알라"고 외쳤다는 소크라테스가 그랬듯, 공자도 다른 사람 아닌 자기 자신의 중심으로부터 비롯되는 진리의 등불을 켤 것을 강조했다.

《논어》는 공자의 언행을 그 제자들이 기록한 것으로 공자 사후인 전국戰國시대 말엽에 나왔다고 한다. 제자들과의 문답 형식으로 되어 있는 이 책은 학이편學而篇을 비롯하여 모두 20편으로 구성되었으며, 공자의 사상을 살펴볼 수 있는 가장 직접적인 자료로 꼽는다. 공자의 사상을 압축하면 한마디로 인仁과 군자론君子論이다. 인은 사람을 사랑하는 마음으로, 사람을 불쌍히 여기는 측은지심惻隱之心이다. 측은지심은 유가의 사단(四端, 인仁, 의義, 예禮, 지智) 가운데 첫 번째인 인의 마음이다. 참고로 말하면 의는 부끄러워하는 마음(수오지심羞惡之心)이고, 예는 사양하는 마음(사양지심辭讓之心)이고, 지는 옳고 그름을 가리는 마음(시비지심是非之心)이다. 퇴계退溪는 일찍이 인, 의, 예, 지의 사단을 리理에서 비롯된 진리라고 말한 바 있다.

군자君子는 인仁을 실천하는 사람으로, 사람을 사랑하고 불쌍히 여기는 사람을 말한다. 공자에 따르면 소인小人은 리(利, 이익)에 따라 행동하지만 군자는 언제 어디서나 인仁에 따라 행동한다. 그래서 앞에서 언급했듯 《논어》 첫머리에 "배우고 때로 익히니 또한 기쁘지 아니한가? 친구가 먼 곳에서 오니 또한 즐겁지 아니한가?"에 이어 "다른 사람이 알아주지 않아도 성내지 아니하니 또한 군자가 아닌가(人不知而不慍, 不亦君子乎 인불지이불온 불역군자호)"라고 한 것이다. 비록 다른 사람이 나를 알아주지 않을 뿐 아니라 곡해하고 심지어 핍박한다 하더라도 성을 내지 않고 차라리 측은한 마음을 가지면 군자이다. 왜냐하면 공자 자신이 그랬듯 군자는 삼십에 뜻을 세우고 사십에 미혹되지 않으며 오십에 하늘의 명을 알고 육십에 어떤 말을 들어도 귀에 거슬리지 않았기 때문이다. 이밖에도 《논어》에는 인과 군자에 대해 다음과 같이 표현하고 있다.

"아름다운 말과 예쁜 얼굴에는 인이 드물다"
"오직 인자仁者만이 사람을 좋아할 수 있고 사람을 미워할 수 있다"
"군자는 말은 어눌하게 하고 행동은 민첩하게 하려고 한다"
"자기가 원하지 않는 것을 남에게 베풀지 말라"

"인민에게 두루 베풂으로써 대중을 건질 수 있다"

"巧言令色 鮮矣仁" "교언영색 선의인"
"唯仁者能好人 能惡人" "유인자능호인 능오인"
"君子欲訥於言而敏於行" "군자욕눌어언이민어행"
"己所不欲 勿施於人" "기소불욕, 물시어인"
"博施於民 以能濟衆" "박시어민, 이능제중"

아름다운 말과 예쁜 얼굴에 왜 인이 드물다고 했을까? 요즘처럼 언변과 외모지상시대에 아름다운 말과 예쁜 얼굴에 인이 드물다니 무슨 뜻일까? 공자는 말을 잘하고 용모를 예쁘게 꾸미는 사람에게는 이익을 구하려는 마음이 도사리고 있음을 간파했기 때문이다. 뭔가 사리사욕을 추구하는 마음이 있기 때문에 말을 그럴듯하게 하고 외모를 잘 꾸미게 된다는 것이다. 물론 다 그런 것은 아니기 때문에 인이 없다고 말하는 대신 인이 드물다고 말한다. 또한 오직 인자仁者만이 사람을 좋아할 수 있고 사람을 미워할 수도 있다는 구절은 무얼 말함인가? 그것은 인자는 오직 인을 중심축으로 사람을 사랑하기 때문에 좋은 행위를 하는 사람, 또는 나쁜 행위를 하는 사람 모두를 사랑이라는 바탕 위에서 칭찬하고 좋아하고 꾸지람하고 미워할 뿐인데, 소인의 눈에는 어떤 사람을 좋아하는 것 같고 싫어하는 것같이 보인다는 뜻이다.

또한 군자는 말은 어눌하게 더듬고 행동은 민첩하게 하려고 한다는 뜻은 이론보다는 실천, 말보다는 행위를 중시한다는 뜻이다. 그리고 자기가 원하지 않는 것을 남에게 베풀지 않는다는 구절도 내가 싫은 것을 남에게 주고 내가 하고 싶지 않은 일을 남에게 시키지 말라는 뜻으로, 나와 남의 경계를 두지 말라는 의미를 담고 있다.

마지막으로 인민에게 두루 베풀어 많은 대중을 건질 수 있다라는 구절에서 인민은 백성 한 사람 한 사람을 가리키는 말이고 대중은 많은 수의 민중을 가리킨다. 이 구절은 많은 백성을 구제하려면 먼저 한 사람 한 사람의 인민에게 두루 베풀라는 뜻이다. 에베레스트산을 오르려면 한 걸음 한 걸음씩 올라가라는 의미와도 같다.

공자는 정치에 관심이 많아 장년 시절 이 나라 저 나라의 임금을 찾아다니며 인仁을 갖춘 현명한 군주인 현군賢君의 덕치德治를 역설했는데 다음은 그가 덕치를 강조한 말이다.

"임금께서는 정치를 한다면서 어찌 죽임으로써 하시렵니까? 임금이 착해지려 하면 백성도 착할 것입니다. 군자의 덕은 바람이고 소인의 덕은 풀이니 풀 위로 바람이 가면 반드시 (풀은) 엎드릴 것입니다."

"子爲政, 焉用殺. 子欲善而民善矣. 君子之德風, 小人之德草, 草上之風, 必偃."
"자위정, 언용살. 자욕선이민선의. 군자지덕풍, 소인지덕초, 초상지풍, 필언."

이 구절에서 우리는 윗물이 맑으면 아랫물이 맑다는 식의 태도를 볼 수 있다. 사형과 같은 극형을 쓰는 대신 인仁과 덕으로 임금이 모범을 보이면 백성은 자연히 따르게 된다는 것이 바로 공자가 주장하는 덕으로의 다스림이다.

4.《맹자孟子》

《맹자》는《논어》와 함께 한문을
공부하는 사람들의 좋은 교재이
다.

《논어》가 짤막짤막한 어록식으
로 되어 있다면《맹자》는 비유와

맹자

논쟁이 풍부하고 짜임새 있는 문체로 이루어져 있다. 이 책은 양혜왕梁
惠王편을 비롯하여 모두 7편으로 이루어져 있다. 지은이에 관해서는 맹
자 자신이 저술했다고도 하고 맹자가 죽은 후 제자들이 스승의 말을 정
리해 기록했다는 설도 있다.《맹자》는《논어》와 함께 고려, 조선시대 우
리 선조들에 의해 많이 읽힌 고전으로《맹자언해孟子諺解》,《맹자요의孟
子要義》등 이 책에 대한 해설서들이 많다.

맹자는 공자보다도 그의 일생에 대한 기록이 적다. 그래서 맹자의 이
름이 가軻이고 전국시대 추鄒나라 사람이라는 기록만이 비교적 분명하
고 그의 정확한 생존 시기나 자字도 불확실하다. 다만, 그가 공자와 비
슷한 지방인 지금의 산동성 출신이고 공자의 인仁과 덕치德治를 이어받
아 인의仁義와 왕도정치王道政治를 역설했다는 점에서 후대에 그의 도를
공자의 도와 묶어서 공맹지도孔孟之道라고 일컬었다. '인'은 사람의 마
음이요 '의'는 사람의 길이라고 본 맹자는 공자보다 더욱 임금의 자질

을 강조해 인의의 정치를 하지 못하는 폭군이라면 혁명에 의해 축출할 수 있다는 이른바 역성혁명易姓革命의 길을 열었다고 알려져 있다. 이처럼 날카로운 비판의식을 유감 없이 발휘한 맹자는 모든 사람을 평등하게 사랑해야 한다고 주장한 묵자墨子와 개인의 자유를 그 무엇보다 소중히 여긴 자유주의자 양자楊子에 대해서도 가차없이 비판했다.

이보다 맹자 하면 먼저 떠오르는 것은 어쩌면 사람의 천성은 착하다는 성선설性善說과 그의 어머니가 자식의 교육을 위해 세 번 이사했다는 맹모삼천지교孟母三遷之教일 것이다.

우선 성선설을 살펴보면 맹자는 《중용》에서 말하는 천명天命으로서의 성性을 천명(天明, 밝은 천성)으로 인식하고, 사람이 사악해지는 것은 후천적으로 잘못된 학습 때문이라고 보았다. 사람은 선천적으로 남을 불쌍히 여기고 부끄러워하고 사양하고 잘잘못을 가릴 줄 아는 마음인 사단(四端, 인, 의, 예, 지)을 갖고 태어나지만, 자라면서 희, 노, 애, 구, 애, 오, 욕의 칠정七情에 이끌리며 욕심스러워진다는 주장이다. 이는 역시 공자의 제자임을 자처하는 순자荀子의 '성악설性惡說'과 반대 입장을 취하는 것이다. 순자는 반대로 사람의 본성은 악하므로 예의 교육에 의해 이를 순화시켜 선하게 만들어야 한다고 했다. 순자의 제자인 한비자韓非子는 이를 더욱 발전시켜 법치法治를 강조하는 법가法家를 열었고 이 법가가 진시황에 의해 받아들여졌음은 잘 알려진 사실이다.

맹모삼천지교는 잘 알려져 있는 고사로 그 내용은 다음과 같다.

맹자 가족은 처음에는 묘지 근처에 살았다. 그러다 보니 매일매일 장사지내는 모습만 보던 맹자가 죽은 사람을 염하고 장사지내는 흉내만 내자 그 어머니가 안 되겠다 생각하고 이사를 간 곳이 이번에는 시장 근

처였다. 맹자의 어머니는 맹자가
또 매일 물건을 흥정해 사고 파는
시장놀이를 하는 것을 보고 또다
시 이삿짐을 쌌다. 이번에는 학교
근처로 이사했다. 그 결과 맹자는
어머니의 뜻대로 열심히 공부해
대학자가 되었다는 것이다. 지금
도 자식을 훌륭히 키운 어머니의
예로 맹자의 어머니를 꼽을 만큼
자식에게 산 교육을 시키기 위해

한비자

번거로운 이사를 감행한 맹자 어머니의 교육열은 많은 사람들의 관심
을 불러일으켰다. 그렇다면 오늘날 자식의 교육을 위해 해외 이주도 불
사하는 한국의 어머니들도 모두 맹자 어머니의 정신을 이어받은 것일
까?

마지막으로 《맹자》의 한 대목을 감상하도록 하자. 다음은 맹자가 양
혜왕梁惠王에게 인의仁義의 왕도정치를 할 것을 촉구하자 양혜왕이 자기
는 다른 임금에 비해 선정을 베푼다고 자부하는 말을 듣고 나서 맹자가
대답한 말이다.

맹자가 대답해 말하기를, 왕께서는 전쟁을 좋아하시니 전쟁으로
비유해 보겠습니다. 둥둥 북을 치며 무기의 날이 이미 맞닿아 있는
상황에서 갑옷을 버리고 무기를 끌고 도망가는데, 어떤 사람은 백 걸
음 달아난 후 멈추고 어떤 사람은 오십 걸음 달아난 후 멈췄다고 합

시다. 이때 오십 걸음 달아난 사람이 백 걸음 달아난 사람을 보고 비웃으면 어떻겠습니까?

孟子對曰 王好戰請以戰唯. 塡然鼓之 兵刃旣楪, 棄甲曳兵而走, 或百步而後止, 或五十步而後止, 以五十步笑百步, 則何如.

맹자대왈 왕호전청이전유. 전연고지 병인기접, 기갑예병이주, 혹백보이후지, 혹오십보이후지, 이오십보소백보, 즉하여.

이것이 바로 오십보 백보의 유래로, 둘 다 비슷한 상황을 두고 한 말이다. 그러니까 전쟁터에서 오십 걸음 달아난 군인이 백 걸음 달아난 군인을 보고 비웃으면서 자위하는 이야기에서 비롯된 고사성어故事成語인 것이다.

제 3 장

신화·전설과
역사·철학 산문

신화와 전설

고조선, 부여, 고구려, 백제는 은殷나라, 춘추春秋, 전국戰國의 연燕나라, 노魯나라, 제齊나라 및 남북조시대의 송宋나라, 제齊나라, 양梁나라, 진陳나라와 그 민족(동이족)과 영토(현재 중국의 동북부와 동남부)를 공유했기 때문에 자연히 상당 부분의 신화와 전설을 공유하고 있다.

1. 삼황오제三皇五帝

삼황오제의 신화를 중국의 신화로 믿고 있는 사람이 많다. 그러나 따지고 보면 삼황오제는 동아시아의 대표적 신화로, 문헌에 따라 전해지는 이름이 다르다. 삼황만 하더라도 세 가지 서로 다른 학설이 있으니, 어떤 학자는 삼황을 천황天皇, 지황地皇, 인황人皇이라고 하고, 또 어떤 학자는 수인씨燧人氏, 복희씨伏羲氏, 신농씨神農氏라고도 하고, 또 어떤 학자는 수인씨, 축융씨祝融氏, 여와씨女媧氏라고도 한다.

천황, 지황, 인황은 곧 천(하늘), 지(땅), 인(사람)을 가리키고 천신天神, 지신地神, 인신人神의 삼신三神으로 불리기도 하는데, 오늘날 한국과 일본에서는 이 삼신설이 잘 알려져 있다.

다음 두 번째 설에 등장하는 수인씨는, 불을 사용하는 법과 음식물을 요리하는 법을 전한 신이라고 한다. 또한 복희씨는 팔괘를 처음으로 만들고 그물을 발명해 고기 잡는 법을 가르쳤다고 한다. 몸은 뱀이고 얼굴은 사람이며 소의 머리와 범의 꼬리를 가졌다고 하는 복희씨는, 포희씨庖犧氏 또는 태호씨太昊氏라고도 불린다. 또 신농씨는 염제炎帝라고도 하며 인신우수(人身牛首, 사람의 몸에 소의 머리를 한 신)로, 불을 담당하고 농사짓는 법을 가르쳤다고 한다. 신농씨는 쇠붙이를 녹여서 거푸집에 부어 동상을 만드는 주조鑄造와 술을 빚는 양조의 신, 그밖에 의료, 음악, 교역, 상업의 신으로도 불린다.

한편 세 번째 설에 등장하는 축융씨는 불을 맡은 신, 여름의 신, 남쪽 바다의 신, 남방신 등으로 알려져 있다. 또 다른 학설에 따르면 축융씨는 삼황의 하나가 아니라 오제五帝의 하나인 전욱의 아들, 또는 손자라고도 하고, 역시 오제의 하나인 제곡의 불 담당 관리를 지냈다고도 한다. 다음 여와씨는 복희씨의 누이동생으로, 오색의 돌로 기울어지는 하늘을 보수하고 자라의 발을 잘라 사극(동극, 서극, 남극, 북극)을 세웠으며 갈대를 태운 재로 홍수를 막았다고 전한다. 여희씨女希氏, 또는 와황媧皇이라고도 불리는 여와씨는 복희씨와 같이 몸은 뱀이고 얼굴은 사람으로, 진흙으로 최초의 사람을 빚어 만든 인류 창조의 신으로도 알려져 있다.

여와씨가 처음 진흙으로 사람을
빚었을 때 너무 힘이 들고 오래 걸
려서 아예 새끼줄에 진흙 반죽을
묻혀 높은 산에 올라가 탈탈 털었
는데, 이렇게 떨어진 진흙 덩어리
들이 모두 사람이 되었다는 이야기
도 전한다. 재미있는 점은 삼황의
반열에 올라 있는 수인씨, 신농씨,
축융씨가 모두 불과 관계된 신이라
는 점이다. 그리스로마 신화의 프
로메테우스를 연상시키는 불의 신

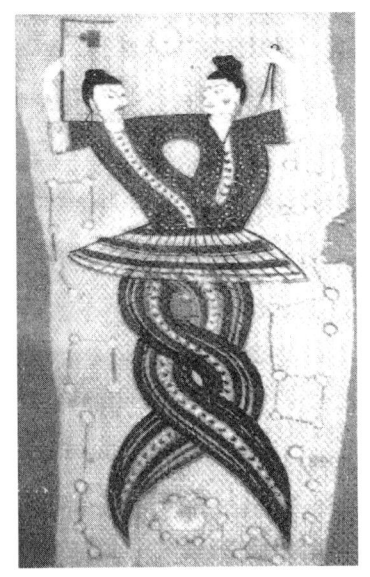

복희 · 여와도

은 물의 신과 함께 동서양에 있어서 그만큼 중요한 신이었던 것이다.

다음으로 오제도 두세 가지 설이 있는데, 첫 번째는 방위신으로서의
동방신, 서방신, 남방신, 북방신, 중방신 등을 가리킨다. 이들은 동방,
서방, 남방, 북방, 중방의 색깔을 의미하는 다섯 황제인 청제靑帝, 백제白
帝, 적제赤帝, 흑제黑帝, 황제黃帝라고 불리기도 한다. 이 설은 고구려, 백
제의 무덤 벽화에 그려져 있는 사신도(四神圖, 동청룡, 서백호, 남주작, 북현무)와
무녀巫女들의 사설에 나오는 오방신이 우리의 눈과 귀에 익숙한만큼 우
리 민족의 정서에 맞는다. 오제에 관한 두 번째 설은 황제黃帝, 전욱顓頊,
제곡帝嚳, 요堯, 순舜이고, 세 번째는 황제黃帝 대신 소호씨少昊氏를 넣어
소호씨, 전욱, 제곡, 요, 순을 오제로 보기도 한다.

오제를 간략히 설명하면 먼저 황제黃帝는 헌원씨軒轅氏라고도 불리는

데 처음으로 곡물 재배를 가르치고 문자와 음악, 그리고 도량형을 정했다고 한다. 중국 사람들은 자기들을 황제의 자손으로 자부하며, 오늘날 섬서성 서안西安 부근에 황제의 묘까지 조성해 참배하고 있다. 다음으로 전욱은 황제黃帝의 손자로 고양高陽에 나라를 일으켰으므로 고양씨라고도 불린다. 세 번째, 제곡은 황제의 증손이고 요堯의 할아버지로 전욱의 뒤를 이었으며 고신씨高辛氏라고도 불린다. 고신씨에 대해서는 우리가 조상에 제사를 지낸 후 제상祭床의 음식을 조금 떼어 밖에 내놓을 때 외치는 "고수레~"가 바로 고신씨를 부르는 소리라는 설이 있다. 네 번째, 요는 도당씨陶唐氏라고도 불렸으며 중국 군주의 이상형으로 추앙받고 있다. 마지막으로, 순은 효성이 지극해 주위의 많은 사람들이 그를 따르자 요가 그에게 임금 자리를 물려 주어 덕으로 다스렸다는 장본인이다. 유우씨有虞氏라고도 불리는 순의 효성에 관해서는 다음과 같은 이야기가 전한다.

순의 아버지 고수瞽瞍가 그에게 쌀창고에 올라가 칠하게 하고는 밑에서 불을 질러 죽이려고 하자 삿갓으로 자신을 호위하며 내려와 부모님께 문안을 드렸다. 또한 고수가 순에게 우물을 파게 해 물에 빠뜨려 죽이려 했으나 그는 우물을 팔 때 몰래 딴 구멍을 하나 더 파서 그리로 빠져나온 후에도 부모를 조금도 원망하는 기색이 없었다고 한다. 아무튼 순도 요와 마찬가지로 자신의 친아들인 상균商均이 똑똑하지 못하다고 판단하고 우禹에게 임금 자리를 물려 주었다고 전한다. 마지막으로 소호씨는 금천씨金天氏라고도 불리는데 복희씨와 마찬가지로 태양과 새, 특히 봉황을 토템으로 삼았다고 한다.

삼황오제에 관해 설명을 하다보면 서로 모순되고 중첩되는 것이 많다. 예를 들어 수인씨, 축융씨, 신농씨가 모두 불의 신이고, 신농씨와 황제가 다 농사를 짓는 법을 가르쳤고 이 가운데 축융씨는 삼황의 하나라고도 하고 오제의 하나라고도 한다든지, 여와씨는 삼황의 하나라고도 하고 아니라고도 한다든지 등등 많다. 그 이유는 민족과 국가의 변화에 따라 민족이 갈라지고 다시 만나는 과정을 되풀이하면서 신화와 전설이 서로 중첩되고 모순관계에 놓이게 된 데서 찾을 수 있겠다.

이에 연관시켜 상고대 동아시아 민족의 차이를 이들이 믿었던 토템의 차이로 해석하는 한 학설을 소개한다.

상고대 동아시아에는 봉황을 토템으로 하는 동이족과 용을 토템으로 하는 화하족이 있었는데 봉황을 신앙하는 동이족을 봉족鳳族이라 하고 용을 신앙하는 화하족을 용족龍族이라 한다. 그런데 백제시대의 한 신하가 남북조의 양梁나라에 사신으로 갔을 때의 모습을 담은 초상화를 보면 머리에 새의 깃털을 꼽고 있고, 또한 오늘날 한국의 민간에서 새의 조상彫像이 달린 솟대가 숭앙되고 있으며, 무엇보다 한국 대통령의 문장紋章이 봉황임을 볼 때 새는 분명 우리 민족의 중요한 토템임이 틀림없다.

아무튼 이 토템을 삼황오제와 연결시켜 보면 봉족 계열에는 태호씨(복희씨), 소호씨, 제곡(고신씨), 순(유우씨)이 있고 용족 계열에는 황제(헌원씨), 전욱, 고양씨, 요(도당씨)가 있다. 이 설에 따르면 태호씨(복희씨), 소호씨(금천씨), 제곡(고신씨), 순(유우씨)으로 이어져 온 봉족은 이후 바람신으로 알려진 치우씨蚩尤氏를 거쳐 은나라의 은족殷族, 그리고 진나라의 진족秦族으로 이어졌다고 한다. 한편 헌원씨, 고양씨, 도당씨로 이어져 온 용족은 이후 하나라의 하족夏族, 주나라의 주족周族과 한나라의 한족漢族

으로 이어졌다는 것이다. 요컨대 이 설은 고대 동아시아의 양대 종족인 동이족과 화하족의 권력 싸움이 고대신화와 전설의 교란을 초래했다고 본다. 또한 신들의 이름이 이렇게 둘, 셋, 심지어 네 개의 이름을 갖게 된 것도 그리스신화의 제우스가 로마신화의 주피터임과 마찬가지로 국가와 언어의 변화에 따른 것임을 밝혀둔다.

2. 기타 신神들의 이야기

삼황오제 이외에 등장하는 신과 영웅으로는, 앞서 언급한 풍신風神 치우씨와 수신水神 공공씨共工氏, 그리고 반고盤古, 마고麻姑, 서왕모西王母, 예羿, 항아姮娥 등이 있다. 이 가운데 제일 먼저 치우씨를 설명하면, 앞에서 말했듯이 바람신인 치우씨는 《환단고기桓檀古記》에 고조선 환웅桓雄시대의 14대 천황으로, 안개바람을 일으켜 황제黃帝에 대항한 영웅적 존재로 그려지고 있다. 그런가 하면 그가 황제에게 반기를 들어 황제에 의해 멸망당했다는 설도 있다. 이처럼 풍신風神 치우에 관해서는 긍정적 기록과 부정적 기록이 있는데, 이는 동이족과 화하족의 후예로 자처하는 후대 사관의 입장이 각각 다르기 때문일 것이다. 이로써 볼 때 치우씨는 동이족에게는 매우 용감한 신이었고 화하족에게는 매우 사납고 위협적인 신이었다.

공공씨는 물의 신으로 알려져 있다. 그는 복희씨나 여와씨처럼 인면사신(人面蛇身, 얼굴은 사람이고 몸은 뱀)이었다고 한다. 공공씨에 대해서는 다음과 같은 일화가 전한다.

공공씨는 오제의 하나인 전욱과 제위를 다투다가 전욱에게 패하자 화가 나서 하늘과 땅을 수평으로 지탱해 주는 천주(天柱, 하늘 기둥)를 끊어 버렸다. 그래서 하늘은 서북쪽으로 기울고 땅은 동남쪽으로 기울게 되어 모든 강물이 동남쪽으로 흐르게 되었다는 것이다. 그런가 하면 공공씨는 소호씨의 불초자식(똑똑하지 못한 아들)이었다고도 하고, 요堯시대의 수관(水官, 물을 다스렸던 관리)이었다고도 하고, 순舜시대의 백공(百工, 많은 공장工匠을 다스렸던 관리)이라고도 한다.

이렇듯 문헌 기록이 서로 다른 것도 각각 다른 민족과 국가의 입장에서 해석을 하기 때문이다. 예를 들어 공공씨를 요시대의 관리라고 주장하는 측은 화하족과 한족漢族 사관일 가능성이 크고, 반대로 그를 복희씨나 소호씨와 연결시키는 측은 동이족과 진족秦族 사관일 가능성이 높다고 하겠다.

반고는 반고씨라고도 불린다. 한자 표기도 반고盤古, 반고盤固로 각각 다른데 천지창조의 신으로 잘 알려져 있다. 반고가 대자연을 창조하고 인류를 창조한 과정을 설명하자면 다음과 같다.

태초 이전 우주는 혼돈 그 자체였다. 마치 계란과 같은 혼돈 속에서 반고가 깊이 잠들어 있었다. 어느 날 반고가 눈을 뜨고 기지개를 켜니 마치 껍질을 까고 부화하는 병아리와 같았다. 계란 껍질을 까고 나온 반고는 우선 혼돈의 기운을 갈라야겠다고 생각하고, 두 팔을 높이 쳐들고 두 발을 내리눌러 가볍고 투명한 기운은 위로 올려보내고 무겁고 혼탁한 기운은 아래로 내려보내기 시작했다. 오랜 시간 끝에 드디어 가볍고 투명한 기운인 하늘과 무겁고 혼탁한 기운인 땅이 갈라져 천지가 생기게 되었다. 그런 다음 힘이 다한 반고는 숨을 거두게 되었다. 숨진 반고의 두 눈은 하늘의 해와 달이 되었고 그의 근육은 땅의 산맥이 되었으며, 체모(體毛, 몸에 난 털)는 숲이 되었다. 또한 그의 피는 강과 바다를 이루었고, 살은 비옥한 논과 밭이 되었으며 땀은 비가, 한숨은 바람이, 치아는 오색찬란한 보석이, 머리털은 밤하늘의 뭇별이 되었다. 마지막으로 반고의 옆구리에서 벌레가 한 마리 나와 진화에 진화를 거듭해 마침내 사람이 되었다.

반고신화는 이처럼 인간을 우주의 총화로 보고 있다. 앞의 삼황오제라든가 다른 신들도 인간과 동물, 그리고 인간과 하늘, 바람, 물, 불과 서로 교합하듯이 반고는 해, 달, 별, 산, 바다, 바람 같은 대자연과 한몸을 이루고 있다. 동양에서는 일찍부터 사람을 소우주로 보는 관점이 있었는데 그 원형을 바로 이 반고신화에서 엿볼 수 있다. 이에 따르면 우리의 몸이 그대로 우주의 축소판으로, 우리의 눈은 해와 달이요, 우리의 혈액은 강과 바다요, 우리의 근육은 거대한 산맥이고 우리의 살은 비옥한 논과 밭인 것이다. 그뿐인가? 바람은 우리의 한숨이요, 비는 우리의 땀이요, 밤하늘의 뭇별은 우리의 머리털이요, 영롱한 보석은 다름아닌 우리의 치아인 것이다.

또한 반고신화는 역易의 사상과도 맥을 같이한다. 반고가 잠을 자던 태초의 혼돈상태를 역의 태극太極으로 보고, 또 깨어난 반고가 가볍고 맑은 기운을 올려붙이고 무겁고 탁한 기운을 아래로 내려 깔아 하늘과 땅(천지)을 갈라놓음을 역의 음양陰陽으로 볼 수 있기 때문이다.

다음으로 마고신화를 간단히 소개하면 다음과 같다.

마고는 선천先天시대와 후천後天시대의 중간에 태어나 지상에서 가장 높은 마고성麻姑城에 살면서 선천을 남자로 하고 후천을 여자로 해 배우자 없이 두 딸 궁희穹姬와 소희巢姬를 낳았다. 마고성은 지구에서 가장 높은 고원인 파밀고원에 있었는데, 마고는 이 성에서 처녀잉태와 처녀출산(무성생식無性生殖)을 한 것이다. 오직 과거의 시간을 의미하는 선천과 미래의 시간을 의미하는 후천의 만남만으로 말이다.

궁희와 소희 또한 선천과 후천의 정을 받아, 결혼하지 않고 각각 두 천인天人과 두 천녀天女, 합해서 네 천인과 네 천녀를 낳았다. 이중 네 천인이 마고성의 사방四方을 다스리는 황궁씨黃穹氏, 백소씨白巢氏, 청궁씨靑穹氏, 흑소씨黑巢氏였다. 마고가 태어나기 전 선천시대 태초에는 오직 빛과 소리만이 있었다. 이 소리는 팔여음八呂音이라 불렸고 이 소리에서부터 허달성虛達城, 실달성實達城이 나오고 허달성과 실달성의 사이에서 마고와 마고성도 나왔다.

마고의 두 딸 궁희와 소희의 여덟 자식들은 마고성의 땅에서 나오는 지유地乳를 먹고 자랐으며 네 천인(황궁씨, 백소씨, 청궁씨, 흑소씨)은 율律을 맡았고 네 천녀는 려呂를 맡았다. 이들이 맡았다는 율려는 오늘날 12음률이라고 부르는데 모두 반음으로 이어지는 이 12음계는 6개의 율과 6개의 려가 엇갈려 만들어졌다고 한다. 여기서 율은 양陽의 음이고 려는 음陰의 음으로서, 율려의 조화는 이 세상에서 가장 평화로운 원초적 상태라고 한다.

시인 김지하가 이 땅에 실현시키고 싶다는 율려 사상이 바로 마고성의 소리(음악)인 율려에 기초하고 있다. 또한 마고신화에 따르면 율려가 나오기 이전에는 오직 려음(呂音, 음陰의 소리)이 있었다고 하여 남녀 구분 이전의 원형을 모성母性으로 보고 있다.

다시 마고성의 이야기로 돌아오자. 선천시대의 운이 다하고 후천시대의 운이 열리자 마고가 실달성을 떨어뜨리니 실달의 몸체가 열려 물 가운데 땅이 생기고 땅이 변해 물이 되고 물이 변해 땅이 되었다. 이러한 과정을 되풀이하다가 서서히 지地, 수水가 화火, 풍風과 함께 돌며 점차로 낮과 밤이 갈라지고, 봄 여름 가을 겨울의 사계절이 생겨 식물과 동물을 길러냈다. 이때 황궁씨는 지(地, 토土)를 맡고, 청궁씨는 수水를 맡고, 백소씨는 풍(風, 기氣)을 맡고, 흑소씨는 화火를 맡았다.

이로써 볼 때 선천시대의 성城이 허달성이고 후천시대의 성이 실달성임을 알 수 있다. 이를 다른 말로 해석하면 선천의 시대는 무無의 시대이고 후천의 시대는 유有의 시대라는 뜻이다. 마고가 실달성을 떨어뜨려 물 가운데 땅이 생기기 시작해 낮과 밤, 사계절이 생기고 동식물 등 생명이 생겼다는 것은 그녀가 선천과 후천의 중간에서 무의 운행(선천의 기氣)을 끝내고 유의 운행(후천의 기)을 열었음을 의미한다.

마고신화에 출현하는 최초의 인간은 후천세계에서 네 천인이 네 천녀와 이른바 근친결혼을 해 네 쌍의 부부가 각각 6남매(3남 3녀), 즉 24명을 낳았는데 이들이 몇 대를 거치면서 각각 3천 명에 이르렀다. 이들은 지유地乳를 마심으로 기혈氣血이 맑아 듣고 보고 가고 옴이 자유자재로 가능했다. 이들은 소리내지 않고도 말을 하고 형상을 감추고도 움직였으며 수명이 한이 없었다. 그러나 백소씨의 족속으로부터 오미五味의 맛을 알게 되어 다툼이 일어나 마침내 이 네 족속은 서로 헤어지게 되었다. 청궁씨는 자기의 족속을 이끌고 마고성의 동문을 나와 동쪽(중원)으로 가고 백소씨족은 서쪽(중근동)으로 가고 흑소씨족은 남쪽(인도)으로 가고 황궁씨족은 북쪽(천산산맥)으로 갔다. 이같은 내용은 《부도지符都誌》에 씌어져 있는데, 이 책에 따르면 한국인의 조상은 황궁씨족이고 천산산

맥으로 이동한 바로 그때부터 환인시대, 환웅시대, 단군시대가 열리게 되었다고 한다.

중국신화에서는 마고선녀, 마고신선 또는 마고할미라고도 불리는 이 마고 이야기는, 한漢나라 때 고여산姑餘山에서 수도하면서 새의 발톱 같은 손톱으로 사람의 가려운 데를 긁어 주었다는 희화적인 이야기로 각색되어 전하기도 한다. 그러나 《부도지》에 기록된 마고신화는 비교적 앞뒤가 분명하고 체계를 갖춘 천지창조 및 인류창조 신화로, 이를 잘 정리하면 성경이나 그리스로마 신화 못지 않게 흥미로운 이야기가 될 것이다.

그 다음 서왕모西王母 이야기는 《산해경山海經》 등에 나오는 이야기로 서왕모는 옥산玉山에 사는 선녀인데, 사람 얼굴에 범의 이빨과 꼬리를 가졌으며 헝클어진 더벅머리에 꽃으로 만든 화관을 쓰고 소리를 잘했으며 동굴에서 살았다고 한다. 그녀는 하늘의 살기殺氣를 가지고 다섯 가지 잔혹한 일을 주관했다고 한다.

서왕모는 이처럼 괴물 같은 형상으로 그려지기도 한 반면에 매우 낭만적인 사랑의 여신으로 그려지기도 한다. 《목천자전穆天子傳》을 보면 주周나라 목왕이 서쪽 곤륜산崑崙山에 가서 서왕모를 만나 요지瑤池라는 연못에서 놀았는데, 서왕모는 목왕을 위해 검은 옥玉과 흰 옥을 선물하며 함께 술을 마시고 시를 지어 서로 주고받았다. 서왕모가 목왕을 칭찬하며 또 놀러오라는 뜻의 시를 짓자 목왕은 백성을 평안히 다스리고 난 3년 후에 꼭 다시 돌아오겠다는 내용의 시로 화답한 후, 서왕모와의 만남을 엄산弇山의 돌에 기록하고 엄산을 '서왕모의 산'이라 불렀다는 것이다.

또한 《한무제고사漢武帝故事》에는 다음과 같은 이야기가 있다.

한나라의 임금 무제가 장수長壽와 불사不死를 꿈꾸고 있을 때 이를 가상히 여긴 서왕모, 7월 7일 7시에 7개의 천관天冠을 쓰고 자주색 수레를 타고 푸른 새의 호위를 받으며 지상에 내려왔다. 서왕모는 불사약을 구하는 한무제에게 "그대는 지상에 쌓아놓은 정이 너무 많아 불사약을 줄 수 없다"고 말하고, 그 대신 선도(仙桃, 하늘의 복숭아) 일곱 개를 꺼내어 두 개는 자기가 먹고 다섯 개는 무제에게 주었다. 무제가 그 복숭아를 먹은 후 그 씨를 지상에 심으라고 명하자 서왕모는, "이 복숭아는 하늘의 복숭아로 천상에서도 3천 년에 한번 열매를 맺으며 지상에서는 심을 수 없다"고 말한 후 사라졌다고 한다.

10개의 태양을 쏘는 예

다음으로 예와 항아의 이야기를 소개한다.

먼저 예는 활쏘기의 명인인 명궁名弓으로 알려진 영웅으로, 그에 관해서는 두 가지 다른 전설이 있다. 그 하나는, 그가 요堯의 신하로 요 임금 때 10개의 태양이 떠올라 온갖 초목을 말려 죽이므로 예가 9개의 태양을 쏘아 떨어뜨리고 백성을 해치는 괴수를 퇴치해 백성으로부터 천자로 추앙받았다는 설이다.

다른 하나의 설은 비교적 간단한 내용으로 그가 하夏나라 때 지금의 산동성을 지배했는데 그 세력이 하나라를 멸망시킬 만큼 컸다는 것이다. 이 두 가지 설을 연결시켜 역사적으로 해석해 보면 예는 상고대에 상당한 권력을 가졌던 영웅으로 요임금 시대 또는 하나라 때 봉황과 함께 태양도 숭앙했던 10개의 동이족 가운데 9개 부족을 무찌르고 하나로 통합해 천자로 추앙받았다는 이야기가 될 수 있다.

항아는 상아嫦娥 또는 상희嫦羲라고도 불리는데, 예와 마찬가지로 서로 다른 이야기의 주인공으로 등장한다. 한 설에 의하면 그녀는 태양신인 제준帝俊의 아내인 동시에 달의 신으로, 달덩이 같은 알 12개를 낳고 일월산日月山 골짜기에서 목욕을 했다고 한다. 또 다른 설은 항아가 예의 아내로서 예가 서왕모로부터 얻어온 불사약을 훔쳐 달로 달아나 두꺼비가 되었다고 한다. 이와 비슷한 또 다른 기록에 따르면, 항아가 예에게서 불사약을 훔쳐 달로 달아나긴 했는데 두꺼비가 아니라 토끼가 되었다고 한다. 그런가 하면 그녀가 달의 정령 또는 달의 요정이 되었다고도 한다. 이 설들을 종합해 보면, 항아는 태양신 제준의 아내이자 달의 신인데 또 다른 태양신 예가 나타나 항아의 남편인 태양신 제준을 멸하고 그 아내인 항아를 아내로 맞았으나, 항아는 결국 새 남편인 예를 배반하고 달에 가서 독자적 삶을 살았다는 얘기로 재구성된다.

어쨌든 임오년壬午年, 계미년癸未年같이 아직도 사용되고 있는 간지干支 역법을 구성하고 있는 십간(十干, 갑, 을, 병, 정, 무, 기, 경, 신, 임, 계)과 십이지(十二支, 자, 축, 인, 묘, 진, 사, 오, 미, 신, 유, 술, 해)가 상고시대 예羿가 상대했다는 10개의 태양(십간)과 항아가 낳았다는 12개의 달(십이지) 이야기와 연관되어 있음을 알 수 있다.

마지막으로 동아시아의 신들이 살았던 산들을 소개하려 한다. 신들의 활동무대인 산들로는 서왕모가 살았다는 옥산玉山, 항아가 목욕했다는 일월산日月山, 10명의 무녀巫女가 오르내리고 1백 가지 약이 있다는 영산靈山, 그리고 서왕모와 주나라 목왕穆王이 만났다는 곤륜산崑崙山 등이 있다. 이 가운데 곤륜산에 있었다는 곤륜성의 모습을 소개하면 이렇다.

곤륜성은 사방이 8백 리이고 높이가 1천 길로 사면四面에는 각각 9개의 문과 우물이 있으며 이 우물의 둘레는 옥玉으로 장식되어 있다. 또한 성 위에는 수목樹木과 곡식이 풍부했으며 이 모두를 개명수(開明獸, 눈이 밝은 신수神獸)가 지키고 있다. 또 다른 기록에 따르면 신수가 아니라 육오陸吾라는 인면수신(人面獸身, 사람 얼굴에 꼬리가 아홉 개 달린 범의 몸체를 한 신인神人)이 곤륜성을 지켰다고도 한다.

이밖에도 창해滄海 바닷속에 도삭산度朔山이 있었는데 이 산 위에는 아름드리 복숭아나무가 있고 동북쪽에는 귀문鬼門이 있어서 여러 귀신들이 드나들었다. 이 귀문 위에는 신도神荼와 울루鬱壘라는 두 신인神人이 있어서 귀신들을 다스렸는데, 특히 해롭고 악한 귀신이 있으면 갈대끈으로 꽁꽁 묶어서 범에게 먹이로 주었다고 한다. 그래서 황제黃帝도 악귀를 물리칠 때면 복숭아나무로 인형을 만들어 문 옆에 세우고 문 위에는 신도와 울루 및 범의 그림을 그려놓고 갈대끈을 달아두었다고 전한다.

비록 올림푸스산을 중심으로 활약했다는 그리스로마 신화처럼 체계적이고 짜임새도 없어 보이지만 동아시아의 신화도 이처럼 여러 산과 바다를 무대로 삼황오제 등 수많은 신들과 영웅들이 종횡무진 활동한 기록이 풍부하다. 이 자료들을 앞으로 잘 활용하면 멋있는 동아시아 신화가 나올 것을 확신한다.

역사 산문

《서경》의 뒤를 이어 춘추전국 시대의 역사책으로는 《춘추春秋》,《국어國語》,《전국책戰國策》이 있다. 이 가운데 《국어》와 《전국책》에는 와신상담臥薪嘗膽, 화사첨족畫巳添足, 호가호위狐假虎威, 휼방상쟁鷸蚌相爭, 어부지리漁父之利 따위의 고사성어가 풍부하다.

와신상담은 춘추시대 오吳나라의 왕 부차夫差가 땔나무 위에서 자면서 월越나라의 왕 구천句踐을 무찌르고 구천은 또 쓸개를 핥으면서 부차에게 복수한다는 내용이다. 화사첨족은 뱀 그리기 대회를 하는데 제일 먼저 뱀을 그린 사람이 시간이 남는다며 장난으로 뱀에 다리를 그려 넣었다가 두 번째로 뱀을 완성한 사람이 뱀에게는 다리가 없다며 상품을 뺏어간다는 내용이다. 또한 호가호위는 호랑이가 여우를 잡아먹으려 할 때 여우가 호랑이에게, 사실은 모든 짐승이 호랑이가 아니라 여우를 가장 두려워한다고 말한 뒤 호랑이가 반신반의하자, 증거를 보이겠다면서 자기가 호랑이 앞에서 으스대며 숲 속으로 가자 모든 동물이 호랑이를 보고 엎드리니, 여우가 호랑이보고 자기의 말이 사실 아니냐고 말했다는 내용이다. 마지막으로 어부지리라고도 불리는 휼방상쟁은 전국시대 조趙나라가 연燕나라를 치려고 할 때 소진蘇秦이 예로 든 비유로, 조개가 일광욕을 하러 나와 껍질을 열고 있는데 이때 황새가 날쌔게 부리로 조개의 살을 물었고, 조개도 질세라 황새의 부리를 껍질로 문 채 서로 붙들고 놓아 주지 않는 사이에 어부가 이 둘을 사로잡는다는 내용으로서, 소진은 조나라와 연나라를 각각 황새와 조개로 비유하고 어부를 진나라로 비유했다.

오늘날 와신상담은 복수를 꿈꾸며 고통을 견디고 칼을 가는 상황을 빗대어 말할 때 쓰이고, 화사첨족은 "사족을 붙이다"라고도 쓰이는데, 쓸데없는 군더더기를 덧붙여서 손해를 보는 경우에 흔히 인용되는 고사성어다. 또한 호가호위는 힘이 약한 사람이 힘이 강한 사람을 믿고 이익을 도모한다는 뜻으로 인용되고 있으며, 휼방상쟁은 두 사람이 결사적으로 힘겨루기를 하고 있는 동안 제삼자가 손쉽게 이익을 차지하는 경우에 자주 인용되는 고사성어다.

특히 전국시대 책사와 모사들이 자신의 의견을 임금 앞에서 논리정연하게 아뢰는 긴 논설문이 실려 있는《전국책》에는, 한韓, 위魏, 조趙, 연燕, 제齊, 초楚 등 여섯 나라가 연합해 강대한 진秦나라를 막아야 한다고 주장한 소진蘇秦의 합종책合縱策과 이 여섯 나라로 하여금 각각 진나라와 화해의 조약을 맺도록 주장해 결국 진나라가 천하를 통일하게 한 장의張儀의 연횡책連橫策이 실려 있다. 이같이 정치적 책략을 담은 문체인 책策은 앞에서도 언급한 대로 고려와 조선시대 과거시험의 한 과목이 될 만큼 중요한 문학 장르가 되었다.

본 절에서는 자기의 목적을 위해서는 수단과 방법을 가리지 않고 싸우는 책략과 모략을 담은 야사野史인 《전국책》 대신 윤리와 도덕을 강조한 역사서이자 오경五經의 하나인 《춘추》를 간략히 소개하고자 한다. 그 다음으로는 한漢나라 때 집필된 방대한 역사서인 사마천司馬遷의 《사기史記》를 간략하게 설명할 것이다. 이들 역사책은 단순히 역사적 기록으로서만 아니라 그 문체와 수사기법에 있어서도 많은 주목을 받아온 고대의 정통 역사 산문이라고 할 수 있다.

1.《춘추春秋》

'춘추'라는 말은 오늘날 나이 · 연세의 높임말로 쓰이지만 옛날에는 역사라는 뜻으로 쓰였다. 나라의 큰 일은 대개 봄과 가을에 있었기 때문에 이를 역사라는 보통명사로 사용한 것이다. 그래서 '노나라 춘추' 하면 노나라 역사를, '제나라 춘추' 하면 제나라 역사를 의미한다. 오늘날까지 전해지는 《춘추》는 '노나라 춘추'로 그 안에는 노나라 12임금(은공隱公, 환공桓公, 장공庄公, 민공閔公, 희공僖公, 문공文公, 선공宣公, 성공成公, 양공襄公, 소공昭公, 정공定公, 애공哀公)의 242년(기원전 722~480)에 걸친 행적에 관한 기록이 있다.

《춘추》의 저자는 노나라 사람인 공자라고 하는데 이 또한 완전히 믿기는 어렵다. 구성은 은공 원년, 은공 2년…… 식의 편년체(연대기식)로 되어 있다. 내용은 주로 어느 나라의 누가 태어나고, 누구와 누가 싸우고, 누가 죽고, 언제 일식이 있었다같이 매우 간략하다고 하는데 이는 사관史官이 임금의 행위를 짤막히 기록했기 때문이라고 한다. 《서경》이 주로 임금이 한 말을 기록한 것과 달리 《춘추》는 이처럼 임금의 행적을 다뤘다. 기록에 따르면 고대에 임금의 언행을 기록하는 사관이 임금의 좌우에 각각 한 명씩 있어 좌관左官은 임금의 말을 기록하고 우관右官은 임금의 행위를 기록했다. 이로써 《서경》이 임금의 말을 기록한 좌관의 저작이고 《춘추》는 임금의 행위를 기록한 우관의 저작임을 알 수 있다.

그러나 현재는 《춘추》의 본문을 대하기는 어렵고 오직 《춘추》에 주석을 붙인 세 개의 주석본인 《춘추좌전春秋左傳》, 《춘추곡량전春秋穀梁傳》, 《춘추공양전春秋公羊傳》을 비교적 쉽게 접할 수 있다. 특히 이 가운데 노나라 좌구명左丘明이 주석을 붙인 《춘추좌전》, 《좌전左傳》, 《좌씨춘추左氏春秋》가 잘 알려져 있다. 이 책은 짤막한 《춘추》 본문에 대구법對句法과 압운押韻이 있는, 비교적 긴 서술을 붙이기도 하고 간단한 직접화법인 대화체를 삽입하기도 해 문학적 효과를 높였다고 평가되고 있다. 예를 들어 은공隱公 원년(기원전 721)의 한 대목을 보면 다음과 같다.

처음 정鄭나라 무공은 신申나라에서 무강이라고 하는 부인을 맞아들여 장공과 공숙단을 낳았다. 그러나 장공은 무강이 잠자는 사이에 태어나 어머니 강씨를 놀라게 해 강씨는 그의 이름을 오생(잠잘 때 태어남)이라 부르고 그를 싫어했다. 반면 아우인 공숙단을 사랑해 그를 태자로 세우려고 여러 차례 무공에게 청했으나 무공이 허락하지 않았다. 마침내 장공이 즉위하자 강씨는 공숙단을 위해 제制 땅을 요구했으나 장공은, "제는 험난한 고을로 괵숙부도 거기서 죽었습니다. 다른 고을이라면 명을 따르지요"라고 했다. 그러자 강씨가 경(京, 도성)의 땅을 요구했고 장공은 공숙단을 그곳에 살게 하고 그를 경성대숙이라 불렀다. 장공의 신하인 제중이 "경성의 규모가 너무 커서 나라의 해가 될 것입니다. 선왕의 제도에서도 대도大都는 수도의 3분의 1을 넘지 않고 중도中都는 5분의 1, 소도小都는 9분의 1을 넘지 않습니다. 현재의 경성은 법도에 맞지 않고 제도에도 어긋납니다. 임금께서는 장차 감당하시지 못할 겁니다"라고 말하자, 장공이 "어머니 강씨가 원하시는데, 어찌 해가 된다고 피하겠소?"라고 했다. 제중이 대답하기를 "강씨가 어찌 피해 끼침을 싫어하시겠습니까? 미리 그 피해에 조치를 취해 피해가 자라나지 않게 하십시오. 자라나면 대처하기 어려운 것입니다. 무성한 덩굴풀도 제거하려면 힘드는데 임금의 사랑하는 아우는 얼마나 더 힘들겠습니까?" 하니 장공이 말했다. "불의를 많이 행하면 반드시 스스로 죽게 되는 법, 그대는 잠시 기다려 보오."

初, 鄭武公娶于申, 曰武姜, 生莊公及共叔段. 莊公寤生, 驚姜氏, 故名曰寤生, 遂惡之, 愛共叔段, 欲立之, 亟請於武公, 公弗許. 及莊公卽位, 爲之請制. 公曰 "制, 巖邑也, 虢叔死焉, 佗邑唯命." 請京, 使居之, 謂之京城大叔. 祭仲曰 "都城過百雉, 國之害也. 先王之制, 大都不過參國之一, 中五之一, 小九之 一. 今京不度, 非制也, 君將不堪." 公曰 "姜氏欲之, 焉辟害?" 對曰 "姜氏何厭之有? 不如早爲之所. 無使滋蔓. 蔓, 難圖也. 蔓草猶不可除, 況君之寵弟乎?" 公曰 "多行不義, 必自斃, 子姑待之."

초, 정무공취우신, 왈무강, 생장공급공숙단. 장공오생, 경강씨, 고명왈오생, 수오지, 애공숙단, 욕입지, 극청어무공, 공불허. 급장공즉위, 위지청제. 공왈 "제, 암읍야, 괵숙사언, 타읍유명." 청경, 사거지, 위지경성대숙. 제중왈 "도성과백치, 국지해야. 선왕지제, 대도불과삼국지일, 중오지일, 소구지일. 금경불도, 비제야, 군장불감." 공왈 "강씨욕지, 언벽해?" 대왈 "강씨하염지유? 불여조위지소, 무사자만. 만, 난도야. 만초유불가제, 황군지총제호?" 공왈 "다행불의, 필자폐, 자고대지."

이 대목을 보면 마치 소설 같다. 앞부분은 정나라 무공의 부인 무강이 출산 때부터 줄곧 큰아들인 장공을 싫어하고 둘째아들 공숙단을 사랑해 나중에 형제간의 싸움으로 벌어지게 되는 배경을 그렸다. 뒷부분은 어머니 강씨의 보조를 받아 힘을 키우고 있는 아우 공숙단의 세력을 견제하라는, 신하 제중의 주청을 듣고 있는 장공의 군자君子적인 신중한 모습을 그리고 있다. 문장 안에는 생략이 많아 이해하기 쉽지 않지만 《좌전》은 이처럼 《춘추》 본문이라는 뼈대에 많은 살을 풍성하게 붙여놓은 역사소설이라는 평을 받고 있다.

이에 반해 노나라 곡량적穀梁赤이 주석했다는 《춘추곡량전》과 공양고公羊高가 주석했다는 《춘추공양전》은 주로 《춘추》 원문의 내용과 표현방식에 문제를 제기하고 이를 간단히 해석하는 매우 현학적 주석을 하고 있어서 일반 사람들은 물론 연구가들도 쉽게 접하기 어렵다고 알려져 있다. 이 가운데 《춘추공양전》은, 한漢나라 동중서董仲舒에 의해 유교 사상의 통일과 한족漢族 중심의 국가관을 세우는 이른바 춘추필법春秋筆法의 기본 경전으로 헌정되었다.

이른바 춘추필법이란, 《춘추공양전》을 기술한 필법을 말한다. 이 필법의 중요한 원칙은 대통일大統一과 양이攘夷로, 대통일은 한족 중심의 대통일을 말하고 양이는 한족 이외의 오랑캐 민족을 물리친다는 뜻이다. 이같은 춘추필법은 이후 중국의 역사를 기록하는 데 있어서 한족이 아닌 만주족, 몽고족, 조선족 등 중국 대륙에서 상당 기간 활약해 온 이민족의 역사를 축소하고 왜곡하는 중요한 근거가 되었다. 이에 따라 춘추전국시대, 오호십육국시대, 남북조시대에 대륙을 석권한 고구려, 백제 등 이민족의 역사가 심하게 훼손되었고 원나라, 청나라의 지배민족인 몽고족과 만주족의 역사가 당나라, 명나라에 비해 평가절하되었다. 예를 들면, 당나라의 태종太宗은 대륙을 통일한 후 남북조시대의 많은 역사서를 정리하면서 춘추필법에 따라 고구려족, 백제족의 중국 대륙 점거 기록이 담긴 《진서晉書》의 장절章節을 아예 없애거나 첨삭을 가하여 왜곡시켰다고 전한다.

2. 《사기史記》

《사기》는 사마천司馬遷, 기원전 145?~86?)의 역사서로 중국사中國史 제1호라고 할 만큼 유명한 역사서다. 먼저 사마천에 대해 소개하면, 그는 한漢나라 무제 때 사관史官인 태사령太史令을 맡았던 사마담司馬談의 아들로 아버지의 뒤를 이어 태사령이 되어 《사기》를 완성했다. 그러나 흉노(지금의 몽고)의 포위 속에서 어쩔 수 없이 투항했던 벗 이릉李陵 장군을 변호하다가 임금인 무제의 노여움을 사서 기원전 99년, 남자로서 치욕적인 형벌인 궁형宮刑을 받고 투옥되었다. 그러나 옥중에서도 그는 《사기》를 계속 저술하고 4년 후인 기원전 95년에 임금의 신임을 회복해 환관

사마천

《사기》

의 최고 버슬인 중서령中書令이 되었으며, 5년 후인 기원전 90년 마침내 《사기》를 완성했다고 한다.

《사기》는 삼황오제의 오제 가운데 하나인 황제黃帝로부터 한漢나라 무제武帝 초기까지의 역사를 포괄적으로 다룬 역사책으로, 사마천은 이 책의 저술 동기를 가문의 전통인 사관史官으로서의 사명감에 따라 《춘추》를 계승하고 아울러 궁형의 치욕에 발분해 입신양명(출세)하기 위함 이라고 밝혔다.

이는 국가적으로는 한漢나라와 한족漢族의 정통성을 계승하는 춘추필 법을 따르고, 개인적으로는 자신의 불행을 승화시키려는 염원이 이 책 을 쓰는 원동력이 되었다는 뜻이다. 또한 사마천은 이 책의 저술 목표가 인간과 하늘의 관계를 규명하고 고금(과거와 현재)의 변화를 통합적으로 보는 데 있다고 했다. 이는 《사기》가 단순한 역사서가 아니라 천문과 지 리, 철학과 문학 등을 포괄하는 총체적 인문사회과학서임을 뜻한다.

이 책의 구성상 특징은 이후 중국 정사正史의 모범이 되는 기전체紀傳

體, 즉 본기本紀의 기紀와 열전列傳의 전傳 중심으로 엮은 체제로 되어 있다는 점이다. 물론 《사기》에는 기와 전 이외에도 세가世家, 서書, 표表 등도 있으나 역시 본기로 시작해 열전으로 끝난다는 점과 그 양과 질면에서 기와 전이 강조되기 때문에 기전체로 불리게 되었을 것이다. 구체적으로 말하면 《사기》는 황제黃帝로부터 무제武帝까지 제왕의 연대기인 본기本紀 12편, 제후와 공자 등의 연대기인 세가世家 30편, 역대의 정치 제도의 연혁을 실은 서書 8편, 연대표인 표表 10편, 뛰어난 개인이나 국가의 활약을 묘사한 전기인 열전列傳 70편 등 총 130편으로 구성되어 있다.

여기서 사마천은 본기를 북극성에 대응시키고 세가는 우주의 별자리를 28개소로 나눈 28수宿에 대응시켜 본기와 세가를 하늘 부분으로 상정하고, 열전을 파란만장한 인간사에 대응시켜 열전을 인간 부분으로 상정함으로써 앞서 밝힌 《사기》의 저술 목표에 부응시키고 있다. 그러나 사서삼경이 그렇듯 사마천의 《사기》 또한 그 내용의 상당 부분이 후대 사학자들에 의해 첨삭되었을 가능성이 높다.

《사기》 130편 가운데 과반수 70편을 차지하고 있는 열전은 이념에 충실해 순사殉死한 백이伯夷와 숙제叔齊 형제의 열전으로부터 시작하여, 협객들의 활약상을 그린 자객열전, 조선의 위만왕이 한나라의 효혜제孝惠帝를 거부하는 조선열전을 거쳐 이익을 좇아 사는 상인의 전기인 화식열전貨殖列傳으로 끝난다.

여기서 백이숙제열전과 조선열전을 간략히 소개하면 이렇다.

백이와 숙제는 은殷나라 고죽군孤竹君의 아들, 그러니까 동이족의 후예로 주周 무왕武王이 은나라의 주왕紂王을 멸하자 신하가 임금을 죽이는 것은 옳지 않다고 하며, 수양산首陽山에 들어가 고사리를 뜯어먹다가 죽었다고 전한다. 또한 조선열전에는 연燕나라 출신 만(滿, 위만)이 고조선과 연나라, 제齊나라의 망명자를 모아 동이족 남성의 두발 특징인 상투를 틀고 왕검王險에 도읍을 정한 후, 한漢나라의 효혜제孝惠帝에게 조공하지도 않았으며 근방의 다른 나라들이 효혜제를 뵙고자 하면 가로막고 가지 못하게 했다고 씌어 있다. 그러다가 마침내 한 무제 3년, 위만의 손자 우거右渠 때에 무제의 군사에 의해 멸망당하지만 위만조선이 한창 강성했던 시기에는 인근의 진번眞番, 임둔臨屯이 다 조선에 복속하고 한漢나라에서 망명해 오는 사람들이 많았다고 전한다.

아무튼《사기》열전은 황제 같은 권력자로부터 상인 같은 시정잡배에 이르기까지 각계각층의 인간들을 묘사하고 있다. 사마천은 대의명분 또는 사사로운 이익을 추구하는 본능 사이에서 방황하고 고뇌하다가 나름대로 한 길을 선택하고 실천하는 인간의 생생한 모습을 그림으로써 살아 숨쉬고 있는 인간을 맛볼 수 있게 한다는 평가를 받고 있다. 이같은 호평好評에는 인생에 대한 그의 식지 않는 열정과 날카로운 식견, 그리고 운문과 산문을 적절히 조화시킨 글솜씨도 한몫을 하고 있다.

《사기》를 설명하는 데 있어서 또 하나 빼놓을 수 없는 점은 지은이의 냉정하고 균형감각 있는 비판의식과 풍자정신이다. 어떤 학자는 사마천의 비판의식과 풍자정신이 궁형을 당한 사마천의 울분에서 비롯된 것으로 보기도 하지만, 다른 한편으로 보면 그의 역사에 대한 이성적 통찰과 감정적 융합 및 뼈저린 체험의 결과라고 볼 수 있다. 특히 그는 이른바 제자백가諸子百家의 사상을 두루 섭렵해 날카롭게 분석하고 폭넓게 종합함으로써, 역사 기술에 있어서 깊이와 너비를 더했다고 평가된다. 참고로 음양가陰陽家, 유가儒家, 법가法家, 묵가墨家, 명가名家, 도가道家 등 여섯 학파에 대한 사마천의 분석을 간단히 소개하면 다음과 같다.

그에 따르면 추연鄒衍을 비롯한 음양가는 천체의 운행과 사계절의 변화를 인사人事, 사람의 일에 연결시키는데, 이는 천지사시天地四時의 천문天文과 인문人文의 조화를 잘 설명해 주는 반면 기휘忌諱, 즉 피해야 할 것이 너무 많은 문제가 있다고 한다. 다음으로 공자, 맹자의 유가는 지나치게 번다한 예禮를 내세우고 있지만 인仁에 입각해 군신부자君臣父子 같은 상하관계의 올바른 예의 모범을 보이고 있다고 한다. 세 번째로 순자荀子의 사상을 발전시킨 한비자韓非子의 법가는, 법 적용이 너무 냉혹하지만 군신의 본분을 수호하기 위한 원칙의 준수라는 점에서 의미가 있다고 한다. 네 번째 묵적墨翟의 묵가는 검은 옷 한 벌만 입자는 식의 지나친 검박과 상하를 가리지 않고 똑같이 사랑하자는 겸애兼愛를 주장하고 있는데, 이에 대해 사마천은 비록 실천은 어렵지만 그 철저한 절약정신은 중요하다고 보고 있다.

또 다섯째 공손룡公孫龍을 비롯한 명가가 주장하는, 흰말은 말이 아니라는 논리의 백마비마론白馬非馬論은, 비록 언뜻 보면 궤변일지라도 사물의 명칭을 말함에 있어서 중시되는 글자와 전혀 중시되지 않거나 무시되는 글자를 가렸다는 점과 논리와 현실의 불일치를 지적한 점에서 평가받아야 한다고 했다. 마지막으로 사마천은 노자, 장자의 도가를 오롯한 정신이 무無에서 태동해 이理, 진리와 합치되는 지극한 경지로서 만물을 포용하는 사상이라고 극찬했다.

이렇게 간추리면 사마천은 도가를 숭상한 사람이 아니었을까도 생각되지만, 《사기》의 서문에서 밝혔듯이 황제의 사관이었던 그는 역시 기본적으로 유가를 뼈대로 하고 춘추필법을 계승한, 한족漢族 중심의 사관을 가지고 있었다. 다만 그의 남달리 풍부한 지식과 균형 잡힌 사고, 그리고 자신이 겪은 뼈아픈 체험이 《사기》를 단순한 어용 역사서가 아닌 동아시아의 고전이 되게 했다고 하겠다.

철학 산문

철학 산문 하면 이른바 백가百家의 저작을 다 지칭한다. 그러니까 유가儒家, 묵가墨家, 음양가陰陽家, 법가法家, 농가農家, 잡가雜家, 종횡가縱橫家, 명가名家, 도가道家, 심지어 소설가小說家도 백가百家의 하나로 손꼽힌다. 물론 실제로 백 개의 학파인 백가가 존재했다고는 볼 수 없지만 어쨌든 많은 학파와 학자가 존재했음은 사실일 것이고 이같은 철학자, 또는 사상가의 글들은 다 철학 산문에 속한다. 대부분의 사상가와 학파에 대해서는 《사기》를 설명할 때 마지막 부분에서 한두 마디 언급이 되었지만 잡가, 농가 및 소설가는 여태껏 설명하지 않았고, 노자, 장자, 양자처럼 따로 설명할 기회도 없을 것 같아서 잠깐 이들 학파를 소개하기로 한다.

먼저 잡가의 창시자로 알려진 열자는 공자처럼 노魯나라 사람이라고도 하고 진秦나라 사람이라고도 하는데, 주로 노자의 도가 사상과 공자의 유가 사상을 혼합해 잡가를 이루었다고 한다. 그의 잡가 사상이 들어 있는 책으로는 《열자》가 있다. 이 안에는 유가, 도가 및 신선 사상神仙思想이 같이 섞여 있다고 전한다.

다음으로 농가는 서구의 중농학파를 생각나게 하는데, 농가를 이룩한 학사들은 임금과 백성 모두 농사에 힘을 쏟는 농본주의를 주장했다. 허행許行이 주장했다고 전하는 농가는 이처럼 임금이나 백성이나 똑같이 손수 농사를 지어서 먹고 살아야 한다는 극도의 평등의식이 들어 있기 때문에, 이는 훗날 임금조차도 필요 없다는 무정부주의적 발상에까지 이르렀다고 한다. 그러나 오늘날 농악에서 '농자천하지대본農者天下之大本, 농사짓는 일이 천하의 근본)'이라는 글귀가 씌어진 깃발이 휘날리고 있음을 보면 신농씨가 가르쳐 주었다는 소박하고 평화로운 농사의 중요성을 거듭 생각하게 한다. 마지막으로 소설가는 시장이나 마을 어귀에서 자잘한 신변잡기를 이야기하는 사람들로 이루어진 일파一派를 말하는데 이들이 오늘날 글을 쓰는 소설가의 시조인 셈이다.

1. 《노자老子》

《노자》를 이해하기 위해서 먼저 신선 사상을 소개한다.

제자백가 중에는 위에 소개한 사상가나 학파말고 신선가神仙家도 있었다고 전한다. 선인仙人, 지인至人, 또는 도인道人으로도 불리는 신선은 자유로이 모든 것을 보고 들을 수 있고, 어디나 가고 올 수 있으며, 다른 사람, 심지어 동식물의 마음을 꿰뚫어보고 모든 생명체의 운명을 알며

늙지 않고 오래 사는 신화적인 존재다.

신선 사상은 오늘날 한국의 국선도國仙道, 일본의 신도神道, 그리고 중국의 도교道敎의 뿌리이기도 하다. 한국의 국선도에서는 고조선의 단군 임금을 비롯해 비교적 근래의 인물인 청산도인青山道人을 숭앙하고 있고, 일본의 신도 사원인 신사神社에는 숭신천황崇神天皇을 비롯한 일본 개국의 신들로부터 적산대명신赤山大名神인 《유림외사儒林外史》 신까지 포함된 많은 신들을 모시고 있고, 중국의 도교 사원에는 황제黃帝와 노자 및 기타 도인들을 모시고 있다.

오늘날 한국의 국선도는 단전호흡을 수련하는 정도로 알려져 있지만 그 전통과 역사가 깊다. 또한 전 국가적으로 가장 열렬히 신앙되는 일본의 신도는 말할 필요도 없고 오랜 세월 동안 공산당의 핍박을 받았던 중국의 도교도 해마다 신자들이 늘고 있다. 최근 중국 공산당으로부터 배척당하고 있는 파룬궁(법륜공法輪功)도 불교와 도교를 접목시켜 만든 새로운 신흥종교로서, 일설에 의하면 신도수가 1억에 이른다고 한다. 아무튼 이같이 국선도, 신도, 도교 등으로 한국, 일본, 중국에서 발전해 온 신선 사상이 노자 이전 또는 이후에 형성되었는지, 아니면 거의 같은 무렵에 형성되었는지에 대해 학자들은 설왕설래하고 있다.

또한 노자의 생존 시기도 분명하지 않은 시점에서 노자가 도가의 창시자이냐 아니냐를 단정하기도 어려운 점이 있다. 다만 노자라는 개인이 어느 날 갑자기 도가 사상을 창시하기는 어렵다고 볼 때, 공자가 전부터 내려온 원시 군자 사상君子思想을 집대성해 유가의 중시조中始祖가 되었듯이 노자도 샤머니즘(무당신앙), 애니미즘(정령신앙)과 함께 이전부터 내려온 신선 사상을 집대성한 도가의 중시조로 이해해도 무방하리라고 본다.

이제 본론인 《노자》로 돌아와 먼저 노자가 어떤 사람이었는지 《사기》를 통해 살펴보면 다음과 같다.

노자의 성은 이李씨이고 이름은 이耳다. 죽은 후에는 담聃이라 불렀으며 초楚나라 사람이지만 주周나라의 말단 관리였다. 한때 노자에게 공자가 가르침을 청한 적이 있었다. 이때 노자는 공자의 공부하는 방법과 태도에 대해 엄한 충고를 했고 공자는 돌아가 노자를 용에 비유하며 찬양했다. 노자는 자신의 재능을 숨기고 이름이 세상에 알려질까 두려워했다. 결국 주나라의 덕이 시드는 것을 본 노자는 주나라를 떠나 함곡관函谷關에 이르렀다. 당시 그곳의 관령(關

노자의 〈기우도〉

숙, 함곡관을 맡고 있던 관리) 윤희尹喜가 권하는 대로 노자는 도道와 덕德에 관한 5천 자의 글을 쓰고 떠났는데 그 글이 바로 《노자》이다. 그후 그의 최후를 아는 사람은 없다.

또 다른 설에 따르면 노자는 초나라 사람이고 공자와 동시대를 살았으며 15편의 책을 쓴 노래자老萊子가 바로 노자라고도 한다. 그런가 하면 또 다른 학자는 공자가 죽은 후 주나라의 태사太史를 맡았던 담僧이라는 사람이 전국시대의 여러 나라 가운데 진秦나라가 통일왕국을 이룰 것이라고 예언했는데, 이 사람이 바로 노자라고도 한다.

이처럼 노자라는 인물과 그의 일생에 대해서는 오늘날까지 두세 가지 학설이 있다. 그러나 이를 종합해 보면 노자는 초楚나라, 즉 양자강 유역의 남방 사람이고, 공자와 동시대 또는 그와 비슷한 시대에 태어난 사상가로서 북방 출신인 공자의 유가儒家와 쌍벽을 이루는 도가道家 철학을 집대성한 인물이라고 정리할 수 있다.

그러면 모두 81장 5천 자로 이루어진 《노자》의 도는 어떤 사상을 담고 있는가? 한마디로 말하면 무위無爲와 자연自然이다. 그런데 사람들은 '무위'를 하지 않음으로 보고 '자연'은 대자연쯤으로 이해한 뒤 '무위자연'을 그저 아무런 할 일도 없이 자연에 돌아가 사는 삶이라고 생각하기 쉽다. 얼핏 들으면 맞는 해석 같지만 내용을 파고들면 조금 다르다. 《노자》의 무위는 하는 일이 없음을 뜻하기보다 함이 없으면서도 하지 않음이 없는 자유자재를 말한다. 함이 없으면서도 하지 않음이 없는 자유인이란 하면서도 하지 않고 하지 않으면서도 하는 자유를 누리는 사람으로, 이를 바꿔 말하자면 공부하고 사랑하고 돈을 벌되, 거기에 매이지 않는다는 뜻이다.

공부를 하면서도 하지 않음은 공부를 열심히 하면서도 누구를 짓누르고 1등을 해야 한다거나 앞으로 계속 1등을 유지해야겠다거나 하는 욕심과 불안이 없이 그냥 열심히 공부함을 뜻하고, 사랑을 하면서도 하지 않음은 진심으로 누구를 사랑하지만 상대를 소유하거나 지배하려는 집착이 없이 상대를 그냥 사랑함을 뜻한다. 또한 돈을 벌면서도 벌지 않음은 돈을 벌되 돈에 얽매여 악착같이 긁어모으려 안달하지 않고 그냥 돈을 버는 것을 말하는 것이다. 요컨대 무슨 일이든지 열심히 하되 사람을 미혹시키는 어리석은 집착을 하지 않음이 바로 무위의 생활인 것이다.

다음 《노자》에서 말하는 '자연'은 무엇인가? 한마디로 새가 울고 꽃이 피고 물이 흐르는 식으로 저절로 그렇게 되어 감을 말한다. 억지가 아니라는 뜻이다. 억지를 부리지 않고 만물을 낳아서 기르고 먹이는 자연의 원기가 바로 도道인 것이다. 이처럼 《노자》의 자연은 도 그 자체다. 《노자》의 한 구절을 살펴보자.

혼돈된 것이 있으니 이것은 하늘과 땅보다 먼저 생겼고 소리도 없고 형상도 없이 홀로 서 있어도 변하지 않으며 돌아다녀도 막힘이 없어 천하의 어머니라고 할 수 있다. 나는 그 이름을 모르나 억지로 글자를 붙이자면 길도道라 부르고 억지로 이름을 붙이자면 큰대大라 부른다. 크다는 것은 벗어난다는 것을 말하고 벗어난다는 것은 멀어짐을 말하고 멀어짐은 돌아옴을 말한다. 그러므로 도가 크고 하늘이 크고 땅이 크고 사람도 크다. 이처럼 우주 안에는 네 개의 큰 것이 있으니 사람도 그 중에 하나를 차지한다. 사람은 땅을 본받고 땅은 하늘을 본받고 하늘은 도를 본받고 도는 자연을 본받는다.

有物混成, 先天地生, 寂兮寥兮, 獨立不改, 周行而不殆, 可以爲天下母. 吾不知其名, 强字之曰道, 强爲之名曰大. 大曰逝, 逝曰遠, 遠曰反.

故道大, 天大, 地大, 人亦大. 域中有四大, 而人居其一焉. 人法地, 地法天, 天法道, 道法自然.

유물혼성, 선천지생, 적혜요혜, 독립불개, 주행이불태, 가이위천하모. 오불지기명, 강자지왈도, 강위지명왈대. 대왈서, 서왈원, 원왈반. 고도대, 천대, 지대, 인역대. 역중유사대, 이인거기일언. 인법지, 지법천, 천법도, 도법자연.

이 글에 따르면 자연의 도는 모든 것이 혼합되어 있는 에너지의 본체이다. 곧 착하고 악함, 옳고 그름, 아름답고 미움, 크고 작음, 늙고 젊음, 남자와 여자가 가려지지 않고 통합되는 〈반고신화〉의 혼돈, 《역경》의 태극이 바로 이 '혼돈된 것'이다. 이는 우주의 모든 현상을 다 도道의 표현으로 보고, 자연에 저절로 나타나는 변화무쌍한 모습으로 바라봄이다. 다시 말해 생명이 자라면 변화하며 원래의 모습으로부터 멀어지지만 다시 또 원래대로 되돌아오는 순환의 자연을 받아들이는 것이다. 때문에 사람은 땅에서 태어나 땅으로 돌아가고 땅은 하늘에서 태어나 하늘로 돌아가고 하늘은 도에서 태어나 도로 돌아가고 도는 자연에서 태어나 자연으로 돌아가지만, 도나 하늘이나 땅이나 사람이나 모두 똑같이 크다.

이처럼 사람에게는 각기 도만큼, 하늘만큼, 땅만큼 큰 자연이 있다. 바꿔 말하면 사람은 곧 도와 하늘과 땅과 직통하는 자유를 갖고 있다는 뜻이다. 사람에게 부여된 이 자유의 본성을 《노자》는 덕德이라고 했다. 이는 요즘 말하는 도덕의 개념과는 달리 도道를 실천할 수 있는 성품을 말한다. 요즘 사람들은 귀신도 도깨비 정도의 의미로 사용하는데 사실 귀鬼와 신神은 별개의 개념으로, 귀는 원귀寃鬼와 같이 승화되지 못한 영령이고, 신은 승화된 영령을 말한다. 그래서 중국에는 〈귀화鬼話와 신화神話〉라는 책도 있다. 아무튼 이처럼 도와 일체가 되는 덕이 인간에게 구비되어 있음에도 불구하고 많은 사람들은 각각 자신의 몸, 즉 보고 듣고 냄새 맡고, 맛보고, 피부로 느끼는 등 오관五官에서 일어나는 생각, 다시 말해 개인의 지각에 의거해 내리는 판단을 고집해 덕을 발휘하지 못하고 도에서부터 멀어지고 있다.

그렇다면 어떻게 덕을 회복해 도의 길을 갈 수 있을 것인가? 그것은 매우 간단하다. 각 개인의 오관에서부터 비롯된 온갖 지식과 인식의 한계를 깨닫는 것이다. 다시 말해서 스스로 무지無知함을 깨달아야 한다. 그랬을 때 진정한 밝음인 총체적 도를 향한 첫걸음을 떼게 되고 이것이 바로 "죽어야 산다", 또는 "눈 뜨고 푹 잔다"고 하는 말의 진정한 의미이다.

소크라테스가 사람들에게 "너 자신을 아느냐?"고 물어보러 다닐 때 사람들이 아는 척을 하니까 끝까지 추궁해 그들을 궁지에 몰자 그들이 소크라테스에게, "그러는 너는 너를 안다는 거냐?"고 비아냥거리자 그가 "나는 내가 모른다는 사실을 안다"라고 대답한 것도 역시 '무지'의 깨달음을 말한 것이다.

이처럼 《노자》의 무위자연은 각 사람의 자유롭고 자연스러운 내면적, 직관적 각성을 중시했기 때문에 어떠한 외부 권력에 떠밀려서 하는 말이나 행위와는 거리가 있다. 때문에 《노자》는 그 첫마디부터 매우 역설적인 논리를 펴고 있다.

도라고 말할 수 있는 도는 진정한 도가 아니다. 이름이라고 이름지을 수 있는 것은 진정한 이름이 아니다. 이름이 없음은 하늘과 땅의 시초요, 이름이 있음은 만물의 모체다. 그러므로 진정한 없음으로 오묘한 본체를 보고 진정한 있음으로 온갖 현상의 나툼을 본다. 이 두 가지, 곧 없음과 있음은 같은 곳에서 나와 이름만 다른데, 같은 곳이란 혼돈의 근원을 말한다. 혼돈의 근원이 돌고돌아 온갖 묘용의 문이 된다.

道可道非常道, 名可名非常名. 無名天地之始, 有名萬物之母. 故常無欲以觀其妙, 常有欲以觀其徼. 此兩者, 同出而異名, 同謂之玄. 玄之又玄, 衆妙之門.

도가도비상도, 명가명비상명. 무명천지지시, 유명만물지모. 고상무욕이관기묘, 상유욕이관기요. 차양자, 동출이이명, 동위지현, 현지우현, 중묘지문.

"도라고 말할 수 있는 도는 진정한 도가 아니다"라는 역설로 시작되는 이 구절은 사람들이 '도'라고 말하면서 도에 집착해 다른 진리의 용어, 예를 들어 '인'이나 '애'를 거부하는 태도를 비판하고 있다. 진정한 이름도 이름에 얽매이지 않는 것으로, 그런 의미에서 이름 없는 이름이 진정한 이름인 셈이다. 이름 없음이란 모든 이름을 다 포괄하기 때문에 어느 특정 이름을 가질 수 없음을 말한다. 그런데 이 없음과 있음은 서로 다른 개념이기는 하지만 모두 같은 한 곳, 즉 혼돈의 근원에서 나와 무無가 작용해서 유有가 나타나고, 또 '유' 속에서 '무'가 드러나는 묘용, 곧 현묘한 작용이 일어난다는 것이다. 이는 또 있음과 없음의 중도中道로서 유가의 중용中庸과 불교의 중관中觀을 생각나게 한다. 이렇게 볼 때 다음과 같은 모순의 통합이 일어난다.

세상 사람이 다 아름다움을 아름답다고 알지만, 그것은 미운 것일 뿐이다. 또한 모두 착함을 착하다고 알지만 그것은 착하지 않은 것이다. 있음과 없음이 서로를 낳고, 어렵고 쉬움이 서로를 만들고, 길고 짧음이 서로를 형성하고, 높고 낮음이 서로를 채우고, 모음과 자음이 서로 화합하고, 앞과 뒤가 서로 따르는 이것이 진정 영원한 것이다. 그래서 성인은 무위無爲의 일을 하고 불언不言의 가르침을 행한다. 만물이 벌어지지만 시작되지 않고 생겨나지만 존재하지 않는다. (그래서) 배우되 배움에 의지하지 않고 공을 이루되 그 공에 머물지 않는다. 무릇 (공에) 머물지 않음으로써 (공을) 잃지 않는다.

天下皆知美之爲美, 斯惡已, 皆知善之爲善, 斯不善矣. 有無相生, 難易相成, 長短相形, 高下相盈, 音聲相和, 前後相隨, 恒也. 是以聖人處無爲之事, 行不言之敎. 萬物作而弗始, 生而不有, 學而不恃, 功成而不居. 夫唯不居, 是以不去.

천하개지미지위미, 사오이, 개지선지위선, 사불선의. 유무상생, 난이상성, 장단상형, 고하상영, 음성상화, 전후상수, 항야. 시이성인처무위지사, 행불언지교. 만물작이불시, 생이불유, 학이불시, 공성이불거. 부유불거, 시이불거.

이처럼 편을 가르거나 따지거나 하지 않고 다 싸안아 진정으로 무위의 삶을 산다면, 그러니까 태어났지만 삶에 연연하지 않고, 배웠지만 그 배움에 매달리지 않고, 성공했어도 그 자리에 연연하지 않는다면 생명도, 학식도, 권력도, 재력도 다 얻을 수 있다는 《노자》의 역설은 이 책이 단순히 현실을 도피해 산에 숨어 사는 은자의 철학을 말하고 있지 않음을 보여준다. 실제로 어떤 사람들은 《노자》를 세상에서 패배해 세상을 등진 비겁자의 철학으로 오해하기도 하고, 어떤 사람들은 《노자》가 민중의 판단력을 흐리게 해 어리석은 백성을 만든 다음 임금이 마음대로 권력을 휘두르는 우민정치를 부추기고 있다고 비판하기도 한다. 이는 나무만 보고 숲을 보지 못하는 것과 같다.

다만 《노자》의 사상이 불교의 선禪 사상과 마찬가지로 칠정(七情, 희喜, 노怒, 애哀, 구懼, 애愛, 오惡, 욕欲)에 사로잡혀 있는 일반 대중이 접하기가 쉽지 않다고 생각하는 사람들이 많다. 때문에 《노자》의 삶을 사는 사람들은 거의 없고, 만약 있다면 이들은 인간이 아니라 선인仙人, 도인道人, 또는 신선神仙이라고 생각하는 경향이 있다. 그래서 어느 나라 어느 사회에도 선인, 도인들의 삶을 살려고 수행하는 사람들보다 이들을 받들어 모시고 기복祈福의 대상으로 삼는 사람들이 훨씬 많은 것도 사실이다.

현대 중국의 도교사원과 일본의 신사에 참배하는 수많은 사람들을 보면 이를 잘 알 수 있다. 그러나 모든 것은 생각하기에 달려 있고 마음먹기에 달려 있는 법, 만물의 영장이 되든지 조롱 속의 새가 되든지는 전적으로 우리 자신에게 달려 있다. 그런 의미에서 노자의 뒤를 이은 양자楊子는 외부의 간섭 없이 개개인이 자신을 자연스럽고 자유롭게 표출하면 세상은 저절로 다스려진다고 주장했다.

"내 머리카락 한 올로 온 세상을 이롭게 한다고 할지라도 나는 억지로 그렇게 하지 않겠다"고 말해, 맹자로부터 이기주의자 취급을 받았던 양자는 오히려 외부권력이 아닌 자신의 내면의 자유를 무엇보다 중시한 자유주의자였다고 할 수 있다.

2. 《장자莊子》

순자荀子가 비록 유가의 학자이나 훗날 사람들에게 공자의 학설을 이은 사람으로서 인정을 받지 못하고, 대신 맹자가 공자의 뒤를 이었듯이, 양자楊子 또한 도가의 학자이면서도 후세 사람들에게 노자의 학설을 이은 사람으로 인정받지 못했다. 그 이유는 물론 정확하지는 않지만 맹자가 묵자와 함께 양자를 싸잡아 신랄하게 비판하고 배척한 데서 그 연유를 찾을 수 있을 것 같다. 왜냐하면 한漢나라가 유가를 국교로 삼아 공자와 맹자를 추앙한 이래 명나라, 청나라 같은 근대 왕조가 유교를 나라의 근간으로 삼아 공맹의 사상을 이어받았기 때문이다. 아무튼 양자 대신 노자의 뒤를 이어 노장老莊 사상의 한 주인공이 된 사람이 바로 장자莊子이다.

장자의 이름은 주周이고 전국시대 송宋나라 사람이다. 송나라는 지금의 하남성 지역에 있었던 나라로 은殷나라의 마지막 임금인 주紂임금 형의 후손이 세운 나라라고 전한다. 아무튼 장자는 송 나라의 말단 관리였다고도 하고 신발 깁는 일로 생계를 꾸렸다고도 한다. 그러나 그의 생애에 대해서는 의심스러운 점이 많고 노자와 마찬가지로 베일에 가려 있어서 심지어 어떤 학자는 장자가 노자 이전에 태어난 사람이라고 주장할 정도로 애매한 점이 있다.

장자가 지었다고 하는 《장자》에 대해서도 나온 시기와 진위眞僞에 관

장자

한 논쟁이 뜨겁다. 예를 들어 《장자》의 어디서 어디까지는 장자의 작품이 아니라든가, 《장자》가 《노자》보다 앞서 나왔다든지를 놓고 고증학자들 사이에서 학설이 분분하다. 아무튼 현재 우리에게 전해지는 33편(내편, 외편, 잡편) 10여만 자로 된 《장자》의 핵심 사상은 지인至人 또는 진인眞人 사상이다. 《장자》는 《노자》가 말하는 무위자연無爲自然을 생활화하는 도인道人을 이상으로 삼고 있고, 장자 스스로 그

런 삶을 살았던 진인眞人으로 전한다. 《장자》에 따르면 신선 사상의 선인仙人, 신선神仙과 비견되는 진인의 삶은 어떤 외부의 제도나 법에 의해 교육될 수 없고, 오직 개인의 내적 수련법인 '좌망坐忘'으로 완성된다. '좌망'은 마음을 고요히 하고 앉아서 현실에서 일어나는 갖가지 변화무쌍한 형상과 언어를 여의는 것, 곧 잊어버리고 비우는 것이다.

　'좌망'은 후에 중국의 선禪불교의 '좌선坐禪' 수행법에 영향을 주었다고 하는데 고요히 앉아서 마음을 비우고 깨달음을 향해 정진한다는 점에 있어서 좌망과 좌선은 공통점이 있다. 또한 위진남북조시대의 지식인들이 불교 경전과 함께 《장자》를 많이 읽었다는 기록이 있음을 볼 때 《장자》와 선불교는 이론면에 있어서나 실천면에 있어서 각별한 유사점이 있다. 더욱이 세상에 나아가 어떠한 출세도 거부하고 홀로 외로이 득

도의 수행을 하는 장자의 자세는 얼마 전 타계하신 성철 스님처럼 산 속 토굴에서 혼자 용맹 정진하는 선승禪僧의 모습과 닮아 있다.

《노자》가 5천 자인데 《장자》는 10여만 자이니 분량으로 따지면 《노자》의 약 20배에 달한다. 때문에 《노자》에 비해 《장자》의 문체는 다소 만연체이다. 무엇보다 풍부한 우화가 독자를 사로잡는데 그 가운데 아마도 가장 많이 알려진 이야기가 '장주와 나비'로 그 내용은 이렇다.

어느 날 장주가 꿈을 꾸었는데 꿈속에서 장주는 기뻐 훨훨 날고 있는 한 마리의 나비였다. 그러다가 문득 눈을 뜨고 보니 장주가 팔을 벌리고 누워서 웃고 있었다. 그렇다면 방금 전에 장주가 나비가 된 꿈을 꾸었던 것일까? 아니면 지금 나비가 장주가 된 꿈을 꾸고 있는 것일까로 되어 있는 이 이야기는 사람과 나비가 형체를 달리한 하나의 생명임을 암시하고 있다. 다시 말해, 총체적 도의 입장에서는 사람이 나비가 될 수도 있고 나비가 사람이 될 수도 있다는 말이다.

또 하나의 이야기를 예로 들면 다음과 같다.

초楚나라의 위왕威王이 장자의 훌륭함을 전해 듣고 그를 재상으로 초빙하려고 귀한 선물을 들려 사람을 보냈다. 그러나 장자는 사자使者에게, "수상은 비록 높은 자리이고 이 선물 또한 매우 값진 것들이지만, 제사 때 바쳐지는 소를 보시오. 여러 해 동안 맛있는 먹이를 먹고 비단으로 몸을 치장하지만 결국 제삿날이 되면 희생의 제물로서 제단으로 끌려가지 않소? 그때 소가 자유로운 들판을 생각한들 이미 때는 늦지 않겠소?" 하면서 다음과 같이 잘라 말한다.

나는 차라리 시궁창에서 놀며 스스로 유쾌하게 살지언정 나라를 가진 사람에게 재갈을 물리지는 않겠소.

> 我寧遊戲汚瀆之中自快, 無爲有國者所羈.
>
> 아녕유희오독지중자쾌, 무위유국자소기.

한 나라의 수상으로 발탁된 것을 제사 때 희생될 소에 비유하는 장자의 생각은 분명 은자(隱者, 숨어서 사는 현자賢者)의 철학 같다. 또한 국가가 부여하는 권력을 소나 말에 물리는 재갈쯤으로 여긴 장자는 정치 자체에 대해서 회의를 품고 있지 않았나 하는 생각을 하게 된다. 실제로 어떤 학자는 노자보다 장자가 더욱 속세를 멀리 하고 스스로 진인眞人의 삶을 살기 위해 세간의 모든 조직과 권력을 멀리 했다고 보기도 한다. 《장자》의 다음 구절을 볼 때 일리가 있는 해석이라고 할 수 있겠다.

> 도를 얻음은 도와 하나됨이고 하늘과 하나됨이고 천지만물과 하나됨이다 (……) 크게 통하는 대통과 같아짐이고 (……) 조물주와 벗이 됨이다.

> 得道, 與道爲一, 與天爲一, 與天地萬物爲一 (……) 同於大通 (……) 與造物者爲友.
>
> 득도, 여도위일, 여천위일, 여천지만물위일 (……) 동어대통 (……) 여조물자위우.

《맹자》와 같이 풍부한 비유뿐만 아니라 특유의 우화로 가득한 《장자》는 이처럼 스스로 진인을 실천하는 삶을 추구하고 있다. 이론과 실천,

언어와 행위가 일치하지 않는 철학이 만연하는 오늘날의 현실을 비추어볼 때 《장자》가 우리에게 주는 의미는 확실하다. 물론 모든 사람이 정치활동이나 경제활동 같은 사회생활을 하지 않고 산 속으로 들어가 도를 닦아 진인이 될 수는 없는 노릇이다. 다만 21세기를 사는 우리가 《장자》에서 배울 수 있는 것은 밖으로만 치달으며 힘과 돈에 집착하기보다 관심을 안으로 돌려 자기 안의 자기, 즉 '겉자아' 안에 들어 있는 '속자아', 또는 '거짓 나' 속에 들어 있는 '참 나', 또는 기껏해야 백 살밖에 살 수 없는 '유한한 나'가 아닌 '영원한 나'를 발견한 후, 이를 중심축으로 삼고 무슨 일을 하든지 자유스럽고 자연스럽게 살아가는 태도일 것이다.

제 4 장

사辭와 부賦

제2장과 제3장에서는 《시경》을 비롯한 문학도 다뤘지만 《서경》, 《춘추》, 《사기》 따위의 역사, 그리고 《역경》, 《중용》, 《노자》 등의 철학 이야기를 비교적 많이 했다. 그러나 본 장과 다음 장에서는 본격적인 문학의 장르인 사辭, 부賦, 시, 소설, 문학평론을 설명하고자 한다. 물론 역사, 철학서로 분류되는 《사기》, 《노자》 같은 책에서도 문학적인 문체를 논할 수 있듯이 문학서로 분류되는 《초사》, 〈적벽부〉에서도 역사와 철학을 논할 수 있다. 그만큼 문文, 사史, 철哲은 서로 뗄 수 없는 관계에 있다. 다만 상대적으로 중점을 어느 쪽에 더 두고 있느냐에 따라서 문학이다 역사다 철학이다라고 할 뿐이다.

　　오늘날 우리가 축사祝辭, 조사弔辭에서 사용하고 있는 사辭는 상고대 《역易》의 계사繫辭에서부터 이미 사용되었다. 그러나 《초사楚辭》로 인해 유명해졌다고 볼 수 있는 문체인 이 사辭는, 한나라와 위진남북조 때에는 더욱 서정성 짙은 문체로 변화했다. 벼슬을 그만두고 시골로 돌아가는 심정을 읊은 도연명陶淵明의 〈귀거래사歸去來辭〉가 그 대표적 예이다.

　　한편 학자들에 의해 《시경詩經》의 서술기법의 하나인 직서법의 문체로 알려진 부賦는 《초사》에서 사와 더불어 사용되었으니, 예를 들면 《초사》 가운데 유명한 작품인 〈이소離騷, 시름 노래〉를 〈이소부離騷賦〉라고도 불렀다. 한漢나라에 이르러서는 부賦가 수사의 화려함은 유지하되 〈이소부〉처럼 굴원屈原 개인의 서정성抒情性이 아니라 궁궐이나 황실, 또는 귀족이나 농민의 생활을 묘사하는 서사성敍事性이 강조되었다.

예를 들어 사마상여司馬相如의 〈자허부子虛賦〉는 자허가 초나라 왕족의 사냥하는 광경을 읊은 것이고, 반고班固의 〈양도부兩都賦〉는 한나라의 두 서울, 즉 서쪽의 수도인 장안(長安, 지금의 서안)과 동쪽의 수도인 낙양洛陽의 아름다운 모습을 읊은 것이다. 한나라 때는 이처럼 국가와 왕족에게 아첨하는 내용의 부와 함께 사회풍자를 서슴지 않는 부도 있었는데, 부유층 자제의 호화로운 생활을 풍자한 매승枚乘의 〈칠발七發〉과 농민의 고통을 다룬 장형張衡의 〈귀전부歸田賦〉, 빈부격차를 풍자한 채옹蔡邕의 〈술행부述行賦〉가 그 예이다.

위진남북조에 와서 부는 병문騈文이라는 문체로 발전한다. 병문은 원래 병려문騈儷文 또는 병려체騈儷體라고도 불리며, 두 마리의 말이 어깨를 나란히 하고 달리는 아름다운 모습의 문체라는 뜻이다. 때문에 병문은 무엇보다 대우법(對偶法, 대구對句)을 중시한다. 글자수나 의미에 있어서의 대우법말고도 문법과 성률에 있어서도 엄격한 대우를 이루어야 한다. 글자수나 의미의 대우법이란 오늘날의 대련對聯처럼 두 글귀의 숫자를 여섯 자면 여섯 자씩, 일곱 자면 일곱 자씩 맞춰야 하고, 한쪽이 이런 뜻이면 다른 한쪽은 그와 비슷한 뜻이거나 아니면 그와 정반대의 뜻이어야 한다. 또한 문법과 성률의 대우법이란 한쪽 글귀의 한 단어가 명사이고 제4성이라면 다른 한쪽의 대칭되는 단어도 명사여야 하고 제4성이어야 하는 것이다.

물론 당시의 성률은 오늘날 표준중국어의 네 가지 성조인 제1성, 제2성, 제3성, 제4성과 같지 않아서 평성平聲, 측성仄聲의 두 가지 음가音價가 있었을 뿐이다. 평성과 측성을 간단히 설명하자면 평성은 비교적 길고 높고 평평한 성조이고, 측성은 평성에 비해 짧고 높은 음 또는 낮은 음에서 급하게 꺾이는 성조이다. 이를 오늘날 표준중국어의 성조와 대응시키면 평성이 제1성에 가깝다면 측성은 제2성, 제3성과 제4성에 가깝다. 또 이를 평성平聲, 상성上聲, 거성去聲, 입성入聲의 방식으로 설명하자면 평성은 평성이요, 상성, 거성, 입성은 측성이 된다. 이처럼 자수字數, 품사, 의미, 성률 따위의 대우법 다음으로 중요한 병문의 수사법은 전고典故의 사용이다. 전고란 한마디로 고사성어를 비롯한 고전의 원문을 적절히 인용하는 기법으로, 부賦뿐만 아니라 시詩 등 각종 문체에서도 자주 쓰이는데 병문에서 특히 많이 사용되고 있다.

남북조시대에 크게 번창했던 부와 병문은 당唐대에 이르러서는 다소 주춤했으나, 여전히 넉 자 여섯 자 형식으로 발전해 사육문四六文이라는 별칭을 얻었다. 이후 송宋나라 때는 소식(蘇軾, 소동파蘇東坡)이 〈적벽부赤壁賦〉를 지어 부체賦體의 건재함을 과시했다. 〈적벽부〉는 소식이 친구와 함께 적벽赤壁, 그러니까 지금의 호북성에 있는 적토赤土가 드러난 낭떠러지 아래에서 뱃놀이를 하다가, 한 역사적 사건을 회상하면서 읊은 부라고 전한다. 서기 208년 유비의 촉蜀나라와 손권의 오吳나라 연합군이 조조의 위魏나라 군대를 크게 무찌른 적벽대전을 회상하며 인생무상을 읊은 5백여 자의 긴 작품이 바로 〈적벽부〉인 것이다. 아무튼 이후 부賦는 6·6언체로 발전해 앞서 언급했듯이 고려와 조선의 과거시험 진사과進士科의 중요한 과목이 되었다.

요컨대 사와 부는 비록 그 사용된 시기와 명칭 및 내용은 조금씩 다르지만 모두 반산문 또는 반운문이라는 병려문체로 분류되었다고 하겠다. 특히 읊는 산문으로서 독특한 지위를 줄곧 유지해 온 이 부체賦體를 한국측에서 찾아본다면 백제의 〈사택지적비문砂宅智積碑文〉과 함께 정철鄭澈의 〈송강가사松江歌辭〉 같은 조선시대의 가사歌辭가 아닐까 생각한다.

소식

《초사楚辭》

《초사》는 기원전 233년까지 동정호洞庭湖 남북의 호북성, 호남성에 존재했던 나라인 초楚나라의 사辭를 모아놓은 것으로, 대체로 전국戰國시대 말기의 작품이라고 한다. 그러나 《초사》에는 초나라 사람인 굴원屈原과 그의 문하생으로 알려진 송옥宋玉의 작품말고도 초나라가 아닌 한漢나라 사람의 작품도 여럿 실려 있는 것으로 보아, 전국시대가 아닌 한나라 때 나온 것이라는 설을 펴는 학자들도 있다. 사실 경전문학을 비롯해 모든 고대 작품들은 모두 이같은 진짜냐 가짜냐 하는 진위眞僞 문제에서 자유로울 수가 없다. 왜냐하면, 시대가 워낙 이르기 때문에 그 전수과정에 있어서 순수한 원문이 살아남기가 쉽지 않기 때문이다. 시대가 이르지 않은 최근의 일도 전달하는 과정에서 내용이 상당히 변질되는 현상을 감안할 때 충분히 있을 수 있는, 자연스런 현상이다. 물론 때로는 문헌이 교정되는 과정에서 누군가의 고의로 내용이 바뀌는 수도 있을 것이다. 이 또한 우리는 충분히 감안해 볼 수 있는 안목을 길러야 한다.

이처럼 수많은 사람들의 손때가 묻은 《초사》는 15권 70여 편이 전해진다. 이 가운데 초사의 대표작가로 알려진 굴원의 작품으로는 모두 25편을 꼽는다. 즉, 〈이소(시름 노래)〉 1편, 〈구가(九歌, 아홉 노래)〉 11편, 〈천문(天問, 하늘에 묻노니)〉 1편, 〈구장(九章, 아홉 장)〉 9편, 〈원유(遠遊, 멀리서 노닐며)〉 1편, 〈복거(卜居, 몸둘 곳을 점치다)〉 1편, 그리고 〈어부(漁父)〉 1편 등 25편만이 굴원의 작품으로 전한다.

굴원의 작품을 감상하기 전에 그는 과연 어떤 사람이었는지 《사기》와 〈이소〉에 나와 있는 그의 생애를 따라가 보자.

굴원은 전국시대 초나라 사람으로 이름은 평(平)이다. 그는 당시 나날이 강성해지는 진(秦)나라를 경계해야 한다고 회왕(懷王)에게 직언했으나 끝내 상관대부의 모함을 받아 회왕으로부터 배척을 당했다. 그후 회왕은 땅을 떼준다는 진나라 책사(策士) 장의(張儀)의 꾐에 빠져 형제국인 제(齊)나라와 동맹을 끊었지만, 원하던 땅도 얻지 못했을 뿐만 아니라 혼인을 빙자하며 접근하는 진나라 소왕(昭王)을 만나러 가 급기야 죽음을 당했다. 회왕의 뒤를 이은 양왕(襄王)도 자신의 동생 자란(子蘭)으로부터 굴원이 군왕인 자기를 원망한다는 참소(讒訴)를 받아들여 왕도(王都) 근처에 살고 있던 굴원을 멀리 양자강 남쪽으로 쫓아냈다.

쫓겨난 굴원은 죽어도 옛 성인의 도를 본받기로 결심하고 순(舜)임금의 무덤에 가서, 옛 성군(聖君)을 그리며 무참히 죽어간 옛 충신(忠臣)을 생각하고 슬프게 눈물을 흘린다. 그런 다음 분연히 자리를 떨치고 일어나 풍신(風神), 우신(雨神) 같은 전설의 여러 신들을 거느리며 신화의 나라를 다니며

논다. 그러나 하늘을 날아 천국의 문에 이르렀지만 문지기가 문을 열어 주지 않자, 구름신인 운신에게 명해 구름을 타고 고대의 왕녀인 복비宓妃를 찾았지만 그녀로부터 퇴짜를 맞는다. 다시 유융씨有娀氏의 딸 간적簡狄에게 청혼했으나 거절을 당한다. 번민 끝에 굴원은 영분靈氛, 무함巫咸 같은 점쟁이에게 가서 점을 쳤더니 멀리 타국에 가면 현군(賢君, 현명한 군왕)을 만난다는 점괘를 얻고 현군을 찾아 먼 길을 떠난다. 용이 끄는 아름다운 상아 수레를 타고 구름 깃발을 날리며 곤륜산崑崙山에서 적수赤水를 거쳐 불주산不周山을 돌아 서해를 바라보며 황홀한 하늘빛 속에 있던 굴원은 문득 까맣게 내려다보이는 고국 초나라의 강산을 보며 발길을 떼지 못한다. 그리하여 그는 다시 그리던 초나라로 돌아오건만 아무도 그를 반겨 주는 이 없고, 외톨이가 된 그는 끝내 멱라강汨羅江에 몸을 던져 스스로 물고기 배에 장사지내고 만다.

굴원은, 중국 대륙에서는 물론 대만 등지에서 지금도 추모하는 인물이다. 그래서 오늘날에도 매년 5월 5일 단오절이 되면, 굴원을 기념하기 위해 용선龍船도 젓고 찹쌀 속에 대추나 팥, 또는 연근 등을 넣은 떡인 종자粽子를 강물에 던지기도 한다. 용선을 젓는 이유는 물 속에 몸을 던진 굴원을 물고기들이 건드리지 못하게 하기 위해서이고, 종자를 던지는 이유는 역시 물고기의 배를 불려 굴원의 몸에 입질하지 못하게 하기 위해서라고 한다.

한편 필자가 대륙의 한 텔레비전에서 본 〈굴원〉이라는 드라마에 등장하는 굴원은 키가 자그마하고 옷도 고구려, 백제인의 옷 또는 진시황의 신하들 옷과 비슷한 모양이었다. 잠잘 때는 침대나 캉(炕, 요즘도 중국의 북방에서 볼 수 있는 온돌로 구들이 침대처럼 높게 만들어진 대) 위에서 자지 않고 많은 한국인이나 일본인처럼 두꺼운 매트리스와 비슷한 두께의 낮은 침상 위에서 자는 것을 보았다. 또 굴원을 비롯한 등장인물들이 타는 말도 제주도 말, 또는 몽고 말처럼 모두 작은 조랑말이었다. 이는 굴원의 초나라가 의식주 문화에 있어서 오나라, 월나라, 그리고 제나라, 연나라 같은 나라뿐만 아니라 고구려, 백제, 왜倭의 의식주 문화와 깊은 연관을 갖고 있었음을 보여준다.

이제 《초사》 가운데 굴원의 작품으로 알려진 〈구가九歌, 아홉 노래〉 중 구름신을 노래한 〈운신雲神〉을 감상하기로 하자.

난초 물에 몸을 씻고 향초 물로 머리 감고
꽃무늬 옷 입은 무녀巫女는 꽃부리 같은데
구름신 휘감듯 내려와 머물러 계시니
밝고 휘황한 빛이 끝간 데 없네

아! 구름신을 편안히 제궁祭宮에 모셔
해와 달과 나란히 빛을 비추려는데
용 수레 타고 천제天帝의 옷을 입고
천천히 날아서 두루 돌아다니시네

구름신 또 황망히 내려오시더니
불꽃처럼 멀리 올라 구름 속에 계시면서
하북河北 땅을 내려보며 머뭇거리다가
사해四海를 가로질러 가니 어찌 다함 있으랴

님을 그리워하며 깊은 탄식 내뱉고

노심초사勞心焦思하며 괴로워하네

浴蘭湯兮沐芳 욕난탕혜목방

華采衣衣若英 화채의의약영

靈連蜷兮旣留 영연권혜기류

爛昭昭兮未央 난소소혜미앙

謇將憺兮壽宮 건장담혜수궁

與日月兮齊光 여일월혜제광

龍駕兮帝服 용가혜제복

聊翱遊兮周章 료고유혜주장

靈皇皇兮旣降 영황황혜기강

焱遠舉兮雲中 염원거혜운중

覽冀州兮有餘 람기주혜유여

橫四海兮焉窮 횡사해혜언궁

思夫君兮太息 사부군혜태식

極勞心兮忡忡 극노심혜충충

이 작품은 구름신인 운신雲神을 사모하는 무녀巫女를 그리고 있다. 그러니까 목욕재계하고 꽃단장한 무녀가 제궁祭宮을 꾸며놓고 운신을 편안히 모시려 하지만 운신은 잠시 내려와 머무는 듯하다가 다시 불꽃처럼 사라져 사해를 가로질러 종횡무진하는 것이다. 굴원은 자신을 잠시 옆에 두었다가 간신의 참소로 자신을 쫓아낸 초나라의 회왕을 구름신으로 비유하고, 임금을 붙잡아 둘 수 없는 자신을 무녀로 비유함으로써, 잠시 머물다가 황망히 떠나 버린 구름신을 붙잡아 둘 수 없는 무녀의 심정을 빌려 임금의 사랑을 잃은 자기 자신의 심사를 노래하고 있다. 이처럼 임금을 임에 비유하고 신하인 자신을 임금의 사랑을 구하는 여인으로 상징하는 '기탁寄託'의 수법은 굴원 이래 많은 작가들이 애용하는 기법이다. 조선시대 송강 정철의 〈사미인곡思美人曲〉이나 만해 한용운의 〈님의 침묵〉도 바로 이 수법을 이용하였다.

　대부분 여섯 자로 한 행을 이루고 있는 이 작품은 각 행마다 거의 예외 없이 혜兮자를 집어넣어 다리를 삼고 있다. '혜' 자는 《초사》에서 가장 많이 쓰이는 일종의 접속사로 한 행에 있어서 앞뒤의 단어를 이어 주는 교량적인 역할을 하고 있다. 《초사》에서는 '혜' 자 이외에도 드물게 사些자도 사용되고 있다. 요컨대 3언, 4언, 5언, 6언체를 골고루 섞어 환상적인 신화와 전설, 그리고 생생한 인물과 역사를 사통팔달四通八達 넘나드는 《초사》의 자유분방한 문체는 한나라를 거쳐 위진남북조와 당나라의 부賦와 병문騈文으로 계속 발전된다.

남북조시대의 부賦

굴원의 초나라를 멸망시키고 천하를 평정한 진시황의 진秦나라가 불과 14년(기원전 221~207) 만에 망하고, 유방劉邦을 시조로 하는 한나라가 약 4백 년(기원전 220~기원후 220) 존속된 끝에 또다시 중국 대륙은 춘추전국시대와 비슷한 위진남북조시대를 맞는다. 약 45년간(220~265) 존속한 위魏나라와 약 150년간(265~420) 존재한 진晉나라, 그리고 다 합해서 약 170년 동안 남쪽과 북쪽에서 차례로 흥망했던 남조의 송宋, 제齊, 양梁, 진陳과 북조의 북위北魏, 북제北齊, 북주北周의 시대가 온 것이다. 특히 남조의 송, 제, 양, 진 네 나라는 평균수명이 겨우 40여 년에 불과한 하루살이 왕조들이었다. 때문에 중국 역사를 공부하는 사람들은 거의 대부분 남북조시대를 한족漢族의 암흑기, 즉 한족漢族이 이민족에게 곤욕을 치르는 시기라는 데 의견을 같이한다.

고구려족, 백제족 같은 '오랑캐'가 대륙의 동북부와 동남부를 점거

해 활발한 활동을 하던 시기가 바로 이때다. 이 시기는 법가法家 사상으로 나라를 다스렸던 진秦나라나 유가儒家 사상을 나라의 근본으로 삼았던 한漢나라에 비해 불가와 도가 사상이 지배했던 때이기도 하다.

이에 따라 사辭와 부賦도 초나라의 사와 한나라의 부를 거쳐 위진남북조의 부체賦體인 병문으로 발전한다. 특히 남북조시대의 병문은 부賦뿐만 아니라 여러 가지 다른 문체, 예를 들어 제사지낼 때 쓰는 제문의 문文, 작품의 앞에 붙이는 서문의 서序, 편지의 서書, 임금이 내리는 조서인 조詔, 무덤의 비석에 새기는 비碑 따위에 두루 쓰이게 될 만큼 유행했다. 또한 남북조의 병문은 단어 운용이나 문법 구성에 있어서 한나라의 문체와 크게 다른 면모를 보이게 되는데, 예를 들어 신조어新造語들이 많이 생기고 단어를 배열하는 순서도 뒤바뀌는 등 변화가 심했다. 때문에 남북조시대가 끝나고 당나라가 중국을 통일한 이후 문란해진 언어와 문자에 대해 순화운동이 일어나게 된다. 예를 들어 당나라 한유韓愈, 유종원柳宗元의 고문운동은 남북조시대의 흐트러진 어문을 한漢나라의 고문古文으로 돌리자는 운동이다. 이는 당나라가 망하고 오호십육국五胡十六國 시대를 거치면서 문란해진 어문을 역시 한나라의 고문으로 돌리자고 주장한 송나라 구양수歐陽修의 고문운동과 그 맥이 닿아 있다. 고대의 문예로 돌아가자는 서구의 르네상스운동인 문예부흥운동도 결국 고대 그리스로마의 문예로 돌아가자는 취지에 있어서 당나라, 송나라의 고문운동과 상통하는 바가 있다.

그렇다면 왜 이같은 어문순화운동이 일어나게 되었는지, 아니 그 이전에 왜 어문의 급격한 변화가 일어나 남북조의 어문이 한나라 때의 어문과 달라지게 되었는지를 생각해 볼 필요가 있다. 이에 대해서는 필자가 직·간접으로 경험한 현대(1930~현재) 한국의 어문변화를 통해 보자면 힌트를 얻을 수 있을 것이다.

1930, 40년대 한국의 말과 글은 조선시대의 영향과 일본 침략의 영향으로 많은 한자어와 일본어를 사용했다. 그후 해방된 대한민국에서는 일본어의 잔재와 영어의 영향권 내에 있게 되는데, 특히 미군이 주둔하고 해외 이민이 급증하기 시작한 이래 남한에서의 영어 외래어 사용은 기하급수적으로 늘고 있어, 자고 일어나면 모르는 단어가 신문의 제목에 뜨는 정도이다. 그래서 한글을 사랑하는 사람들은 이미 오래 전부터 한자어와 일본어의 잔재, 그리고 영어의 남용을 경계하며 한글순화운동을 벌이고 있다. 그럼에도 불구하고 한국은 중국이나 일본에 비해서도 영어의 사용이 여전히 많다. '사스(sars)'만 해도 그렇다. 중국에서는 '비전형 폐렴', 일본에서는 '신종 폐렴'이라고 적절히 바꾸어 사용하고 있는 데 반해 한국은 '괴질'이라는 단어가 맞지 않다고 해 즉각 '사스'로 대치하지 않았는가.

이로써 한 나라의 말과 글의 변화는 정치력과 경제력이 우월한 다른 나라의 말과 글의 영향을 많이 받게 됨을 알 수 있다. 20세기 초부터 일본과 미국의 정치와 경제의 영향을 받고 있는 한국으로서는 일본어와 영어의 영향을 받지 않을 수 없었던 것이다. 이는 미국의 영향을 상대적으로 받지 않은 북한의 말과 글을 남한의 그것과 비교해 보면 확연히 알 수 있다. 마찬가지로 대륙의 남북조시대는 앞에서도 언급했지만 한족漢族이 고구려족, 백제족 등 이민족의 침략을 많이 받았던 시기로, 이민족으로부터 받은 정치, 경제적 영향이 결국 한족의 말과 글에도 적잖은 영향을 끼쳤을 것이다. 실제로 남북조 언어와 백제어를 비교 연구한 한 논문에 따르면 글자뿐만 아니라 발음에 있어서도 같은 점을 발견할 수 있다. 사정이 이러하니 한유, 유종원, 구양수를 비롯한 당나라, 송나라의 일부 한족 문인들은 자기네 전통적인 말과 글이 문란해졌다고 생각한 나머지 이를 바로잡을 필요를 느끼지 않을 수 없었을 것이다.

요컨대 이런저런 이유로 인해 오늘날 남북조의 병문은 해석하기가 매우 어려운 고문古文 가운데 하나가 되었다. 그렇게 된 데에는 물론 당시의 문인들이 글을 쓸 때 어려운 고사성어故事成語와 전고典故를 많이 사용한 데에서도 그 원인을 찾을 수 있지만, 당시 엄청나게 변화한 구어체 표현이 그 이전의 문장체계를 뒤바꿔 놓은 데서 그 근본 원인을 찾을 수 있다.

1. 강엄江淹의 〈한부恨賦〉

엄정한 대우법과 전고典故를 사용하는 남북조 부의 예를 들어보면 다음과 같다.

잡초가 무성한 옛 성을 돌아보며 왕조의 흥망성쇠를 노래한 포조鮑照의 〈무성부蕪城賦〉, 굴원을 추모하며 제사지내는 안연지顔延之의 〈제굴원문祭屈原文〉, 이나李那라는 사람에게 보내는 편지인 서릉徐陵의 〈여이나서與李那書〉, 사치를 금하는 조칙을 내리는 제齊나라 무제武帝의 〈칙조제금사미조敕條制禁奢靡詔〉, 양梁나라가 망한 것을 슬퍼하며 지은 유신庾信의 〈애강남부서哀江南賦序〉, 역대 제왕과 장군, 그리고 미인, 재사才士의 한을 읊은 강엄江淹의 〈한부恨賦〉 등이다.

이 가운데 비교적 이해하기 쉬운 강엄의 〈한부〉 가운데서 이릉李陵 장군과 흉노족에게 시집가지 않을 수 없었던 비운의 미인 왕소군王昭君 의 한을 노래한 대목을 감상해 보자.

이릉李陵이 흉노에 항복할 때에
이름은 욕되고 몸은 억울했네
큰 칼 뽑아들고 기둥을 치면서
그림자에 조문하고 영혼에 참회하네
정은 상군上郡으로 가는데
마음은 안문雁門에 머무네
비단을 찢어 편지를 묶었으니
한나라 은혜를 갚으리라 맹세하네
아침이슬처럼 홀연히 사라질 인생
손을 맞잡고 무슨 말을 하리오

무릇 왕소군王昭君이 떠날 때
하늘을 우러러 장탄식했네
자대紫臺는 멀어지고
관산關山은 끝이 없네
바람이 요동하자, 홀연히 일어나니
밝은 해가 서편으로 숨어 버리네
농隴의 기러기 날지 않고
대代의 구름이 빛을 잃네

임금을 그리워한들 언제 만나리오
결국 황폐히 스러지리라, 타향에서

至於李君降北 지어이군항북

名辱身冤 명욕신원

拔劍擊柱 발검격주

弔影慙魂 조영참혼

情往上郡 정왕상군

心留雁門 심유안문

裂帛繫書 열백계서

誓還漢恩 서환한은

朝露溘至 조로합지

握手何言 악수하언

若夫明妃去時 약부명비거시

仰天太息 앙천태식

紫臺稍遠 자대초원

關山無極 관산무극

搖風忽起 요풍홀기

白日西匿 백일서익

隴雁少飛 농안소비

代雲寡色 대운과색

望郡王兮何期 망군왕혜하기

終蕪絕兮異域 종무절혜이역

　거의 넉 자로 되어 있고 어쩌다 여섯 자로 되어 있는 이 작품은 이해하기 쉽지 않다. 가락을 넣어 읊기 좋게 두 행씩 짝을 지은 거의 완벽한 대구對句 때문이 아니라 곳곳에 인용된 전고 때문이다. 즉, 전반 10행에서는 한나라 때 활약한 명장인 이릉 장군을 다루고 후반 10행에서는 한나라 황제의 사랑을 받지 못하고 전략적으로 흉노족에게 보내진 궁녀 왕소군의 한을 읊은 이 시는 실제 지명, 예를 들어 상군, 안문, 자대, 관산, 그리고 농, 대 등이 나오는데, 먼저 이 지명들을 알지 않으면 안 된다. 상군은 지금의 섬서성의 한 지역으로 당시 한나라의 영토였고 안문은 산서성의 한 지역으로 흉노의 땅이었다. 또 자대는 한나라 임금의 궁궐이 있는 곳을 말하고 관산은 왕소군 자신이 사는 곳으로 흉노의 땅을 말하며, 농은 지금의 감숙성을, 그리고 대는 산서성의 한 지역으로서 두 곳 다 흉노의 땅을 의미하고 있다.

　또한 이 작품을 이해하려면 역사책인 《한서》에 기록된 내용과 이릉이 소무蘇武에게 답하는 편지인 〈이릉답소무서李陵答蘇武書〉의 내용을 알고 있지 않으면 안 된다. 왜냐하면, "비단을 찢어 편지를 묶었으니 한나라 은혜를 갚으리라 맹세하네"를 이해하기 위해서는, 소무가 이릉을 위해 계략을 써서 흉노를 속인 고사故事를 알아야 하기 때문이다. 이 고사 속에는 소무가 흉노에게 한나라 임금의 군대가 이릉을 구하려고 잠복해 있다는 쪽지를 비단으로 묶어서 보낸 것처럼 꾸민 내용이 있는 것이다. 이 시에 나오는 "열백계서", 즉 "비단을 찢어 편지를 묶었으니"가 바로 이에 관한 전고이다.

한편 왕소군이 이 작품 안에서 소군昭君이 아닌 "명비"로 표기된 것도 당시 왕소군의 '소昭'라는 글자가 진晉나라 임금인 사마소司馬昭의 이름인 '소'자와 같았기 때문에 이를 피하기 위함이었음도 알아야 하는 것이다.

그밖에 "바람이 요동하자, 홀연히 일어나니 밝은 달이 서편으로 숨어버리네"를 이해하기 위해서는 《장자莊子》〈소요유逍遙遊〉에 나오는 붕조鵬鳥의 고사를 알아야 한다. 《장자》〈소요유〉에 나오는 붕조는 북해에 살던 곤鯤이라는 물고기였는데, 순식간에 새로 변해 삼천리나 되는 날개를 퍼덕이며 하루에 구만리를 날아가는 전설의 새이다. 이 작품에서는 붕조(흉노족)가 바람을 가르며 엄청난 크기의 날개를 펴고 날자 대낮에 그만 밝은 해(한나라 임금)가 자취를 감추고 말았다는 은유를 담고 있다.

4·4체의 가사문체로 되어 있는 부賦는 초사楚辭의 사辭를 계승하는 문체로 그 단서를 우리는 이 작품에 나오는 '혜兮'라는 글자에서 찾을수 있다. 비록 〈한부〉의 극히 일부분에서만 사용되지만 여전히 운용되고 있는 접속사 '혜'는 이처럼 사부辭賦의 징표가 되었다.

2. 백제의 〈사택지적비문砂宅智積碑文〉

이처럼 고상하고 어려운 문인들의 부賦에 비해 많은 사람들이 쉽게 보고 이해해야 하는 비문에 씌어진 병문은 비교적 이해하기 쉽다. 특히 불사佛事를 일으켜 완성한 백제의 귀족 사택지적의 공덕을 기리는 비문인 〈사택지적비문〉의 앞부분은 전고가 없고 철저한 대구체로 되어 있어서 매우 이해하기 쉽다. 성왕聖王 때인 6세기 전반(523~554)에 제작되었을 것으로 추정되는 이 비문의 내용을 소개하면 다음과 같다.

　　갑인년 정월 초아흐레, 나지성의 사택지적은

　　몸(정신)된 해가 떠나가기 쉬움이 서럽고

　　몸(육체)된 달이 돌아오기 어려움이 슬퍼서

　　금을 뚫어서 진귀한 법당을 짓고

　　옥을 쪼아서 보배로운 탑을 세우니

　　우뚝하니 자애로운 얼굴은 신령한 빛을 토해 구름을 보내고 있고

　　뾰족하니 측은한 자태는 성스러운 밝음을 머금어 ……

　　甲寅年正月九日 奈祇城砂宅智積 　갑인년정월구일 나지성사택지적

　　慷身日之易往 　강신일지이왕

　　慨體月之難還 　개체월지난환

　　穿金以建珍堂 　천금이건진당

　　鑿玉以立寶塔 　착옥이입보탑

　　巍巍慈容 吐神光以送雲 　외외자용 토신광이송운

　　峩峩悲貌 含聖明以…… 　아아비모 함성명이……

　　약 6세기 전반 어느 겨울날 나지성의 성주 사택지적이라는 사람이 어마어마한 경비를 들여 부처님의 상을 모신 당을 금으로 짓고, 부처님의 사리를 모신 탑을 옥으로 세운 후 그 휘황찬란한 모습을 해와 달로

묘사하고 있다. 이 비문은 유감스럽게도 절반 이상이 훼손되고 앞 부분 55자만 남아 있는데, 사택지적은 아마도 돌에 새긴 이 비문을 통해 자신의 공덕을 자비로운 부처님의 공덕으로 회향回向함으로 끝을 맺었을 것 같다.

이 비문의 내용을 살펴보면 인생의 무상함을 서러워해 해와 같이 빛나는 금으로 법당을 짓고 달처럼 함초롬한 옥으로 보탑을 세웠다. 금당의 우뚝한 모습은 마치 해처럼 신령한 빛을 발해 구름을 보내고 있고, 옥탑의 뾰족한 자태는 달처럼 성스러운 밝음을 머금어…… 로 끝나는데, 해는 발광체發光體라서 스스로 빛을 내고 달은 암체暗體라서 빛을 머금어 반사한다는 이 표현은 매우 과학적이기도 하다. 그리고 줄임표로 표기한 마지막 부분은 아마도 "비를 맞이하고 있다"가 아니었을까? 그러면 "성스러운 밝음을 머금어 비를 맞이하고 있다(迎雨)"가 되어 위 행의 "신령한 빛을 토해 구름을 보내고 있고"와 완벽한 대구가 될 수 있을 것 같다.

실제로 〈사택지적비문〉은 너무도 철저한 대우법을 구사하고 있다. 또한 맨 앞의 한 행 열네 글자만 빼면 단 한 글자도 대우법에 어긋나지 않는 병문체로 되어 있다. 글자수도 6·6, 6·6, 4·6, 4·6체로 짝을 이루고 있고, 강慷과 개慨, 신身과 체體, 일日과 월月, 이易와 난難, 왕往과 환還, 천穿과 착鑿, 금金과 옥玉, 건建과 립立, 진珍과 보寶, 당堂과 탑塔이 짝을 맞추고 있다. 이외에도 외외巍巍와 아아莪莪, 자慈와 비悲, 용容과 모貌, 토吐와 함含, 신神과 성聖, 광光과 명明, 그리고 어쩌면 송送과 영迎, 운雲과 우雨까지 기가 막힐 정도로 짝을 이루고 있는 것이다. 이같이 짝을 이루는 외글자가 오늘날은 아예 두 글자로 한 가지 뜻을 갖게 된 경우가

태반이니, 예를 들어 '강개', '신체', '일월', '난이', '천착', '건립', '당탑', '자비', '용모', '토함', '신성', '광명'이 각각 한 단어로 쓰이고 있다.

어떤 비평가는 이렇게 각 행의 매 글자마다 모두 반대되거나 비슷한 글자로 짝을 맞춘 병문은 세련된 수법이 아니라고도 하는데 물론 그럴 수도 있다. 그러나 한눈에 들어와야 하는 비문으로서는 이런 수법이 오히려 효과를 높일 수 있다고 본다. 공덕비에 새겨진 글은 될수록 많은 사람들이 보고 금방 이해해야 제구실을 할 수 있기 때문에 어려운 글자와 복잡한 전고典故를 많이 쓴 문장보다 이처럼 평이하고 간결한 단어로 철저한 대구를 갖춘 글이 훨씬 좋을 것이다.

백제의 병문으로는 〈사택지적비문〉말고도 《삼국사기》 백제본기와 《위서魏書》 백제전에 수록되어 있는 〈조위상표문朝魏上表文〉, 즉 백제가 위나라 왕에게 보내는 글과 비운悲運의 백제왕 부여융夫餘隆의 묘지 비문인 〈부여융묘지명夫餘隆墓地銘〉 등이 있다. 이밖에도 백제가 왜국倭國에 준 칼 칠지도七支刀에 새긴 글인 〈칠지도명七支刀銘〉, 그리고 무녕왕릉에서 출토된 동 거울 뒷면에 새겨진 글인 〈무녕왕릉동경문武寧王陵銅鏡文〉이 있지만 일부는 아직 해독을 못하고 있는 실정이다.

제 5 장

시, 소설 및 문학평론

위진남북조시대는 병문뿐만 아니라 5언체五言體의 정형시인 고시古詩와 괴상한 이야기를 쓴 지괴소설志怪小說, 그리고 문학이론과 비평의 개론서, 또는 각론서들이 본격적으로 나오기 시작한 문학의 황금시대이다. 이 시기에는 진秦나라나 한漢나라처럼 중원에 강력한 통일정부가 없었기 때문에 문인들은 상대적으로 매우 자유로운 활동을 할 수 있었다. 춘추전국시대와 마찬가지로 남북조시대는 앞서도 언급했지만 한족의 암흑기라고 부를 만큼 정치적으로는 한치 앞을 볼 수 없는 시대였던 반면 서로 다른 민족들이 활발히 왕래했던만큼 문화적으로는 오히려 다양하고 다채로운 시대였다.

보통 동진(東晉, 317~420)으로부터 송(宋, 420~479), 제(齊, 479~502), 양(梁, 503~557), 진(陳, 557~589)까지 5개국을 남조로 보는데, 이 다섯 나라의 평균 연령이 환갑인 60년도 되지 않는다. 북조의 경우는 더욱 심하다고 할 수 있다. 즉, 304년부터 439년까지 약 130년의 오호십육국五胡十六國 시대를 거쳐 북조의 첫 왕조가 된 북위(北魏, 439~534)가 동위(534~550)와 서위(535~557)로 갈라졌다가 다시 북제北齊와 북주北周로 계승되어 589년 수隋나라로 통일되는데, 특히 동위, 서위 나라들은 20년을 전후해서 존재했을 뿐인 그야말로 하루살이 왕조였다.

디즈니 만화영화《물란木蘭》의 시대적 배경인 수나라(581~618)를 거쳐, 이연李淵을 시조로 하는 통일왕조 당(唐, 618~907)

나라에 이르게 되면, 여전히 불교, 도교는 흥성하지만 과거제도를 통한 중앙집권적인 권력구조가 자리잡기 시작하면서 문학적 양상도 다소 변화한다. 당나라 과거제도의 시험과목은 이후 고려, 조선과 비슷해서, 명경과明經科의 경우 사서오경四書五經을, 진사과進士科에서는 시詩와 부賦를 치러야 했다. 특히 당나라 때에는 진사과가 중시되어 과거에 급제해 관리가 되려는 자는 너도나도 시와 부의 공부에 열중했다. 그 가운데서도 특히 시가 중시되어 중국문학사상 당시唐詩의 명성은 드높다.

또한 위진남북조시대부터 싹이 튼 지괴소설志怪小說은 당나라에 이르러 전기소설傳奇小說로 명칭이 바뀌어 발전한다. 더욱이 당나라 때에는 농사를 짓는 농민에게 땅을 나누어 갈게 하는 균전제均田制를 실시함으로써, 각 지방에 많은 부동산을 소유하고 있는 귀족들을 견제하고 상대적으로 일반 서민들의 생활향상을 도모해 소시민계급의 싹이 트기 시작했다. 물론 755년 안록사安祿使의 난 이후 더욱 강대해진 지방 호족豪族이 토지를 다시 차지해 균전제도는 그 빛을 잃기는 했다. 그럼에도 불구하고 양자강 하류를 중심으로 상공업에 종사하는 소시민들의 수가 점차 불어나 이들이 즐길 수 있는 문학 장르인 소설이 발전할 수 있는 토양이 마련되었던 것이다.

끝으로, 본 장에서는 문학이란 무엇인가, 문학은 어떻게 하는 것인가, 또한 문학작품을 어떻게 감상하고 평가할 것인가에 관한 해답을 찾는 문학평론을 소개한다. 일찍이 춘추전국시대로부터 시, 사 및 산문을 논평한 글들이 산발적으로 있었는데 본격적으로 문학평론이 이루어진 것은 문학의 전성시기인 위진남북조시대이다. 때문에 본 장의 제3절에서는 가장 뛰어난 문학이론서이자 문학비평서로 꼽히는 유협劉勰의 《문심조룡文心雕龍》을 중심으로 역대 문학평론문을 간략히 소개하고자 한다.

시

《시경》에서부터 비롯된 정형시는 한나라 때 악부시樂府詩와 고시古詩로 발전했다. 한마디로 민중문학과 지식인문학의 두 갈래로 갈라지게 된 것이다. 예로부터 악부樂府는 음악을 관장하던 부서를 말하고, 악부시는 악부의 관리들이 민간에 유행하는 민요를 수집해 정리한 시를 말한다. 그러니까 《시경》의 풍風과 같이 악부의 관리가 채집한 민가民歌의 가사가 바로 악부시이다. 악부시는 악부민가樂府民歌라고도 불리며 민중문학, 즉 민간문학의 뿌리인 민요에 해당되는 장르이다.

솔직한 감정으로 희로애락을 노래하는 악부민가는 한漢나라와 위진 남북조시대를 거쳐 당나라에 이르러서도 계속 저자 미상의 민요로 발전한다. 한편 이 악부시체는 민중뿐만 아니라 지식인들도 즐겨 짓는 장르가 되어 이백李白, 백거이白居易 같은 시인들도 즐겨 짓는 신악부시新樂府詩로 발전하게 되고, 이후 송나라 때에도 민중과 지식인의 사詞로 이어지며 원나라 때에 이르면 또 민중의 속곡俗曲과 지식인의 산곡散曲으로 나누어 발전한다. 민중의 문학 장르인 민요는 제6장 민간문학 제1절 민요에서 더 자세히 다루기로 하고 이 절에서는 지식인과 문인의 시를 중심으로 다루기로 한다.

흔히 고시古詩는 5언五言 또는 7언七言으로 한나라의 매승枚乘 때부터 시작되었다고 하고, 또 이릉李陵과 소무蘇武의 시에서 시작되었다고도 하는데 후대 학자들에 의해 대부분 믿을 수 없다는 평가를 받고 있다. 여기서 잠시 고구려 동명왕東明王의 맏아들인 유리왕瑠璃王이 지었다고 전해지는 〈황조가黃鳥歌〉를 감상해 보자. 이 시는 4언체의 고시로서, 그 내용을 소개하면 다음과 같다.

펄펄 나는 꾀꼬리
암수 서로 의지하나
외로운 나 생각건대
뉘와 함께 돌아갈까

翩翩黃鳥 편편황조
雌雄相依 자웅상의
念我之獨 염아지독
誰與爲歸 수여위귀

사랑하던 왕비 치희雉姬가 또 다른 왕비 화희禾姬와 사랑을 다투다가 자기의 고향인 한나라로 돌아가 버리자, 유리왕이 이를 애석해하며 지었다는 시이다. 이 시는《시경》의 4언체를 바탕으로 하고 있으며 제2행과 제4행에서 압운을 맞추고 있는 등 고시古詩의 품격을 잘 갖추고 있다. 이로써 고구려, 백제, 신라에서도 일찍이 고시가 씌어지고 있었음을 알 수 있다.

물론 학자들은 대부분 음운을 제대로 맞춘 5언고시, 7언고시가 위진魏晉시대부터 비롯된 것으로 보고 있다. 그러나《시경》에도 5언, 7언의 정형시가 있음으로 보아, 보다 발전된 형식의 고시가 한나라 때에도 지어졌을 것으로 본다. 예를 들어 저자 미상의 서정시〈고시십구수古詩十九首〉라든지, 제목이 "공작이 동남쪽으로 날아가다"의 뜻인 애정서사시〈공작동남비孔雀東南飛〉가 대표적인 한나라의 고시이다.

어쨌든 위진시대에 기틀을 잡은 고시는 이후 당나라에 이르러 4행의 5절구絶句와 8행의 율시律詩, 그리고 16행의 배율排律로 발전해 정형시의 전성기를 이루다가 송, 원, 명, 청나라에서도 의연히 그 명맥을 유지하게 된다. 본 절에서는 고시古詩의 발아기로 알려진 위진시대의 5·7언고시와 절구絶句, 율시律詩의 전성시대로 알려진 당시唐詩까지만 다루기로 한다.

1. 위진魏晉시대의 시

5언체 또는 7언체의 고시는 위진시대에 꽃을 피웠다는 것이 통설이다. 5·7언고시는 위, 촉, 오의 삼국시대를 위나라의 우세로 이끌고 간 조조曹操와 그의 뒤를 이은 둘째아들 조비曹丕, 그리고 조조의 셋째아들

조식曹植 등 조씨 삼부자가 위진시대 초기를 장식했다. 이어서 위나라 말과 진나라 초에 혜강嵇康, 완적阮籍, 산도山濤, 향수向秀, 완함阮咸, 왕융王戎, 유령劉伶의 이른바 죽림칠현竹林七賢이 나타나 클라이맥스를 이룬다. 이후 진나라 말기인 동진東晉시대 말에 이르면 전원시인 도연명陶淵明이 등장해 도가道家 사상과 불가佛家 사상을 기조로 하는 주옥 같은 고시를 남겼다.

1) 조식曹植의 〈우차편吁嗟篇〉

조식(192~232)은 지금의 안휘성 출신 조조의 셋째아들로, 조씨 삼부자 가운데 문학적 재능이 가장 뛰어난 시인으로 알려져 있다. 아버지인 조조가 죽기 전까지는 비교적 편안한 생활을 했지만 형인 조비가 왕위를 계승한 이후, 형에게 위협을 당하고 나중에는 형의 아들인 조카에게까지 박해를 받는 불행한 처지 속에서 괴로운 심사를 안고 살았다. 예를 들어 〈칠보시七步詩〉는 형인 조비로부터 일곱 발자국 걷는 사이에 시를 한 수 지으라는 명을 받고 지은 시로 전한다. 이 시에서 조식은 콩과 콩깍지가 원래는 아주 가까이 붙어서 누구보다 서로 친밀했건만 콩과 콩깍지가 분리되어 콩은 솥 안에 들어가고 콩깍지는 솥 밖에서 땔감으로 사용되어, 결과적으로 콩깍지가 콩을 볶고 있음을 노래했다. 조식은 이 시에서 은연중 형인 조비를 콩깍지로 비유하고 자신을 콩으로 비유해 마치 콩깍지에 의해 콩이 볶이듯 형에게 닦달을 당하고 있는 자신의 울적한 심정을 읊은 것이다.

이제 조식의 울적한 심정과 비분강개의 심사가 고스란히 드러나는 탄식의 시 〈우차편〉을 감상해 보자.

아아 이 굴러다니는 쑥대는
세상살이가 어찌 이리 외로운가
오랫동안 뿌리에서 떨어져
잠잘 밤에도 쉴 틈이 없네.
동쪽 서쪽으로 일곱 두렁 지나고
남쪽 북쪽으로 아홉 두렁 넘네
갑자기 회오리바람이 일어나
나를 구름 사이로 날려 버리네
하늘 끝까지 갈 것이다 했는데
홀연히 심연으로 떨어져 버리네
놀란 바람이 나를 받아내어
저 들판 가운데로 돌려보내네
남쪽으로 가려면 더욱 북쪽이고
동쪽이라 말하면 도리어 서쪽으로
이리저리 구르니 누굴 의지할까
문득 죽었다가 또다시 살아나네
휘날리며 여덟 연못을 휘돌고
계속 날려 다섯 산을 지나네
구르고 도느라 정처가 없으니
누가 알랴 나의 이 괴로움을
바라기는 숲 속의 풀 되어서
가을 밤 산불 따라 태워지기를
부스러져 버림이 어찌 고통 아니랴

다만 뿌리에 이어지기를 바라네

吁嗟此轉蓬　우차차전봉

居世何獨然　거세하독연

長居本根逝　장거본근서

宿夜無休閒　숙야무휴한

東西經七陌　동서경칠맥

南北越九阡　남북월구천

卒遇回風起　졸우회풍기

吹我入雲間　취아입운간

自謂終天路　자위종천로

忽然下沈淵　홀연하심연

驚飇接我出　경표접아출

故歸彼中田　고귀피중전

當南而更北　당남이경북

謂東而反西　위동이반서

宕宕何當依　탕탕하당의

忽亡而復存　홀망이부존

飄飖周八澤　표요주팔택

連翩歷五山　연편역오산

流轉無恒處　유전무항처

誰知吾苦艱　수지오고간

願爲中林草　원위중림초

秋隨夜火燔 추수야화번

糜滅豈不痛 미멸기불통

願與根荄連 원여근해연

　조식은 이 시에서 자기 자신을 뿌리 뽑힌 쑥대에 비유하고 있다. 그
는 쑥대처럼 낮이나 밤이나 쉴 틈이 없이 동서남북으로 굴러다니고 돌
풍에 날렸다가 심연으로 추락하고 또다시 바람에 날려 들판 가운데로
돌아오는 신세를 그리고 있는 것이다. 자신의 의지와는 정반대로 가야
하고, 의지할 데라곤 아무도 없이 죽다 살아나고 온갖 간난고초를 겪어
도 알아 주는 사람도 하나 없는 처지임을 토로하고 있다. 그래서 그는
비록 고통스럽겠지만 숲 속의 풀이 되어 건조한 가을 밤 산불에 태워져
없어지기만을 기원한다. 그리하여 자신의 뿌리와 다시 이어지기를 바
라는 것이다.

　그런데 태워져 부스러진 뒤 다시 뿌리에 이어지기를 바란다는 뜻은
무엇일까? 아마도 조식은 도가와 불가 사상에 심취해 영원히 변하지 않
는 본성을 자신의 뿌리로 믿고 있었던 것 아닐까? 그래서 비록 자신의
육체가 사라져 없어진다 해도 생명의 씨앗은 살아 남아 뿌리를 내린다
고 믿었던 것인가. 실제로 조식의 작품 가운데 〈승천행昇天行〉, 〈선인편
仙人篇〉, 〈유선遊僊〉에서 하늘로 오르는 선인이 되어 이리저리 노니는 신
선 사상을 엿볼 수 있다. 이로써 그는 분명 유한한 자신의 몸을 살라 영
원한 생명의 뿌리에 연결될 날을 고대하고 있었음을 알 수 있다.

　5언五言이 한 행을 이루어 모두 24행으로 되어 있는 이 시는 격행으
로, 그러니까 한 행씩 건너서 압운을 하고 있다. 연, 한, 천, 간, 연, 전,

존, 산, 간, 반, 연 등 제14행의 딱 한 글자인 '서'만 빼고 모두 'ㄴ'으로 끝나고 있는 것이다. 그리고 '동서'와 '남북', '칠맥'과 '구천', '천로'와 '심연', '팔택'과 '오산' 등 명사의 대우와 '경'과 '월', '회'와 '입', '당'과 '위', '주'와 '력' 등 동사의 대우, 그리고 '표요'와 '연편'의 의태어 대우, 이밖에도 '이'와 '이'의 접속사 대우 등 대구對句가 잘 이루어져 있다.

그의 시에는 일면 굴원의 〈이소〉를 생각나게 하는 비분강개가 있고 신선 같은 환상의 세계도 있다. 또한 정확한 5언체와 대우법 및 상징법을 운용해 자신의 감정을 잘 절제하고 있다.

2) 완적阮籍의 〈영회시詠懷詩〉

위진시대를 수놓은 또 하나의 시인 집단인 죽림칠현竹林七賢은 앞에 열거한 대로 모두 일곱 명인데 이들은 주로 대나무 숲에 모여 현담玄談, 곧 형이상학적인 도道에 관한 담론을 즐기는 한편 술을 마시며 시를 지으며 소일했다. 이 가운데 유일하게 혜강은 위나라 왕실과 인척관계도 있고 남다르게 의기義氣가 있어서 진나라 사마소司馬昭에게 죽음을 당했다. 그밖에 여섯 사람은 모두 정치와 다소 무관하게 술과 시로 나날을 보냈다. 이들 여섯 가운데 유령은 술버릇이 조금 특이해 술을 마시면 자기 집에서 발가벗고 누워 있기를 즐겼다. 이를 안타까이 여긴 한 친구가 그를 찾아가 그의 몰골을 나무라자 그는, "하늘이 내 지붕이요, 땅이 내 구들장이요, 이 집은 내 고쟁이인데 그대는 왜 남의 고쟁이 안에 들어와서 시끄럽게 하는가" 했다고 전한다.

죽림칠현의 대표격으로 지금의 하남성 개봉開封 출신인 완적(210~263)

도 기인奇人으로 알려져 있다. 문재文才를 인정받은 아버지 완우阮瑀의 뒤를 이어 빼어난 시인으로 인정받았지만 말술을 마다 않는 술고래에 다가 새의 울음 같은 호탕한 휘파람 솜씨, 그리고 기괴한 행동으로 완적은 적잖은 일화를 남겼다. 그 가운데 그의 백안시白眼視 이야기는 훗날 고사성어가 될 만큼 유명했다. 그러니까 그는 사람들을 바라볼 때 두 가지 색깔의 눈을 떠서 보았다. 그 하나가 청안青眼인 검은 눈동자로 제대로 보는 것이고, 다른 하나가 백안白眼인 것이다. 이처럼 완적은 좋아하는 사람과 싫어하는 사람을 구분해 좋은 사람은 청안으로 보았고(청안시青眼視) 싫은 사람은 백안으로 보았다고 해 유래된 말이 바로 백안시白眼視이다. 이밖에도 완적은 어머니의 부음을 듣고도 머리를 산발하고 바닥에 퍼질러 앉아 동이술을 마시는 등 괴상한 행동을 많이 했다고 전한다.

그는 자신의 마음속 울적한 회포를 그린 〈영회시〉 82수를 남겼는데 그 가운데 한 수를 감상하도록 하자.

한밤중에 잠을 이룰 수 없어
일어나 앉아 거문고를 타네
얇은 휘장에 밝은 달 비치고
맑은 바람 내 옷깃에 이네
외로운 기러기 들 밖에서 우짖고
북녘 새는 북쪽 숲에서 우네
서성거린들 장차 무엇을 보겠나
걱정 근심으로 홀로 상심하네

夜中不能寐, 야중불능매

起坐彈鳴琴 기좌탄명금

薄帷鑒明月 박유감명월

淸風吹我襟 청풍취아금

孤鴻號外野 고홍호외야

朔鳥鳴北林 삭조명북림

徘徊將何見 배회장하견

憂思獨傷心 우사독상심

　한밤중에 잠을 이루지 못하고 뒤척이다가 일어나 앉아 거문고를 타는데, 얇은 커튼에 밝은 달이 비치고 맑은 바람이 자신의 옷깃에 일렁인다. 저 멀리 들 밖에서는 외로운 기러기가 통곡하듯 우짖고, 북녘 새는 북쪽 숲 속에서 운다.

　여기까지는 은은한 달빛 아래 살랑이는 바람 맞으며 거문고를 타는 자신을 그린 근경近景과 외로운 기러기와 이름모를 북녘 새의 울음을 그린 원경遠景이 잘 대비되어 있다. 그 다음 마지막 두 행에서는 일어나 아무 볼 것이 없음에도 하릴없이 서성이며, 걱정 근심으로 마음 아파 하는 모습이 마치 한 폭의 그림과 같은 시이다.

　이처럼 활동사진을 보듯 눈에 선한 완적의 시는 한 행을 두 자, 석 자씩 묶어 읽을 경우 귀로 들어도 딱딱 떨어지는 압운과 대우로 이루어져 있다. 즉, 제2, 4, 6, 8행은 모두 금, 금, 림, 심 등의 운을 맞추고 있고 제3행과 제4행의 '박유'와 '청풍', '명월'과 '아금', 그리고 제5행과 제6행의 '고홍'과 '삭조', '외야'와 '북림'이 완벽한 대우법이다. 또한 음

수도 철저한 5언五言에다가 일정한 성조로 성률까지 맞추고 있다. 예를 들어 제2, 4, 6, 8행의 끝글자의 성조는 모두 평성平聲으로 제1성 아니면 제2성이다.

시각적, 청각적 효과 이외에도 이 시는 뛰어난 상징법을 구사하고 있다. 이를테면 아무도 보거나 듣지 않을 밤에 혼자 거문고를 탄다는 것은 완적 자신의 철저한 고독을 상징하고 있다. 심지어 밝은 달도 직접 비추지 않고 커텐을 통해 간접적으로 비추고 바람 또한 내 몸에 직접 불지 않고 내 옷깃에 일 뿐이다. 또한 완적은 자신을 들 밖에서 우짖는 외로운 기러기로 비유하기도 하고 아무도 가지 않는 북쪽 숲 속에서 우는 북녘 새와 동일시함으로써 절대 고독을 한번 더 강조한다. 이런 상황에서 왔다갔다 배회해 봐도 아무것도 볼 것이 없으니 그의 심사가 어찌 울적하지 않을 것인가? 그러니 술을 마시고 휘파람을 불고 거문고를 뜯고 시를 쓸 일밖에 없었을 것이다.

사람들은 그의 아버지 완우가 위나라의 조조 밑에서 벼슬을 했고 그 자신도 위나라에서 비록 말단 한직閒職이기는 하지만 벼슬을 했기 때문에 혜강처럼 진나라 왕족의 경계를 받았고, 이를 피하기 위해 일부러 미친 척하면서 위기를 모면했다고 하는데, 일리가 있는 해설이다. 왜냐하면 그가 진정 정치에 뜻이 없고 권력에 대해서 조금의 야심도 없었다고 한다면 위 시에서처럼 그렇게 배회하고 걱정하고 상심할 일도 없었을 것이기 때문이다. 그가 진정 노장철학을 실천하고 싶어했다면 자연 속에서 아무런 욕심 없이 자족하면서 살 수도 있었을 텐데 그는 그러지 않았음을 볼 때 더욱 그렇다.

3) 도연명陶淵明의 〈귀원전거歸園田居〉

완적이 정치적 야심을 숨긴 채 〈영회시〉에 가슴 속 울분을 토했다면, 동진東晉의 도연명은 벼슬살이보다는 전원田園에서 살고 싶은 소박한 시인이었다. 도연명은 양자강 이남인 강서성江西省 출신으로 비록 증조부, 조부, 부친이 상당한 벼슬아치여서 어린 시절 큰 뜻을 품지 않을 수 없었을 것이나, 집 안팎으로 어려운 일이 많으면서 점차 상경해 출세하기보다는 낙향해 자연과 더불어 생활하기를 좋아한 것으로 전한다.

도연명은 29세 때 생활고 때문에 낮은 벼슬살이를 시작해 이후 41세까지 몇 차례 벼슬살이를 했다. 그러나 번번이 관리생활에 적응하지 못한 채 사직하고 귀향하기를 반복했다. 그러나 41세 이후 세상을 뜬 63세까지 약 22년간 그는 전혀 벼슬을 하지 않고 농사를 지으며 술과 시로 인생을 즐겼다. 때문에 그의 시는 잡다한 현실에서 초연한, 단순하고 소박한 자연이 배어 있다. 노장 사상의 실천자라고도 할 수 있는 그는 시뿐만 아니라 고향으로 돌아온 기쁨을 읊은 〈귀거래사歸去來辭〉 같은 사辭와 부賦, 그리고 복숭아꽃이 만발한 계곡의 별세계를 그린 〈도화원기桃花源記〉 같은 자유로운 산문체 기記와 전傳 등 다양한 장르의 문학작품을 남겼다.

이제 도연명의 '전원에 돌아와 살다'라는 뜻으로 풀이되는 〈귀원전거歸園田居〉를 감상하기로 하자.

> 젊어서부터 속세와 못 어울리고
> 천성이 본래 산언덕을 좋아했네
> 먼지 그물에 잘못 떨어져서

단번에 30년이 지나 버렸네

갇힌 새는 옛 숲을 그리워하고

웅덩이의 물고기는 옛 심연을 그렸네

남쪽 들판 황무지를 개간하고

질박한 본성 지켜 전원으로 돌아왔네

택지 넓이 30여 평에다

초가집은 팔구 칸이라네

느릅과 버들 우거져 뒤 처마를 덮고

복숭아와 오얏나무 대청 앞에 늘어섰네

가물가물 사람들의 마을은 멀고

모락모락 동네의 연기가 허허롭네

개 짖는 소리 깊은 골목에서 나고

닭 울음소리 뽕나무 끝에서 울리네

집 뜰 안에는 먼지 잡티가 없고

빈 방에는 한가로운 여유가 있네

오랫동안 새장에 갇혀 있다가

다시 자연으로 돌아온 것일세

少無適俗韻 소무적속운

性本愛丘山 성본애구산

誤落塵網中 오락진망중

一去三十年 일거삼십년

羈鳥戀舊林 기조연구림

池魚思故淵　지어사고연

開荒南野際　개황남야제

守拙歸園田　수졸귀원전

方宅十餘畝　방택십여무

草屋八九間　초옥팔구간

榆柳蔭後簷　유류음후첨

桃李羅堂前　도리라당전

曖曖遠人村　애애원인촌

依依虛里煙　의의허리연

狗吠深巷中　구폐심항중

鷄鳴桑樹顚　계명상수전

戶庭無塵雜　호정무진잡

虛室有餘閒　허실유여한

久在樊籠裏　구재번롱리

復得返自然　복득반자연

　어릴 적부터 세속과 인연이 없이 자연을 좋아하던 도연명은, 경제적 이유로 부득이 관리 노릇을 했지만 그는 마치 넓은 숲에서 강제로 잡혀와 새장에 갇혀 버린 새처럼, 또는 깊은 못에서 뛰어놀다가 잡혀와 작은 웅덩이에 갇힌 물고기처럼 부자유함을 느꼈다. 그래서 결국 제 분수대로 농촌으로 돌아와 남녘 황무지를 개간하고, 인가로부터 멀리 떨어진 곳에다 초가삼간보다는 다소 넓은 초가 팔구 칸을 짓고 뒤란에는 느릅나무, 버드나무를 심고 앞뜰에는 복숭아나무, 오얏나무를 심었다. 그 자신이 보기에 자기의 집 뜰에는 세속의 때가 없고 자신의 텅 빈 방에는 여유로움이 있으니, 마치 오래 새장에 갇혀 있던 새가 다시 자연으로 돌아온 것처럼 편안할 따름이다.

모두 20행의 5언五言 정형시로서 제2, 4, 6, 8, 10, 12, 14, 16, 18, 20행은 정연하게 압운이 되어 있다. 즉, 산, 년, 연, 전, 간, 전, 연, 전, 한, 연 등 모두 종성이 'ㄴ'으로 끝을 맺고 있고, 성율도 다 평성平聲으로 마무리되었다. 그밖에도 명사, 동사, 부사, 수량사, 의태어 등의 대우도 눈에 띈다. 즉, '속운'과 '구산', '기조'와 '지

〈연명취귀도淵明醉歸圖〉

어', '구림'과 '고연', '방택'과 '초옥', '유류'와 '도리', '후첨'과 '당전' '인촌'과 '리연', '구'와 '계', '항중'과 '수전', '호정'과 '허실', '번롱'과 '자연' 등의 명사 대우가 있고, '락'과 '거', '연'과 '사', '원'과 '허', '폐'와 '명', '무'와 '유' 등의 동사 대우가 있다. 또한 '구'와 '복'의 부사 대우와 '십여 무'와 '팔구 칸'의 수사數詞와 양사量詞의 대우, 그리고 '애애'와 '의의'의 의태어 대우도 좋은 효과를 내고 있다.

도연명이 살았던 동진시대는 남조가 시작되는 기점으로, 이때부터 대다수의 시인, 문인들이 대우법은 물론, 많은 전고典故를 사용해 세련되고 다소 난해한 시와 부賦, 더 나아가 병문騈文 따위의 문체에 몰두했다. 이들에 비해 도연명은 순박한 농민처럼 자연스럽고 평이한 표현을 즐겨 썼고, 특히 어려운 전고를 거의 쓰지 않고 있다. 때문에 당시 그에 대한 평가는 그다지 높지 못했다. 그래서 남조의 양나라 유협劉勰이 쓴 평론서 《문심조룡文心雕龍》에는 도연명의 시에 대한 언급이 아예 없고, 종영鍾嶸이 쓴 〈시품詩品〉에서는 그의 시를 상·중·하 가운데 중간인 중품으로 분류하고 있다.

그러나 《문선文選》을 엮은 소통蕭統이 그의 작품을 높이 평가한 이래 당나라를 거쳐 송나라에 이르러 소식(蘇軾, 소동파蘇東坡)이 그를 매우 좋아해 오늘날 중국문학사에서는 소식의 작품과 함께 도연명(도잠陶潛)의 작품이 자주 거론되고 있다.

2. 당시唐詩

앞에서도 언급했지만 당나라는 과거제도에서 시를 매우 중시했다. 또한 태학太學을 비롯한 학교교육이 확립되고 상공업의 발달로 지식인들이 많이 늘었다. 뿐만 아니라 비단길(실크로드)을 통해 서역과 인도와도 교역이 이루어져 각종 예술과 종교 및 문화가 풍부한 시기이기도 하다. 따라서 많은 사람들이 풍부한 내용과 다양한 체제의 시를 쓸 수 있었다. 악부시樂府詩, 고시古詩는 물론이고 절구絶句, 율시律詩, 배율排律 등 거의 모든 시체詩體가 다 씌어졌다. 그래서 중국문학 연구가들 사이에는 "시는 당시唐詩를 최고로 치고 소설은 명청소설明淸小說을 최고로 친다"는 말도 나오게 되었다.

흔히 당시는 그 시풍에 따라서 초당初唐, 성당盛唐, 중당中唐, 만당晩唐 시로 나뉘는데, 초당시는 남북조시대의 형식미를 중시하는 병문의 영향으로 유미적인 시들이 많은 가운데 이같은 시풍을 극복하려는 왕발王勃, 노조린盧照隣 같은 시인이 활약했다.

성당에 이르면 왕유王維, 맹호연孟浩然을 비롯해 이백李白, 두보杜甫 등 천진하고 자연스러우며 호방하고 가슴아픈 시들이 많이 나와 문자 그대로 성황을 이룬다. 다음 안록사의 난을 겪고 난 이후인 중당 시기는 백거이, 한유, 유종원 등 현실적이고 민중의 삶에 관심을 기울이면서도 자연을 노래한 시들이 나왔다. 마지막으로 당나라의 기운이 쇠하던 만당 시기에는 두목杜牧, 이상은李商隱 등 또다시 형식미를 중시하는 시들이 많이 나왔다. 물론 만당 시기에도 피일휴皮日休처럼 매우 현실적인 시풍을 가진 시인들도 있었으니, 모든 시인들을 초당, 성당, 중당, 만당 시인으로 구분하고 시인들이 해당한 시기의 특징을 벗어날 수 없다고 단정할 수는 없다.

1) 이백李白과 두보杜甫의 시

이백과 두보는 같은 시대인 성당盛唐 때의 시인으로, 둘 다 전국을 많이 돌아다녔지만 그 시풍은 크게 다르다. 이백(이태백李太白, 701~762))은 흔히 '시선詩仙'으로 불리며 주로 낭만적인 시를 썼다. 반면 두보(두자미杜子美, 712~770))는 시성詩聖으로 불리고 주로 현실주의적 시를 썼다. 이

이백

백이 비교적 부유한 환경에서 불교, 도교를 기본사상으로 자유로운 고시古詩를 잘 썼다면 두보는 빈곤한 삶 속에서 유교적 사상을 근간으로 엄격한 격률을 중시하는 율시에 능했다.

먼저 이백을 보면 그의 출생지에 대해 설이 분분하다. 이는 그가 어린 시절부터 유랑생활을 했기 때문이라고 한다. 어쨌든 이백은 지금의 신강성에서 살다가 5세 때 사천성으로 이사해 25세까지 그곳에서 살았다고 전한다. 아버지는 감숙성 사람이고 어머니는 한족漢族인지 이민족인지 알 수 없다. 이백은 26세부터 당나라의 명승지와 불교 사찰, 그리고 도교 사원 등지를 돌아다니며 두 번 결혼하고 자녀도 두었다. 또한 42세 때는 당唐 현종에게 불려가 벼슬을 했는데, 그가 궁중에서 시를 지을 때 당시의 세력가 고력사高力士에게 신발을 벗기게 하고 양귀비에게 벼루를 받쳐들게 했다는 일화가 전한다. 천성이 자유로운 그는, 벼슬도 오래 하지 못하고 다시 유랑생활을 하면서 두보를 비롯한 시인도 만나고, 또 스스로 도교의 도사道士 생활도 하면서 방랑하다가 62세에 병사했다. 그러나 후세에 이르러 그가 술에 취해 물 속에 비친 달을 건지려다 물에 빠져 죽었다는 설이 생겨 오늘날까지 전하고 있다.

그의 시 〈장진주(將進酒, 술을 건네며)〉를 감상해 보자.

그대 보지 못하는가 황하 물이 하늘에서 내려와

바다로 분주히 흘러들어 다시는 돌아오지 않음을?

그대 보지 못하는가 고대광실 밝은 거울 백발이 서러워

아침에 푸른 실 같던 것이 저녁에 흰눈같이 되었음을?

인생은 뜻 얻을 때 마음껏 누려야 하는 법,

금 술독 빈 채로 달 마주 대하게 하지 말게.

하늘이 '나'라는 재목 냈을 땐 반드시 쓸 데가 있는 법

천금이란 큰 돈도 다 쓰면 다시 돌아온다네

양 잡고 소 잡아서 이제 즐기려 하니

모름지기 마셨다 하면 삼백 잔이어야 하네

잠 선생! 단구군!

술을 건네니 멈추지 말고 마시기를

그대들에게 노래 한 곡 부를 터이니

부디 나를 위해 귀기울여 들어 주시게

북, 장구와 진귀한 요리는 귀하지 않으니

다만 오래 취한 채 깨어나지 않기를 바라네

예부터 성현들 모두 잠잠하지만

오로지 술 마신 사람들만 이름을 남겼네

조식曹植이 옛날 평락관에서 잔치를 할 때

천만금의 말술도 멋대로 마시고 즐겼네

주인은 어찌해 돈이 적다고 말하는가

곧장 술을 사와서 그대들과 대작해야지

오색의 말과 천금의 갑옷 있으니

아이 불러서 좋은 술로 바꿔오도록 해

그대들과 함께 만고의 시름 녹여 보세나

君不見黃河之水天上來 군불견황하지수천상래

奔流到海不復回? 분류도해불복회?

君不見高堂明鏡悲白髮 군불견고당명경비백발

朝如靑絲暮如雪? 조여청사모여설

人生得意須盡歡 인생득의수진환

莫使金樽空對月 막사금준공대월

天生我材必有用 천생아재필유용

千金散盡還復來 천금산진환복래

烹羊宰牛且爲樂 팽양재우차위락

會須一飮三百杯 회수일음삼백배

岑夫子, 丹丘生 잠부자, 단구생

將進酒, 君莫停 장진주, 군막정

與君歌一曲 여군가일곡

請君爲我側耳聽 청군위아측이청

鐘鼓饌玉不足貴 종고찬옥불족귀

但願長醉不願醒 단원장취불원성

古來聖賢皆寂寞 고래성현개적막

惟有飮者留其名 유유음자류기명

陳王昔時宴平樂 진왕석시연평락

斗酒十千恣讙謔 두주십천자환학

主人何爲言少錢 주인하위언소전

徑須沽取對君酌 경수고취대군작

五花馬, 千金裘 오화마, 천금구

呼兒將出換美酒 호아장출환미주

與爾同銷萬古愁 여이동소만고수

　잠부자와 단구군, 이 두 사람과 술집에서 마주앉아 술을 마시는 광경을 읊은 이 시는, 대체로 한 행에 일곱 글자인 7언체로 되어 있다. 7언체 시는 읽을 때 넉 자·석 자로 띄어 읽으면 그 맛이 살아난다. 거침 없이 흐르는 이 시는 "그대 보지 못하는가"로 시작되어 황하 강물이 하늘에서 내려왔다는 환상적인 발상, 고래등 같은 집에 있는 밝은 거울이 백발을 서러워한다는 의인법, 그리고 검은 머리를 푸른 실로, 백발을 흰 눈으로 표현한 상징법이 놀랍다. 어려운 전고는 딱 한 군데, 즉 위나라 조조의 셋째아들 조식이 평락관에서 연회를 베풀었던 고사故事말고는 없음에도 불구하고 전체적으로 매우 장중한 느낌을 주고 있다. 그 이유는 아마도 앞의 제1행에서 제8행까지 찬란한 상징과 자유자재한 사상을 담고 있고, 또 제15행에서 제20행까지 술의 미학을 담고 있어서일 것이다.

　앞부분의 "인생득의수진환, 막사금준공대월"에서 이백은, 사람은 뜻을 얻었을 때 마음껏 능력을 발휘해야지 금 술독을 빈 채로 달 앞에 놓아 두듯 귀중한 자아를 달같이 밝은 기회 앞에 헛되이 버려 두지 말라고 한다. 또한 하늘이 사람을 태어나게 한 데에는 반드시 쓸모가 있는 것이니 돌고도는 돈은 결코 중요하지 않다고 한다. 뒷부분의 "종고찬옥불족

귀, 단원장취불원성"에서도 좋은 음악을 듣고 맛난 요리를 먹는 게 중요한 것이 아니라 술에 취해 세속의 모든 권력, 재력에서 벗어난 탈속의 상태가 소중하다고 한다. 심지어 성인, 현자賢者들이 쓸쓸한 허명虛名만 남겼지만 술 마시며 탈속脫俗한 사람은 실명實名을 남겼다고까지 해 음주를 예찬하고 있다. 이쯤 되면 이백이 말하는 음주는 단순한 음주가 아니라 탈속脫俗의 초연한 깨달음을 얻는 행위임을 알 수 있다.

그래서 그의 시는 중간중간 일상적인 대화도 나오고 노래도 섞인 그야말로 천의무봉天衣無縫이다. 왜 그가 시선(詩仙, 시의 신선)으로 칭송되는지를 이 시에서 풍기는 불교적이고 도교적인 초탈의 경지에서 이해할 수 있을 것이다.

반면 이백보다 약 10년 어린 두보는 유교적 현실 속에서 착실하게 살려고 노력한 시인이다. 그는 지금의 호북성 양양襄陽에서 태어나 공부를 열심히 했건만 두 번이나 과거시험에 낙방을 했다. 이후 30세 중반부터

두보

전국을 방랑하며 하찮은 벼슬을 여러 차례 했으나, 어린 아들을 굶겨 죽일 만큼 일생을 곤궁하게 지내다가, 59세의 나이로 배 위에서 음식을 잘못 먹고 급사했다.

빈궁한 생활과 사회적 혼란 때문인지 두보의 시에는 주로 절박한 현실이 담겨 있다. 그가 남긴 약 1400수의 시 가운데 절박한 현실을 그린 〈석호리(石壕吏, 석호촌

의 관리)〉를 소개하면 아래와 같다.

날 저물어 석호 마을에 투숙했는데
관리가 밤에 사람을 잡으러 왔네
할아버지 담을 넘어 도망가고
할머니가 문을 나와 바라보네
관리의 호통소리 얼마나 노엽고
할머니 울음소리 얼마나 서럽던지!
할머니 다가가 이렇게 말하는 소리 들었네
세 아들이 업성에 싸우러 갔는데
한 아들이 부쳐온 편지에 따르면
두 아들은 새 전투에서 죽었다네요
산 사람이야 또 구차히 살겠지만
죽은 사람은 영 끝장이 아닌가요
집안에 더는 사람이 없고
그저 젖먹이 손자밖에 없다오
손자가 있으니 그 어미는 가지 못하죠
나다니려 해도 온전한 치마도 없고요
이 늙은 할미 비록 노쇠하지만
부디 나으리 따라 밤길 가게 해주오
급히 하양 전쟁터에 대어간다면
그래도 아침밥을 지을 수 있을 테니
밤이 깊어 말소리는 끊기고

흐느껴 우는 소리 들린 듯도 했는데

날이 밝아 길을 떠날 때는

오직 할아버지와 작별했네

暮投石壕村　모투석호촌

有吏夜捉人　유리야착인

老翁逾牆走　노옹유장주

老婦出門看　노부출문간

吏呼一何怒　리호일하노

婦啼一何苦!　부제일하고!

聽婦前致詞　청부전치사

三男鄴城戌　삼남업성수

一男附書至　일남부서지

二男新戰死　이남신전사

存者且偸生　존자차투생

死者長已矣　사자장이의

室中更無人　실중경무인

惟有乳下孫　유유유하손

有孫母未去　유손모미거

出入無完裙　출입무완군

老嫗力雖衰　노구력수쇠

請從吏夜歸　청종리야귀

急應河陽役　급응하양역

猶得備晨炊 유득비신취

夜久語聲絶 야구어성절

如聞泣幽咽 여문읍유열

天明登前途 천명등전도

獨與老翁別 독여노옹별

정연한 5언체五言體로 씌어진 이 5언고시五言古詩는 어려운 고사성어나 전고가 없이 물 흐르듯 자연스럽다. 대구對句도 있고 두 행씩 압운도 있지만 그렇게 철저하지 않다. 그러나 이백의 고시와는 달리 두보는 나그네의 시각과 청각으로, 자신이 투숙한 석호 마을의 한 농가에 한 관리가 찾아와 할머니를 징발해 가는 소리를 전하고 있다. 이미 세 아들을 징발당한 이 할머니는 할아버지를 뒷담을 넘어 도망가게 하고는, 아마도 할아버지를 내놓으라는 관리의 호통에 울면서 하소연함으로써 남편이 멀리 도망가는 시간을 번다.

할머니는 관리 앞을 가로막고 세 아들 가운데 두 아들이 전사했다는 가슴아픈 소식과 함께 이제 집안에는 젖먹이 손자와 외출할 때 입을 치마 하나도 없는 며느리와 자기밖에 없으니 자기라도 가서 할아버지 대신 취사병 노릇을 하게 해달라고 호소하는 것이다.

그 결과 할머니는 관리와 함께 전쟁터로 떠나고, 이튿날 아침 나그네인 두보는 도망갔다 돌아온 할아버지의 전송을 받으며 길을 떠난다는 절박한 내용이다. 이처럼 본인 자신의 주관적인 감정은 숨긴 채 관찰자로서 서민의 궁핍한 상황을 잔잔히 그리는 두보의 시는 잘못된 사회 현실에 울분을 금할 수 없게 만든다. 이같은 두보의 풍유시(諷諭詩, 풍자로 깨우치는 시)는 중당中唐의 풍유시인 백거이白居易에 의해 더욱 꽃을 피우게 된다.

그러나 두보 시의 강점은 풍유諷諭라는 주제에 있지 않고 율시律詩라는 형식을 완성시킨 데 있다. 율시는 품사, 성조 따위의 철저한 대구를 통해 고도의 형식미를 갖춘 시의 체제體制로서, 중국의 시에 있어서 최고 수준의 형식미는 두보의 시에서 맛볼 수 있다고 한다. 때문에 조선시대의 많은 시인들이 두보의 시를 즐겨 모방했다고 전한다. 그렇지만 그의 〈월야억사제(月夜憶舍弟, 달밤에 집에 있는 동생을 그리며)〉 같은 율시를 보면 형식의 아름다움보다는 너무나 일반적인 내용에 식상하게 된다. 그것은 아마도 필자가 율시의 아름다운 체제 자체를 깊이 즐길 줄 모르는 연유가 아닐까도 생각해 본다.

2) 한유韓愈와 유종원柳宗元의 시

한유와 유종원은 중당中唐의 시인이다. 중당의 시인들은 대체로 가난한 지식인들이 많았다. 한유와 유종원도 그랬다. 이들은 이백과 두보처럼 후세 사람들에 의해 나란히 병칭竝稱되었는데 그 가장 큰 이유는, 이둘이 앞장서서 이끈 고문운동古文運動 때문이다.

이들이 주장하고 선도한 고문운동은, 산문은 모름지기 한漢나라의 고문으로 돌아가 원래 한문漢文의 문법을 되살려야 한다는 것이었다. 왜냐하면 위진남북조 이래 《춘추》, 《사기》 및 왕충王充의 정치논문인 《논형論衡》 같은 한나라의 산문이 남북조의 병문에 압도당했는데, 특히 이 두 사람이 활동한 당나라 때에는 고대의 산문이 심하게 변질되어 거의 고사枯死 직전이었다고 알려져 있다.

모든 언어와 문자가 그렇듯이
달라지는 정치, 경제, 사회, 문화
의 변화에 따라 발음도 달라지고
단어, 표현법 같은 문법도 달라지
기 마련이다. 남한의 말과 글만 보
더라도 일제시대와 미군정시대를
거치면서 발음과 어조만 서구화한
것이 아니라 단어들도 일어, 특히
영어 외래어가 엄청 많이 늘었다.
예를 들면 한국어의 'ㅅ'이나 'ㄹ'

한유

발음이 영어의 's'나 'l' 발음과 비슷해지고, 사진기는 어느 틈에 카메
라로 바뀌고 다방은 커피샵으로 바뀌었다. 또한 '오바이트', '원샷' 같
은 신조 외래어도 생겼다. 뿐만 아니라 "아무리 강조해도 지나치지 않s
다"거나 "~해 왔다", "~가운데 하나" 따위의 영어식 표현도 늘었다.

한유와 유종원도 남북조시대에 한족을 내몰고 황하와 양자강의 비옥
한 땅을 차지한, 소위 오랑캐의 말과 글이 전통적 언어와 문자에 침투해
"아래에 쓸 글자가 위로 올라가고 위에 표기해야 마땅한 글자가 아래로
내려오는 식의 문법 파괴"에 문제점을 느끼고 이를 시정하려 했다. 한
국에서도 언제부터인가 '신라호텔'이 '호텔신라'로 바뀌어 한국 어학
자들 사이에 거론이 되고 있다. 그런데 단어의 위치에 따라 품사까지 바
뀔 만큼 단어의 위치가 중요시되는 중국어에서 글자의 위치가 바뀌었
다는 것은 거의 문자의 혁명을 의미한다.

한유와 유종원은 둘 다 고문운동의 필요성을 절감하였지만 고문운동

에 대한 견해가 똑같지는 않았던 듯하다. 한유는 한나라의 유가적 전통을 고집해 병려문(騈文)을 완전히 배척한 반면 유종원은 유가만이 아니라 불가, 도가의 사상도 받아들였고 병문도 완전히 배척하지 않고 산문과 함께 병용했다. 요컨대 한유가 혁명적 고문운동을 추구한 것이라면 유종원은 점진적 고문운동을 주장하였다.

그럼 먼저 한유(768~824)의 생애와 시를 살펴보자.

한유는 하북성 출신으로 3세에 고아가 되어 형수의 손에 자랐는데 일찍이 과거시험을 통해 진사가 되었다. 그는 중앙의 고관들에게 자신을 추천하는 글을 올렸지만 뜻을 이루지 못하다가 나중에 벼슬을 하기는 했으나 불교를 배척하는 글을 올려 귀양을 가기도 했다. 그는 산문이든 시든간에 유가(儒家)의 도를 그 주제로 삼아야 한다고 주장하는 강건한 성격의 소유자로서, 시의 형식보다는 내용에 주력했기 때문에 전고나 대구보다는 고문의 어휘를 찾아 쓰는 한편 당시의 자연스럽고 생동감 있는 표현에 치중했다. 당구(唐衢)라는 현인에게 바치는 시 〈증당구(贈唐衢)〉를 보면 다음과 같다.

범에게는 발톱 있고 소에게는 뿔이 있다
범은 후려칠 수 있고 소는 치받을 수 있다
어째서 그대 홀로 빼어난 재능 품고도
손에 쟁기, 호미 쥐고 빈 골짜기에서 굶주리는가?
지금 천자께서 어진 인재를 급히 구하고
민의를 묻는 상자 내놓아 대궐문이 환한데
어찌 스스로 추천하는 상서 올려 벼슬자리에 앉아

온 세상을 요순시대처럼 만들지 않는가?

虎有爪兮牛有角　호유조혜우유각

虎可搏兮牛可觸　호가박혜우가촉

奈何君獨抱奇才　나하군독포기재

手把犁鋤餓空谷　수파리서아공곡

當今天子急賢良　당금천자급현량

甄函朝出門明光　궤함조출문명광

胡不上書自薦達　호불상서자천달

坐令四海如虞唐　좌령사해여우당

　재능이 있는 현인이 농촌에서 굶주리고 있음을 나무라며, 범의 발톱처럼 또는 소의 뿔처럼 자신의 재능을 무기로 삼아 패악한 세상을 호령함으로써, 옛날 요임금과 순임금이 이룩했던 태평성대를 만들기를 촉구하는 시이다. 과연 잔잔한 시정이 흐르는 담담한 시가 아니라 유가적 이상정치를 구현하기 위한 야심이 꿈틀거리는 목적을 가진 목적시라고 할 만하다. 이처럼 한유는 도道를 오직 유가적 이상으로 보고 외곬의 길을 갔다.

　한편 유종원(773~819)은 지금의 산서성 출신으로 한유처럼 진사에 급제해 이런저런 벼슬살이를 했다. 또한 한유와 함께 유가의 도를 밝히는 일을 중요시해 자신의 많은 산문과 운문에서 이를 실천했다. 그러나 그는 한유와는 달리 유가의 도에만 국한하지 않고 불가와 도가의 도를 함께 아울렀고, 문장을 쓰는 데 있어서도 도를 구현할 뿐만 아니라 그 도를 아름답고 밝게 퍼뜨리기 위해서 형식에도 신경을 썼다. 때문에 그는 한유가 극력 피한 병문도 섞어서 사용했다.

이를 보면 한유에 비해 그는 좀더 넓은 마음을 가지고 있었다고도 볼 수 있다. 이제 유종원의 〈호초상인과 더불어 산을 바라보며 서울의 친구에게 부치다〉라는 긴 제목의 7언절구七言絕句 〈여호초상인동간산기경화친고與浩初上人同看山寄京華親故〉를 감상해 보자.

바닷가의 뾰족한 산봉우리 칼끝과도 같이
가을 오자 여기저기 애간장을 찌르네
만약 이 몸 천만 개로 화할 수 있다면
흩어져 봉우리에 올라 고향을 바라보려네

海畔尖山似劍鋩　해반첨산사검망
秋來處處割愁腸　추래처처할수장
若爲化得身千億　약위화득신천억
散上峰頭望故鄉　산상봉두망고향

이 시처럼 매 행마다 일곱 글자씩 모두 4행으로 된 시를 7언절구라고 한다. 이 짧은 시에서 유종원은 날카로운 산봉우리를 칼끝에 비유하고, 고향을 떠나 타향에서 가을을 맞는 자신의 깊은 시름을 애끊는 창자에 비유하고 있다. 높은 가을의 하늘을 찌를 듯 뾰족한 아름다운 산봉우리가 그에게는 오히려 자신의 애간장을 찌르는 칼로 느껴진다는 표현

속에서 우리는 깊은 슬픔과 고통에 빠진 유종원의 마음을 느낄 수 있다. 이처럼 유종원은 한유와는 달리 유가적 도를 널리 밝히는 동시에 자신의 근본인 고향 땅을 사무치게 그리워하는 애달픈 내면적 정서도 자연스럽게 표출했다.

3) 두목杜牧

두목(803~852)은 당나라 말 지금의 섬서성 서안西安에서 태어나 26세에 진사가 되었으나 관운이 그다지 좋지 못했다. 그도 그럴 수밖에 없었던 것이, 그가 활동했던 당나라 말기는 나라가 위태로워 곳곳에서 반란과 민란이 일어나는 어지러운 시대였다. 때문에 그는 출세를 포기하고 시와 더불어 한적한 세월을 보냈다고 전한다. 그는 4행시인 절구와 8행시인 율시를 잘 지어서 당시 사람들은 그를 두보와 비견할 만한 시인으로 평가한 나머지 그를 작은 두보, 즉 '소두小杜'라고 불렀다. 어떤 사람들은 그를 퇴폐적 유미주의자라고 비평하기도 하지만, 다른 한편으로 그는 풍류를 즐기고 시에 있어서 자연스러운 아름다움을 추구한 시인으로 알려져 있다. 이같은 그의 시풍은 〈산행山行〉에 잘 나타나 있다.

멀리 추운 산을 오르니 돌길 비스듬한데
흰 구름 일어난 곳에 인가가 있네
수레 멈추고 앉아 저물도록 단풍 숲에 홀려 있자니
서리맞은 단풍잎이 2월의 꽃보다도 붉네

遠上寒山石徑斜 원상한산석경사

白雲生處有人家 백운생처유인가

停車坐愛楓林晚 정차좌애풍림만

霜葉紅於二月花 상엽홍어이월화

인가로부터 멀리 떠나 단풍 숲에 매료되어 있는 두목은, 서리맞은 가을의 단풍잎이 초봄의 꽃보다도 붉다고 느낄 만큼 진한 열정의 소유자이다. 그는 비록 자신에게 봄꽃처럼 젊은 기운은 없지만 일찍 속세로부터 떠난 자신의 고적한 내면에 가을 단풍같이 짙은 감정이 도사리고 있음을 토로하고 있다.

49세라는 나이에 세상을 등진 두목은 시인이라는 점 말고도 통일신라시대에 동아시아의 대륙, 반도 및 섬을 잇는 서남해에서 활약한 장보고張寶皐에 관한 기록을 남긴 문인이라는 점으로도 우리의 주의를 끈다. 두목은《번천문집樊川文集》에 장보고와 그를 이어 청해진대사를 맡았던 또 하나의 인물인 정년鄭年에 관한 기록을 남겼는데 특히 장보고를 현인賢人 또는 인의仁義를 아는 사람으로 칭송했다.

《신당서新唐書》에 기록된 장보고와 정년에 관한 전기傳記와《삼국사기》장보고전에 있는 장보고에 관한 기록도 모두 두목이 사랑했던 지방인 번천의 지명을 붙인《번천문집》의〈장보고 · 정년전〉을 그대로 인용하고 있으니《번천문집》의 사료적 가치는 클 수밖에 없다.

위 문서들과 ʻKBS 2003 신년 역사 스페셜'에서 다룬 내용을 요약해 장보고와 정년의 이야기를 소개하면 이렇다.

장보고(?~846)와 정년은 열 살 차이로 신라에 흉년이 들자 당나라에 식량을 구하러 갔다. 이 둘은 창을 사용해 잘 싸웠는데 특히 정년은 잠

수 능력이 뛰어났다. 장보고가 나이가 많아 정년은 장보고를 형이라 불렀고, 장보고는 정년의 무예를 높이 평가했다. 이 둘은 지금의 강소성에서 당나라가 설치한 무령군武寧軍에 입대해 약관 30세에 무령군 소장小將이 되었다.

그러나 고국 신라로 돌아가 큰 일을 하려고 결심한 장보고는 정년에게 함께 돌아가자고 했다. 그러나 정년은 무령군에 계속 눌러 있겠다고 고집을 부리는 바람에 장보고는 그와 결별을 선언하고 홀로 귀국했다. 아마도 상당수의 수하 군인들을 데리고 왔을 장보고는, 신라의 흥덕왕을 배알하고, 서남해에서 신라인들을 잡아다가 노예로 파는 당나라 해적들을 물리치겠다고 자청하며, 자신의 고향인 청해진을 줄 것을 요청했다. 흥덕왕이 이를 받아들여 그를 청해진 대사에 임명했다.

그후 장보고는 서남해를 중심으로 지금의 산동성, 강소성 및 일본을 왕래하며 신라의 청자, 동남아시아의 단향목檀香木, 심지어 아라비아반도의 흑거북 같은 희귀한 품목으로 무역을 해 해상왕海上王이라는 칭호를 얻었다. 또한 그는 산동성 적산赤山에 법화사法華寺를 세우고 신라와 일본에서 당나라에 순례하러 오는 스님들의 편의를 돕고 해로海路에서 위험에 처한 이들의 목숨도 지켜 줌으로써, 일본에서는 오늘날까지도 그를 적산대명신赤山大明神으로 사당에 모셔 기리고 있다.

한편 당나라 무령군 소장으로 눌러 앉았던 정년은 뜻하지 않게 연수향連水鄉이라는 마을에서 굶주리다가 마침내 장보고에게로 돌아오게 된다. 장보고는 그를 너그러이 받아들인다.

그 무렵 쿠데타를 일으켜 흥덕왕을 시해하고 스스로 왕위에 오른 민애왕을 물리치기 위해 장보고는 정년에게 기마병 5천을 주어 민애왕의 군대와 접전하게 한다. 팔공산에서의 접전 끝에 승리한 정년에 힘입어 장보고는 드디어 민애왕을 왕위에서 끌어내리고 김우진을 신무왕으로 올림으로써 신라 왕실에 대한 그의 영향력은 막강하게 된다. 그러나 846년, 그의 승승장구를 못마땅하게 보는 세력인 보수 귀족 김양金陽이 보낸 자객 염장에 의해 장보고는 피살당하고 만다.

두목은 장보고와 정년의 우정을, 당나라의 명장名將 곽분양郭汾陽과 이임회李臨淮의 우의友誼와 비교하면서, 정년을 용서하고 받아들여 중용重用한 장보고와 이임회를 용서하고 받아들인 곽분양의 어진 심성이 똑같다고 칭송했다. 이로써 두목은 비록 한족이 아닌 '오랑캐'임에도 불구하고 장보고에 대해 존경하는 마음을 글로 남긴 폭넓은 문인임을 알 수 있다.

소설

소설은, 고대에는 그다지 우러러보는 문학 장르가 아니었다. 그래서 위대한 도를 말하는 대설大說에 반해 소설小說은 하찮은 이야기로 치부되었다. 이에 따라 소설을 짓는 소설가도 지위가 비교적 낮은 관리들로서 이들은 길거리나 골목길을 오고가면서 이야기를 나누는 사람들이었다. 그렇지만 유가, 도가, 법가, 묵가, 음양가, 농가, 명가, 잡가 등에 이어 소설가도 십가十家의 하나로 끼워 주기는 했다.

소설의 기원을 한漢나라로 보는 사람들은 한나라 때 신들의 이야기를 다룬 동방삭東方朔의 《신이경神異經》, 한나라 무제가 서왕모와 만난 이야기를 실은 반고班固의 《한무고사漢武故事》가 소설의 효시라고 주장하는데, 모두 위진남북조시대 이후의 위작僞作으로 알려졌다. 때문에 소설은 위진시대 이후부터 본격적으로 시작되었다고 보는 것이 정설이다. 왜냐하면 이때부터 비로소 누군가가 허구적으로 이야기를 만들어서 유포

했다고 여겨지기 때문이다.

이 절節에서는 위진남북조의 지괴志怪 및 지인志人 소설과 당나라의 전기소설傳奇小說을 소개하는데, 이후에도 소설은 《서유기》의 원본이 되는 《대당삼장법사취경기大唐三藏法師取經記》, 《수호지》의 원본이 되는 《대송선화유사大宋宣和遺事》 등, 송나라의 화본소설話本小說을 거쳐 명나라, 청나라의 장회소설章回小說로 더욱 발전된다. 장회소설로는 사대기서四大奇書가 가장 유명하다. 사대기서는 바로 인덕仁德의 상징인 관우와 무용武勇의 장비와 지략智略의 제갈량을 중심으로 그린 《삼국지연의三國志演義》, 식욕, 색욕 등 몸의 욕망을 상징한 저팔계와 마음의 신령을 담은 손오공을 중심으로 그린 《서유기西遊記》, 맨손으로 호랑이를 잡은 송강宋江 등 108명의 영웅호걸을 그린 《수호지水滸志》와 《금병매金瓶梅》 등 네 개의 장편소설을 말한다. 이 가운데 《금병매》는 《수호지》의 한 부분을 떼어 만든 소설로, 영웅호걸 가운데 한 사람인 무송武松의 형 무대武大의 부인 반금련과 그밖에 이병아, 춘매 등 세 여인과 호색한 서문경의 애정 행각을 그린 것이다. 《금병매》라는 제목도 바로 반금련의 '금', 이병아의 '병', 그리고 춘매의 '매'의 이름자를 따서 만들었다고 전한다.

여기서 잠시 송나라의 화본소설과 명나라, 청나라의 장회소설에 관해서 보충설명을 하자면 먼저 화본소설은 소설을 이야기해 주는 사람, 즉 설화인說話人의 대본이라는 뜻의 화본話本이 중시되어 붙여진 이름이다. 송나라 때에는 사람들이 둘러앉은 자리에서 설화인이 화본을 바탕으로 소설을 이야기해 주었기 때문에 화본소설이 소설의 대명사가 된 것이다. 다음으로 장회소설은 소설이 몇 장章, 몇 회回로 연결되기 때문에 붙은 이름이다. 오늘날의 장편 연재소설이나 연속극처럼 회수로 연

《홍루몽紅樓夢》의 저자 조설근

속되었던 장회소설은, 예를 들어 《삼국지》 120회본, 《서유기》 100회본, 《수호지》 100회본에 이어 청나라 귀족사회의 애정과 인생을 그린 《홍루몽紅樓夢》 80회본, 《수호지》 계열의 청대清代 무협소설 《삼협오의三俠五義》 120회본과 청나라 지식인을 풍자한 《유림외사儒林外史》 55회본 등이 전하고 있다.

1. 위진남북조의 지괴志怪 · 지인志人소설

위진남북조에는 기괴한 이야기를 지어내어 쓰는 지괴소설과 평범한 사람들의 이야기를 엮은 지인소설이 있는데, 분량으로 볼 때 지괴소설이 훨씬 많이 알려져 있어 흔히 위진남북조의 소설을 지괴소설이라고 부르는 사람들이 많다.

작품들을 열거해 보면 다음과 같다.

위진시대에는 장화張華가 지었다고 하는 《열이전列異傳》, 간보干寶가 지었다는 《수신기搜神記》, 도연명이 지었다는 《수신후기搜神後記》, 조대지趙台之의 《지괴志怪》 등이 있고, 남북조시대에는 동양무의東陽無疑의 《제해기齊諧記》, 유의경(劉義慶, 403~444)의 《유명록幽明錄》, 오균(吳均, 469~520)의 《속제해기續齊諧記》 등이 있다.

지괴소설은 단순히 신선과 귀신의 이야기 같은 미신적인 요소들이 많은 것이 사실이다. 그러나 그 중에는 선신善神이나 귀신鬼神의 이야기를 빌려 지은이 자신의 사상을 드러내는 작품도 적잖은데, 이 경우 주로 신선 사상이나 도가 사상 및 불교 사상이 드러난다.

이 가운데 〈수신기〉에 실려 있는 양림楊林의 옥베개 이야기를 보면 다음과 같다.

초호묘焦湖廟라는 신당神堂에 옥베개가 하나 있었는데 그 옥베개에는 작은 틈이 나 있었다. 때마침 단보單父 마을 사람인 양림이 장사를 다니다가 이 신당에 소원을 빌러 왔다. 그때 이 신당의 무당이 그에게 말했다.

"당신은 장가를 잘 들고 싶은 거지요?"

"그렇게만 된다면 얼마나 좋겠습니까?"

그러자 무당은 그를 옥베개 가까이 가게 해 옥베개의 틈 속으로 들어가게 했다. 들어가 보니 뜻밖에 웅장하고 화려한 집이 있는데 바로 조태위趙太尉의 집이었다. 조태위는 양림을 보자마자 딸과 결혼을 시켰고, 이들 부부는 아들 여섯을 낳아 모두 비서랑秘書郎이라는 높은 벼슬에 올랐다. 이렇게 살기를 수십 년이 지났지만 양림은 돌아갈 생각이 전혀 없었다. 그러나 갑자기 꿈을 깨듯 정신을 차리고 보니 자신이 옥베개 옆에 서 있는 것이었다. 양림은 오랫동안 처연한 마음을 가눌 수 없었다…….

이 소설은 당唐나라의 《침중기枕中記》 등으로 발전했는데, 한마디로 부귀영화가 꿈처럼 덧없다는 도교적, 불교적 깨우침을 주고 있다. 이에 비해 《열이전》에 나오는 귀신 이야기는 가벼운 도깨비 이야기로 그 내용은 대략 아래와 같다.

남양南陽에 종정백宗定伯이란 사람이 살았다. 그가 젊었을 때 밤길을 가다가 한 사람을 만났다. 그가 "누구요?" 물으니 "도깨비요" 했다. 또 도깨비가 "당신은 누구요?"라고 물으니 종정백이 "나도 도깨비요"라고 속여서 말했다. 도깨비는 정백에게 어디까지 가느냐고 물었고 그가 완시宛市까지 간다고 대답하자, 자기도 완시까지 간다고 말했다. 같이 몇 리인가 가다가 도깨비는 각자 걸어서 가면 너무 빨리 도착하니까 서로 업어 주며 가는 게 어떠냐고 제안했고 정백도 좋다고 말했다. 도깨비가 먼저 종백을 둘러업고 몇 리를 가더니 "당신은 굉장히 무거운데, 도깨비 아니지?" 하고 말했다. 정백은 "나는 죽은 지 얼마 안 되어서 무거운 것일 뿐이오"라고 대답했다. 이번에는 정백이 도깨비를 업었으나 거의 무게가 없었다. 이렇게 두세 번 서로 업어 주고 나서 정백이 "나는 죽은 지 얼마 되지 않아서 도깨비들이 무엇을 두려워하고 싫어하는지 모른다"고 말하자, 도깨비는 "오직 사람의 침을 꺼린다"고 말했다 (……) 이윽고 완시에 거의 도착할 무렵 정백이 도깨비를 업어서 머리 위까지 올리고는 급히 목을 조르니 도깨비는 크게 소리지르다가 꽥꽥거리며 빠져나오려 했다. 그러나 얼마 지나지 않아 꽥꽥 소리가 멈췄고 정백은 축 늘어진 도깨비를 완시의 중심가에 내려놓았다. 그러자 도깨비가 둔갑해 한 마리의 양이 되었고 정백은 그것을 팔았다. 팔 때에 정백은 놈이 또 둔갑할까 두려워 침을 뱉어 주고 돈 1500전을 벌었다.

이 소설에서는 도깨비인 귀鬼가 등장한다. 이 귀신은 사람인지 귀신인지도 구분할 줄 모르고 상대를 쉽게 믿는 순진한 도깨비이다. 그래서 자기의 약점을 상대에게 알려 주고 그 때문에 사람에게 팔리는 신세가 되는 불쌍한 도깨비다. 흔히 도깨비나 귀신 하면 무섭고 두려운 생각이 드는 데 반해 《열이전》에 나오는 도깨비는 이처럼 사람에게 놀아나는 처량한 존재일 뿐이다.

보통 우리는 귀신鬼神을 사람이 죽은 뒤에 변하는 흉측한 존재로 알고 있는데, 실은 귀신도 귀鬼와 신神으로 구분해 이해해야 한다. 귀鬼는 사람이 죽은 후에 억울함이나 원한을 가진 영혼을 말하고, 신神은 죽은 후에 어떤 여한도 없이 승화한 영혼을 말한다. 그래서 귀는 악귀惡鬼로 불리고 신은 선신善神으로 불린다. 때문에 이들의 이야기를 따로따로 분리해 귀화鬼話, 신화神話라고 말하는 것이다. 그런데 귀화鬼話 가운데 나오는 도깨비들은 여러 가지여서 《열이전》에 나오는 도깨비처럼 위험할 때에 양으로 둔갑하는 나약한 놈도 있고, 빗자루로 변하는 귀여운 놈도 있고, 꼬리가 아홉 개 달린 여우로 변하는 교활하고 무서운 놈도 있다.

마지막으로 《속제해기》의 거위 바구니 이야기를 간략히 소개한다.

양선陽羨 사람 허언許彦이 거위 두 마리가 든 바구니를 메고 수안綏安의 산길을 가다가 한 서생書生을 만났다. 서생은 17~18세쯤 되어 보였는데 길가에 누워서 다리가 아프다면서 거위 바구니에 좀 태워 달라고 했다. 허언은 농담으로 알았는데 서생이 바로 바구니에 들어 갔다. 그런데도 바구니가 더 넓어지지 않고 서생 또한 더 작아지지도 않은 채 그대로 거위와 더불어 앉았고 거위도 놀라지 않았다. 허언이 바구니를 메고 갔지만 더 무겁게 느껴지지도 않았다. 가다가 나무 밑에서 쉬게 되었는데 서생이 바구니에서 나와 허언에게 "당신을 위해 간단한 식사를 차려 드리겠습니다" 하면서 입 속에서 하나의 구리 상자를 토해 내니, 그 상자 안에는 온갖 음식이 다 차려져 있었다……. 술을 몇 잔 나누고 나서 서생이 허언에게 말하기를 "아까부터 부인을 따라오게 했는데 지금 잠깐 여기로 그 부인을 데려오려 합니다" 하고 말하자, 허언이 "그렇게 하십시오" 했다. 그러자 그는 또 입 속에서 한 여자를 토해 냈는데 나이는 15~16세 가량 되고 용모가 빼어나고

의복도 아름다웠다.

　한 자리에 앉아 마시고 먹다가 술에 취한 서생이 자리에 눕자, 이 여인이 허언에게 "제가 비록 서생과 결혼은 했으나 사실은 원한을 품고 있어요. 실은 전부터 한 남자를 몰래 사귀어서 동행하고 있는데 서생이 이미 잠들었으니 잠시 그를 불러 보겠어요. 그대는 아무쪼록 이 이야기를 서생에게 하지 마세요"라고 말해 허언이 "그러지요" 했다. 그러자 그 여자는 입 안에서 한 남자를 토해 내니 나이는 23~24세쯤 되었고 영리하고 잘생긴 남자였다. 이 남자와 허언이 인사를 나누고 났을 때 잠자던 허언이 깨어나려고 했고 여자가 또 입에서 비단 병풍을 토해 서생을 가리자, 서생이 그 여자를 병풍 안으로 끌어들여 같이 잤다. 남겨진 그 남자가 허언에게 말하길, "이 여자는 비록 애정이 있기는 하지만 자기 마음을 다 바치지는 않습니다. 그래서 전부터 또 다른 여인을 몰래 얻어서 동행하고 있는데 이제 잠깐 그녀를 만나려고 하니 당신은 이 일을 누설하지 않기를 바랍니다" 하자 허언이 "그렇게 하지요"라고 대답했다. 그러자 그 남자는 입 속에서 한 여인을 토해 냈는데 나이는 20여 세쯤 되어 보였다.

　함께 술을 마시고 오랫동안 농담을 주고받다가 서생이 움직이는 소리를 듣고 그 남자는 "두 사람이 잠에서 깨어났습니다" 하고는 토해 내었던 여인을 들어 다시 입 속에 넣었다. 순식간에 서생 쪽에 있던 여자가 나오더니 허언에게 "서생이 일어나려고 합니다" 하며 아까 토해 냈던 그 남자를 삼켜 버리고 홀로 허언을 향해 앉았다. 그러자 서생이 일어나서 허언에게 말하기를 "잠깐 잔다는 것이 그만 오래되었습니다. 혼자 앉아 있느라고 답답하셨죠? 날도 저물었으니 작별

해야겠습니다"고 하더니 마침내 여자를 삼키고 여러 빈 그릇들을 전부 입 안에 집어넣고 두 자쯤 되는 큰 구리 쟁반만을 남겨 허언에게 주면서 이렇게 말했다.

"아무것도 보답할 것이 없고 다만 이것을 드려서 기념으로 삼고자 합니다."

허언은 훗날 벼슬을 하게 되었고 이 구리 쟁반을 당시의 재상인 장산張散에게 증정했다.

판타지 소설 같은 이 이야기는 주인공 허언이 꾼 꿈 같은 내용이다. 전혀 무게를 느낄 수 없는 서생의 존재라든지 그가 입에서 토해 차려 준 밥상과 부인이라든지, 부인이 토해 낸 애인이라든지, 또 그 애인이 토해 낸 애인, 그리고 또다시 차례로 각자 주인의 입 속으로 들어가서 마침내 아무것도 남지 않음을 볼 때 그렇다. 그러나 이 소설에도 역시 속세의 애정이 이처럼 속고 속이는 요지경 속임을 보여주는 불교적 메시지가 있다. 다만 《열이전》에서 종정백이 양으로 둔갑한 도깨비를 돈 1500전을 주고 팔았던 것처럼 《속제해기》의 허언도 서생이 기념으로 준 구리 쟁반을 훗날 재상에게 선물했다는 마지막 장면 처리가 독자의 호기심을 더욱 자극하는 극적 효과를 내고 있다.

한편 사람에 관한 이야기를 쓰는 지인志人소설은 주로 《세설신어世說新語》와 《태평광기太平廣記》에 실려 있다. 그런데 《세설신어》에 실려 있는 완적阮籍과 유령劉伶의 이야기는 앞절에서 언급했고, 여기서는 《태평광기》에 기록된 산동 출신 사위의 이야기를 소개한다.

한 산동山東 출신 사람이 포주蒲州의 여자를 아내로 삼았다. 그런데 포주의 여인들은 혹병을 많이 앓아 그의 장모도 목에 난 혹이 대단히 컸다. 결혼한 지 몇 달 후 장인은 사위가 똑똑하지 못하다고 의심을 하고 어느 날 술상을 차려놓고 친척들을 불러다가 사위를 시험하기로 했다. 그가 사위에게 말하기를, "너는 산동에서 공부를 했으니 마땅히 이치를 알겠지. 홍학이 잘 우는 것은 어째서이냐?" 하자, 사위는 "하늘이 그리하도록 했습니다"라고 대답했다. 그가 또 "소나무, 측백나무가 겨울에도 푸른 것은 어째서 그런가?" 하자 "하늘이 그렇게 한 것이지요" 했다. 이번에는 "길가의 나무에 상처가 있는 것은 어째서이냐?" 하니 역시 대답은 "하늘이 그리하도록 한 것입니다"이었다. 장인이 이를 듣고 "너는 사물의 이치를 알지도 못하면서 무엇 때문에 산동山東에서 살았더란 말이냐?" 하면서 으스대기를 "홍학이 잘 우는 것은 목이 길기 때문이요, 소나무 측백나무가 겨울에도 푸른 것은 속이 꽉 찬 탓이요, 길가의 나무에 상처가 있는 것은 우마차에 스쳐서 그런 것인데 어찌 하늘이 그리하도록 했다고 하는가?" 했다. 그러자 사위가 대답하기를 "맹꽁이도 잘 우는데 목이 깁니까? 대나무도 겨울에 푸른데 속이 찼습니까? 장모님의 목에 있는 혹이 저렇게 큰데 우마차에 스쳐서 상한 것입니까?" 하자 장인은 부끄러워하며 대답하지 못했다.

남북조시대에 산동 지방은 매우 문명화된 지방이었던 모양이다. 그래서 큰맘 먹고 그곳 출신 사위를 본 장인이, 몇 개월이 지나도 딱 부러지게 가업을 일으키지 못하는 사위를 못마땅히 여겨 불러다 시험한 결과 완패完敗한 것이다. 장인의 과학적 지식과 합리적 분석이 사위의 포괄적 사유에 덜미를 잡힌 셈이다. 기지가 넘치는 산동 사위의 답변을 통해 우리는 진실을 추구하는 위진남북조 문인文人의 지혜가 담겨져 있음을 깨달을 수 있다.

2. 당唐의 전기傳奇소설

위진남북조의 지괴 · 지인소설은 당나라에 이르러 수공업과 상업의 발전과 함께 더욱 발전했다. 비록 여전히 위진남북조의 지괴소설같이 기이한 내용이 많아서 당나라의 소설 또한 기이한 이야기를 전한다는 의미의 전기傳奇소설로 불리지만, 위진남북조와는 달리 애정과 역사적 사건을 주제로 한 애정소설과 역사소설이 본격적으로 등장하는 등 그 영역이 확장된다.

더욱이 한유와 유종원이 고문운동을 전개하면서 소설을 고문운동의 좋은 장르로 파악하고 스스로 소설창작에 앞장섰던 것도 당나라 소설 발전에 긍정적 영향을 끼쳤다. 한유는 붓에 관한 전기체 소설인 〈모영전毛穎傳〉을 비롯해 적잖은 전기소설을 썼다. 유종원도 목공木工에 관한 전기인 〈재인전梓人傳〉 등을 집필했다. 이처럼 중당中唐 이후에는 많은 전기소설이 출현했다. 이를 주제별로 분류하면 첫째 종교(도교, 불교)소설, 둘째 애정소설, 셋째 역사소설, 넷째 의협소설로 나뉜다.

먼저 종교적 주제를 다룬 소설을 들자면, 심기제沈旣濟의 〈침중기枕中記〉, 이공좌李公佐의 〈남가태수전南柯太守傳〉, 심아지沈亞之의 〈삼몽기三夢

記〉 등이 있는데 이 가운데 베개 속 이야기인 〈침중기〉는 위진남북조의 〈수신기〉에 나오는 옥베개 이야기를 이은 작품으로, 그 내용을 살펴보면 다음과 같다.

노생盧生이라는 젊은이가 주막에서 도사道士 여옹呂翁을 만나 어려운 자신의 생활을 한탄하다가 여옹도사의 베개를 베고 잠이 들었다. 꿈에 훌륭한 집안에 장가 들고 출세해 평생 부귀영화를 누린다. 그러나 깨어나 보니 잠들기 전에 짓기 시작했던 기장밥이 아직 다 되지 않은 상태임을 알게 되고, 노생은 비로소 찰나에 불과한 인생의 참뜻을 깨닫게 된다.

이 소설은 훗날 명明나라의 문인 탕현조湯顯祖의 손에 의해 한단에서의 꿈을 그린 〈한단기邯鄲記〉로 재창조된다.

역시 명나라 때 탕현조에 의해 〈남가기南柯記〉로 극화된 소설인 이공좌의 〈남가태수전〉의 내용은 이렇다.

이 소설의 주인공 순우분淳于棼의 집은 광릉군廣陵郡 동쪽 10리에 있었고 집 남쪽에는 아름드리 회나무가 있었다. 어느 날 그는 너무 취해서 정신이 없어 두 친구가 그를 부축해 집으로 데리고 와서 동쪽 복도 위에 눕혔다. 그가 베개를 베고 있자니 멍한 것이 꿈을 꾸는 듯했다. 그때 자주색 옷을 입은 두 사람이 나타나 왕명을 받았다고 하면서 함께 가기를 청했다. 그가 대문을 나서 수레에 오르자 회나무의 구멍을 향해 달렸다. 이윽고 수레가 구멍 안으로 들어가니 갑자기 산과 강이 보이고 마침내 큰 성으로 들어갔다. 성의 망루望樓에는 황금으로 '대괴안국大槐安國'이라 씌어져 있었다. 순우분은 이 나라 공주에게 장가 들어 임금의 사위인 부마가 되었고 그후 다시 남가군南柯郡의 태수太守가 되었다. 그가 30

년 다스리는 동안 남가군의 백성들이 즐거이 노래 부르고 그를 위한 공덕비를 세웠다. 대괴안국의 왕도 그를 중히 여겨 대관大官으로 삼았다. 그러나 5남 2녀를 낳고 잘살던 그는 단라국檀蘿國과의 전쟁에서 크게 패하고 아내인 공주마저 와중에 목숨을 잃었다. 이로 인해 그는 태수직을 그만두었으나 백성들 사이에서 그의 명망이 여전하자 왕은 그를 의심하고 꺼린 나머지, 한동안 그를 가택연금시킨 후 아예 성문 밖으로 쫓아냈다.

그가 깨어나서 보니 집안의 하인들은 뜰을 쓸고 있었고 두 친구는 툇마루에서 발을 씻고 있었다. 또한 해는 아직 서쪽 담벽을 넘어가지 않았고 먹다 남은 술은 아직도 동창東窓 아래 술잔에 그대로 있었다. 나중에 순우분이 하인에게 명해 회나무의 구멍을 파보게 했더니 거기에는 개미의 집이 있었다. 모든 것이 꿈과 부합되었다. 다시 말해 그가 갔던 대괴안국이 다름아닌 회나무 구멍 밑에 있는 개미의 왕국이었고 그 한쪽에 자신이 다스렸던 남가군이 있었으며, 그가 정벌하려다가 실패한 단라국은 집 동쪽으로 3백 걸음 되는 곳에 있는 박달나무와 등 넝쿨이 엉켜 있는 구멍 안에 있음을 확인했다.

〈남가태수전〉은 〈침중기〉와 비슷한 내용이지만 〈침중기〉에 비해 훨씬 묘사가 치밀하고, 특히 소설의 끝부분에 주인공이 집 부근에 실재하는 회나무와 박달나무 아래 뚫려 있는 구멍과 개미집을 일일이 확인하는 내용을 붙여 묘한 현실감을 더하고 있다. 이같은 종교소설은 훗날 더욱 발전되어 결국 《서유기》 같은 장편 종교소설로 꽃을 피우게 된다.

두번째, 애정소설로는 사람과 선녀, 요정, 또는 귀신과의 사랑을 그린 경우와 사람과 사람 사이의 사랑을 그린 경우로 나뉜다. 예를 들어 사람과 선녀, 귀신과의 사랑을 그린 소설로는 동정호洞庭湖 용왕의 딸과의 사랑을 그린 이조위李朝威의 〈유의전劉毅傳〉, 사람과 귀신 사이의 연애를 다룬 이경량李景亮의 〈이장무전李章武傳〉, 진현우陳玄祐의 〈이혼기離魂記〉 등이 있다. 사람과 사람 사이의 애정을 다룬 경우는 장방蔣防의 〈곽소옥전霍小玉傳〉같이 주로 선비와 기생 사이의 사랑이 많으나 원진元稹의 〈앵앵전鶯鶯傳〉처럼 선비와 양가집 규수와의 사랑 이야기도 있다.

이 가운데 원진의 〈앵앵전〉의 내용을 간략히 소개한다.

장생張生이란 선비가 있었다. 성질이 온순하고 용모가 준수하며 매우 예의 바른 청년으로, 스물세 살임에도 불구하고 아직 여자를 사귄 적이 없었다. 그가 마침 포蒲 지방에 갔다가 보구사普救寺라는 절에 묵게 되었다. 때마침 보구사에는 장안으로 가는 도중 그곳에서 묵고 있는 한 과부와 그녀의 딸 최앵앵崔鶯鶯이 있었다. 이들 모녀는 뜻밖에 포 지방에 반란이 일어나 두려워하던 중 장생의 도움을 받아 무사하게 되었다. 이를 감사히 여긴 과부는 그를 식사에 초대했고 이 자리에서 장생은 앵앵을 보고 첫눈에 반해 버렸다. 장생은 앵앵의 하녀 홍낭紅娘을 통해 프로포즈를 하는 시 2수를 지어 보냈다. 그날 저녁 앵앵으로부터 답시를 받았다. 결국 이 두 남녀는 홍낭을 사이에 두고 밀고 당기는 실랑이를 벌인 끝에 서상西廂에서 꿈 같은 한 달을 함께 지내게 된다.

그러나 장생은 과거를 보기 위해 장안長安으로 떠났다. 장생은 과거에 낙방하고도 장안에 머물면서 앵앵에게 사랑의 편지를 보냈고 앵앵도 답장을 보냈다. 그러나 장생은 이 무렵 그녀에 대한 사랑이 식어서 앵앵으로부터 온 편지를 자신의 친구들에게 보여주며 다음과 같이 떠벌렸다.

"대개 **빼어난** 미인은 자기 자신을 해하지 않으면 다른 사람을 해하기 마련일세. 만약 최앵앵이 천자天子나 대신大臣의 총애를 얻게 된다면 온갖 재주를 다 부려 나라에 큰 변동을 일으킬 걸세. 옛날 은殷나라 주紂왕이나 주周나라 유幽왕도 한 여자로 인해 망한 것이네. 나 또한 미인의 간계를 이겨내지 못할 것이기에 연정戀情을 참기로 했네."

결국 1년 후 최앵앵은 다른 사람에게 시집을 갔고 장생도 다른 여자에게 장가를 갔다. 얼마 후 장생은 마침 앵앵이 사는 곳을 지나게 되어 이종사촌 오빠를 사칭하며 앵앵을 만나려 했으나 그녀는 다음과 같은 시 한 수를 지어 보내 그의 뜻을 거절했다.

버리고 나서 지금 무슨 말이오
"그때에는 무척 사랑했다"니
역시 옛날의 그 사랑으로
눈앞에 있는 사람이나 챙겨 주시오

棄置今何道 기치금하도
當時且自親 당시차자친
還將舊時意 환장구시의
憐取眼前人 련취안전인

이처럼 쓸쓸한 이별로 끝난 〈앵앵전〉은 나중에 장생과 최앵앵이 온갖 장애를 극복하고 결혼한다는 해피엔딩으로 내용이 각색되어 전해지다가, 원元나라 때 왕실보王實甫의 《서상기西廂記》의 주요 내용을 이루게 된다. 이는 안데르센 원작의 《인어공주》가 인어공주의 죽음으로 끝을 맺었지만, 디즈니 만화영화 《인어공주》에서는 인어공주가 죽지 않을 뿐만 아니라 온갖 난관을 무릅쓰고 왕자와 결혼해 오래도록 행복하게 살았다고 각색된 것과 마찬가지다. 이처럼 비교적 애틋한 사랑을 그린 당나라의 애정소설이 명나라, 청나라에 와서는 《금병매》 같은 농도 짙은 노골적 애정소설로 발전된다.

세 번째, 역사소설로는 현종玄宗 때의 세력가 고력사高力士의 이야기를 쓴 곽식郭湜의 〈고력사외전高力士外傳〉, 안록산安祿山의 난을 다룬 요여능姚汝能의 〈안록산사적安祿山事蹟〉, 현종과 양귀비·양국충 남매의 이야기인 〈장한가전長恨歌傳〉 등이 전한다. 이 가운데 〈장한가전〉의 내용을 요약하면 다음과 같다.

양귀비楊貴妃의 오라비 양국충楊國忠이 승상丞相의 자리를 빼앗아 차지하고 함부로 권력을 행사하자, 안록산이 양씨를 토벌하기 위해 장안으로 진격했다. 현종이 버티지 못하고 남쪽으로 피신해 함양咸陽을 지나 마외정馬嵬亭에 이르자 그를 따르는 군대는 싸울 의지도 없이 우왕좌왕했다. 이때 신하들이 현종의 말 앞에 엎드려 나라를 망가뜨린 양국충을 죽여야 한다고 했다. 이에 양국충은 모자 끈을 소 꼬리에 매고 쟁반에 물을 받쳐들고 나와 자신의 죄상을 자백하는 사형수의 예를 갖추고 나서 길 위에서 죽었다. 그래도 신하들이 만족하지 못하고 이번에는 양귀비를 죽여서 천하의 분노를 막으시라고 간청했다. 현종이 마지못해 수락했지만 끌려가는 귀비의 얼굴을 차마 보지 못해 소맷자락으로 얼굴을 가렸다. 양귀비는 현종에게 예를 올리고 눈동자를 돌려 피눈물을 흘리며 끌려가면서 자신이 지녔던 장식용 푸른 깃털을 떨어뜨리자 현종이 몸소 그것을 주웠다. 양귀비는 마침내 짧은 끈에 목이 졸려 숨을 거두었다.

또 다른 판본에서는 이 소설의 마지막 부분을 이처럼 아름답게 맺지 않고 "양귀비는 매우 당황해 소리를 지르는 등 어쩔 줄 모르다가 드디어 짧은 끈에 목이 졸려 죽고 말았다"고 쓰고 있다. 〈장한가전〉에는 한때 온갖 영화를 누렸던 양국충이 당시 사형수들이 모자 끈을 소 꼬리에 매고 쟁반에 물을 받쳐들고 나와서 죄를 자인하는 의식을 치렀다는 대목이 있는데 참으로 모질고도 처연한 느낌이 든다. 아무튼 당나라의 역사소설 역시 훗날 더욱 발전되어 《삼국지》, 《열국지列國志》 등의 역사소설을 낳는다.

마지막으로 의협소설이 있는데 배형裴鉶의 〈섭은낭전聶隱娘傳〉, 두광정杜光庭의 〈규염객전虯髥客傳〉, 원교袁郊의 〈홍선전紅線傳〉 등을 꼽을 수 있다. 이를 간략히 소개하면 이렇다.

먼저 〈섭은낭전〉의 섭은낭은 본래 위박魏博 지방의 대장군 섭봉聶鋒의 딸이었는데 그녀 나이 10세 때 한 불가의 보살을 따라간 후 종적이 묘연했다. 그러다가 어느 날 초인적인 무예를 닦아 돌아온 그녀는 진허陳許 지방의 절도사節度使를 도와 눈부신 무예 솜씨를 발휘해 승승장구乘勝長驅한다는 이야기이다.

〈규염객전〉의 내용을 보면 다음과 같다.

수隋나라 때 이정李靖이라는 남자가 있었는데 그는 당시 실력가인 양소楊素의 사랑을 받고 있던 기생을 만나 함께 도망치다가 어려움을 당하게 된다. 이때 규염객이라는 협객이 나타나 이들을 도와 구해 준 다음 이정에게 수나라는 곧 멸망할 것이니 장차 당나라의 새로운 천자가 될 이세민李世民을 섬기라는 말을 남기고 자신은 부여夫餘로 가서 왕이 된다는 줄거리다.

그런데 규염객이 가서 왕노릇했다는 부여국은 역사상 수나라가 건립되기 훨씬 전인 4세기 중반에 망한 나라로, 수나라 말에는 이미 그 존재를 찾기 어려운 상황이었다. 〈규염객전〉의 저자가 이를 몰랐을 리는 없었을 것이다. 아마도 비록 고구려에 복속되었다 하더라도 부여 땅을 사랑하고 그 영화를 생생히 기억하고 있던 저자가 부여국의 이름을 일부러 썼을지도 모른다.

마지막으로 〈홍선전〉의 홍선은 노주潞州 지방의 절도사節度使 설숭薛嵩의 하녀이다. 그녀는 예능과 학문을 겸비한 처녀였다. 그런데 안록산의 난이 일어나자 위박魏博 지방의 절도사인 전승사田承嗣가 노주 지방을 차지하려고 군비를 갖추었다는 소문이 파다했다. 이에 주인인 설숭이 대처할 방도를 찾지 못해 고심하고 있던 중, 홍선이 설숭에게 계책을 내어 결국 전승사와의 싸움을 승리로 이끈다는 내용이다.

재미있는 것은 수나라나 당나라를 배경으로 활동하던 협객 가운데 이처럼 처녀 협객이 적지 않았다는 점이다. 디즈니 영화로 우리에게 친근한 《뮬란》의 대본도 수나라 때 흉노족을 물리치는 데 앞장선 처녀 목란木蘭에 관한 의협소설이다. 이렇게 볼 때 오늘날 무협소설의 원조는 당나라의 의협소설이라고 할 수 있다. 물론 어떤 사람은 《사기》의 자객열전에서 무협소설의 뿌리를 찾기도 하지만, 《영웅문》을 비롯한 오늘날의 무협소설은 당나라의 의협소설에 뿌리를 두고 《수호전》을 비롯한 송나라, 명나라, 청나라의 협객소설을 거쳐 오늘에 이르렀다고 보는 사람들이 많다.

문학평론

문학이란 무엇인가, 문학은 어떻게 해야 하는가, 문학작품을 어떻게 평가해야 하는가 등에 관한 해답을 찾는 것이 문학평론이다. 문학평론은 문학의 여러 장르 중에서도 가장 논리적인 장르로서, 일반 독자에게는 다소 어렵고 이해하기 쉽지 않은 점이 있다. 때문에 문학을 연구하는 연구가들에게는 매우 중요한 분야이지만 일반 교양 대중에게는 그리 중요하지 않은 분야로 인식되고 있다. 그러나 따지고 보면 문학평론도 내용과 형식 또는 주제와 문체가 중시되는 문학작품으로서 산문 또는 병문駢文의 한 종류이다. 실제로 육기陸機가 쓴 문학이론에 관한 글인 〈문부文賦〉는 그 자체가 병문체의 문학작품이다. 유협劉勰의 《문심조룡》도 완벽한 문학평론서이지만 역시 병문체로 씌어진 문학작품이기도 하다.

시詩나 사辭, 또는 산문을 논한 글은 춘추전국시대부터 있었다. 예를 들어 공자가 "시는 자신이 품은 뜻을 말하는 것이다"라고 했다든지, 〈초사장구<楚辭章句>를 낸 왕일王逸이 초사의 저자들에 관해 논했다든지, 왕충王充이 <논형論衡>에서 글에는 아름다움보다 진실이 담겨야 한다고 했다든지가 다 문학평론의 단편들이다.

1. 조비曹조·육기陸機의 문론文論

하지만 문학평론은 문학이 본격적으로 독립하기 시작한 위진남북조 시대부터 씌어진 것으로 알려져 있다. 먼저 위魏나라 문제文帝인 조비曹조는《전론典論》5권을 지었는데 그 가운데 문장을 논하는 글인 <논문論文> 한 편을 남겼다. 그는 글쓰기가 "나라를 다스리는 위대한 대업이요, 영원히 썩지 않는 성대한 사업이다"라고 말했다.

조조의 아들로서 정치가이며 임금이었던 조비가 문학을 나라 경영의 근본으로 삼은 것은 의미 있는 일이다. 이는 1967년부터 1976년까지 약 10년간 문화혁명文化革命을 일으킨 것으로 알려진 모택동毛澤東이 문화를 중시해 자신의 어록語錄을 담은 빨간 소책자를 온 국민에게 소지하면서 외우게 했던 사건을 떠올리게 한다.

이처럼 문학을 정치적 선전문구로 이용하는 선동문학 또는 참여문학은, 고대로부터 오늘날 신문이나 현수막에 씌어진 구호에 이르기까지 끊이지 않고 있다. 조비는 글을 쓰는 데 있어서 무엇보다 '기氣'를 중시했다. 오늘날 대중문화에서 가장 중시되는 '끼'가 바로 이 '기'인 것이다. 조비에 따르면 문기文氣가 꿈틀거리는 글이 좋은 글인 셈이다.

그후 남조의 제齊, 양梁나라 사람으로 오늘날의 하남성 출신인 육기는 앞서 언급한 대로 글에 관한 병문인 〈문부〉에서 다음과 같은 네 가지 주장을 펼치고 있다.

첫째, 문학은 무엇을 어떻게 쓰느냐의 문제로서, 물론 내용(무엇)도 중요하지만 형식(어떻게)도 이에 못지 않게 중요하다. 특히 그는 글쓰기에 있어서 자음과 모음의 조화를 통한 음률미를 중시했다. 때문에 그 자신도 이를 운용해 낭독할 때 음절이 딱딱 맞아떨어지는 병문을 즐겨 썼다.

둘째, 문학에는 반드시 지은이의 풍부한 감정과 상상이 살아 있어야 한다. 이는 설교나 교훈식의 차갑고 딱딱한 글이 아닌 솔직한 정감이 넘치는 따뜻하고 부드러운 글이어야 한다는 뜻이다.

셋째, 글을 쓸 때 옛 문인의 문체를 흉내내는 모사模寫를 반대한다. 이는 글쓰기에 있어서 모방이 아닌 참신한 독창성을 중시한 것이다.

마지막으로, 육기는 문체를 시詩, 부賦, 비碑, 뢰誄, 명銘, 잠箴, 송頌, 론論, 주奏, 설說 등 열 가지로 나누고 각각 그 풍격을 설명하고 있다. 이 가운데 뢰, 명, 잠, 송, 론, 주, 설을 살펴보면 먼저 뢰誄는 죽은 이를 애도하는 문체이고 명銘은 돌이나 청동, 금, 은 등으로 만든 물건에 새기는 문체로, 대개 어떤 이의 공덕을 기리는 내용으로 되어 있다. 또 잠箴은 훈계 내지 경각심을 일깨우는 문체이고, 송頌은 누구 또는 무엇을 찬양하고 기리는 내용의 글을 말한다. 또 론論은 어떤 사물에 대해 지은이의 논리를 펴는 문체이고 주奏는 임금에게 올리는 상소문을 가리키며, 설說은 사물의 이치를 밝히면서 지은이의 견해를 더하는 문체이다. 그런데 육기가 분류한 이 열 가지 문체는 후대에 이르러 점점 구분이 애매해져, 특히 론과 설, 비와 명, 그리고 명과 잠의 경우 분간하기가 쉽지 않다.

2. 유협劉勰의《문심조룡文心雕龍》

다음으로 뛰어난 문학이론가이자 비평가로 알려진 유협의《문심조룡》을 살펴보자. 유협은 지금의 산동성 출신으로 가난한 집에 태어났으나 공부를 열심히 해 양梁나라에서 낮은 벼슬을 했다. 그러나 결혼하지 않고 일찍부터 불교에 뜻을 두고 있다가 만년에는 머리를 깎고 출가해 정림사定林寺에서 수도하며 법명을 혜지慧地라 했다. 그의 사상은 기본적으로 불교적이지만 유가와 경전, 도가와 자연 사상을 종합했다고 분석된다.

《문심조룡》은 문심文心과 조룡雕龍의 합성어로 문심의 뜻은 문학의 마음이요, 조룡은 아로새긴 용으로 아름다운 문학의 몸을 의미한다. 즉, 문심은 문학의 정수精髓이고 조룡은 그 정수를 담고 있는 정교한 신체身體이다. 보기 좋은 떡이 먹기도 좋다고 맛있는 음식이 예쁜 모양으로 요리되어 있을 때 더욱 구미가 당기는 것처럼, 심오한 이야기가 구성지게 전개될 때 사람들은 재미를 느끼고 감동을 받는 것이다. 유협은《문심조룡》50편을 썼으나 아쉽게도 〈은수隱秀〉 1편은 소실되고 49편이 전해지고 있다.

《문심조룡》의 구성을 보면 먼저 머리말에 해당하는 〈서지序志〉에서 유협은 문장의 내용과 형식이 마음과 몸처럼 불가분의 관계임을 분명히 하고, 아울러 문인은 개성, 사회성, 시대성을 두루 겸비해야 한다고 했다. 한마디로 작가 개인은 같은 시대의 많은 사람들과 떼려야 뗄 수 없는 관계임을 밝히고 있다. 그리고 문학원론에 해당하는 〈원도原道〉에서는 문학이 기본적으로 도道에 입각해야 함을 역설했다.

유협이 말하는 문학의 도는 그 자신이 가지고 있는 인생관과 상통하는 것으로 다름아닌 유, 불, 도의 통합된 도이다. 그는 오랜 경전공부와 벼슬살이를 통해 공자를 비롯한 성인聖人을 본받고 오경五經을 규범으로 삼는 유가 사상을 가지고 있었다. 또한 어릴 적부터 불교를 믿었고 말년에는 스스로 출가해 수행을 했으니 불가 사상을 실천했다고 볼 수 있다. 뿐만 아니라 위진남북조시대는 노장 사상의 현묘한 도가 사상이 휩쓸었던만큼 불교에 가까웠던 유협이 이를 자신의 사상 속으로 끌어들이기는 쉬웠을 것이다.

다음으로 유협은 〈변소辨騷〉편 등 21편에 걸쳐 각종 문체의 발전과 특징을 자세히 논했다. 유협은 육기의 10문체를 더욱 세분해 사辭, 서序, 조詔, 책策, 장章, 가歌, 찬讚, 축祝, 기紀, 전傳, 맹盟, 서誓, 격檄, 이移, 애哀, 조弔 따위의 많은 문체에 관해서도 언급했다.

이 가운데 서, 격, 이, 애, 조를 설명하자면, 서는 군대에게 훈계하는 문체이고 격은 군대를 설득하는 문체이며 이는 민중을 설득하는 문체이다. 애는 일찍 죽은 사람을 애도하는 경우에 썼고 조는 아깝게 목숨을 잃은 사람을 애도할 때 쓰이는 문체이다. 이쯤 되면 무슨 문체가 이렇게 번잡한가 생각되기도 할 것이다. 그러나 유협이 살았던 남북조시대는 하루도 전쟁이 끊이지 않을 만큼 격동의 시대였으므로 그만큼 군대나 민중을 설득하고 죽은 이를 애도하는 글들이 많았다고 볼 수 있다.

세 번째 부분은 〈신사神思〉편을 비롯한 16편인데 여기서는 창작에 관한 이론을 다루고 있다. 그는 창작의 과정을 "깊은 사고가 구상을 통해 언어로 드러나야 한다"고 말하고, "문학작품은 꿩처럼 아름답고 매처럼 높은 기상을 지녀야 한다"고 했다. 꿩의 수컷인 장끼는 비록 그 깃이 매우 아름답지만 높이 날지 못하고, 매는 비록 아름다운 깃털을 갖지 못하지만 높이 나르는 기상이 드높은 새로서, 유협은 이 두 가지를 창작의 이상으로 삼았다. 요컨대 문체는 화려하지만 기상이 없어도 안 되고 기상은 출중하지만 문체가 너무 단조로워서도 안 된다는 것이다.

이밖에도 유협은 작가의 상상력을 매우 중시해 창작의 원동력으로 삼았다. 그는 문학의 상상력이 다름아닌 허정虛靜과 관조觀照에서 온다고 했다. 허정은 모든 관념을 비워 버리고 고요한 삼매三昧에 들어 있는 상태이고 관조는 그러한 상태에서 자신의 숨이나 마음의 미세한 움직임으로 외부의 모든 사물을 비춰보는 과정이다. 이로써 그가 진정 문학에서 추구하는 도는 유가적이라기보다는 불가, 도가적인 자연의 도임을 알겠다. 이는 조선시대 서포 김만중이 《구운몽九雲夢》에서 추구한 유儒, 불佛, 선仙 사상 가운데 유가적 남녀관계가 기본을 이루고 있음과 대조가 된다. 물론 《구운몽》의 기본사상은 유가라기보다는 도가에 가깝기는 하다.

마지막으로 〈체성體性〉 등 7편은 비평에 관한 글로, 춘추전국시대로부터 진나라, 한나라, 위, 진 시대의 적잖은 시인, 문인들과 그 작품의 상호 영향관계, 특징 등에 대해 논하고 있다. 유협은 문학비평을 하기 위해서는 먼저 수많은 책을 읽어서 전체적으로 조망하는 능력을 배양해야 함을 강조했다. 또한 창작할 때와 마찬가지로 사심私心이 없는 공평무사한 마음으로 관조해야 한다고 역설한다. 그는 문학작품을 평가할 때 반드시 다음 여섯 가지 기준을 고려해야 한다고 했다.

첫째, 작품의 형태(구성)는 어떤가?

둘째, 작품에 운용되는 언어는 어떤가?

셋째, 작품이 전통을 계승해 발전시키고 있는가?

넷째, 작품이 정통을 따르는가 아니면 돌출적인가?

다섯째, 작품이 주장하는 내용(주제)은 무엇인가?

여섯째, 작품은 운율을 고려하고 있는가?

이 여섯 가지 평가기준을 보면 첫째와 둘째, 그리고 여섯째는 문학작품의 몸, 즉 형식을 평가하는 기준들이고 둘째, 셋째, 넷째는 문학작품의 마음, 즉 내용을 평가하는 기준들이다. 유협은 이처럼 내용과 형식의 평가기준을 정확히 이분二分해 안과 바깥의 중요성을 다시 한번 강조하고 있다. 물론 문학작품의 짜임새와 사용되는 어휘를 주제보다 먼저 다루고 있음을 볼 때 유협도 역시 미문美文을 중시하는 남북조시대의 문인文人임이 확인된다. 또한 유협이 전통성과 정통성의 정확한 의미를 어디에 두고 있는지 다소 애매한 점이 있는데, 이 또한 그의 구체적 비평 사례를 통해 어느 정도 가늠해 볼 수 있다.

3. 〈시품詩品〉과 《문선文選》

유협의 《문심조룡》의 뒤를 이어 종영鐘嶸의 〈시품詩品〉이 나왔다. 조비의 〈논문〉과 육기의 〈문부〉가 산문 또는 병문 비평서라면 〈시품〉은 본격적인 시 비평서이다. 〈시품〉은 한나라 때부터 양나라 때까지의 시인 백여 명을 대상으로 상품上品·중품中品·하품下品으로 그 품격을 정한 후 각 시인에 대해 간단한 비평을 하고 그 시의 연원관계를 언급하는 식으로 씌어졌다. 이같은 등급 매기기와 연원 따지기는 다분히 주관적

이어서 후대의 시 비평가들로부터 적잖은 지적을 받고 있다. 예를 들어 도연명과 그의 시를 중품에 넣고 육기를 상품에 넣었다든지, 육기의 시는 조식의 국풍체國風體에서 나왔고 국풍체는 《시경》의 풍風에서 나왔다고 단정하는 것은 문제가 있다는 것이다.

그럼에도 불구하고 종영이 남북조 당시를 휩쓸던 미문에서 중시되던 형식미의 추구, 전고典故의 사용, 음률에의 집착 등에 문제를 제기하고, 시에 있어서 풍력風力과 골기骨氣, 곧 힘과 기운을 강조했다는 점에서 아직까지 〈시품〉은 시 비평서로서 높은 평가를 받고 있다.

이밖에 양나라 무제武帝 소연蕭衍의 맏아들인 소명태자昭明太子 소통蕭統의 《문선文選》을 빼놓을 수 없다. 소통은 학문과 예술을 좋아해 많은 학자와 문인들을 동궁에 불러, 함께 학문을 논하기도 하고 글을 짓기도 했기 때문에 그의 거처인 동궁東宮에는 언제나 많은 인재들이 모여 있었고 수만 권의 장서를 갖추고 있었다고 전한다.

《문선》은 소통이 동궁에 모였던 여러 학자들과 함께 공동으로 편찬한 시문詩文 선집選集이다. 모두 30권으로 이루어진 《문선》은 춘추시대부터 양나라까지 모두 127명의 작품들을 소騷, 서書, 제문祭文 등 38종의 문체에 따라 분류해 수록하고 있다. 특이한 점은 《문선》이 오경五經의 경전문학과 《논어》, 《맹자》, 《노자》, 《장자》 같은 철학산문을 완전히 배제하고 역사산문에서도 오직 역사가가 논평한 글인 논찬論贊만 뽑아 싣고 있다는 것이다. 이는 문학을 철학, 역사와 기본적으로 구분된 분야로 인식하기 시작한 남북조시대의 풍조를 반영한 것이다.

남북조시대에는 모든 글을 문文과 필筆로 나누어 인식하고 있었는데, 여기서 문文은 운율韻律과 대구對句 등을 갖춘 문학적 글이고, 필筆

은 운율과 대구 등이 없이 오직 논리와 서술에 충실하는 학문적 글을 의미한다. 때문에 《문선》에 오른 글들은 당연히 운문과 병문이 주종을 이루었다.

《문선》 이후 당나라, 송나라, 원나라, 명나라, 청나라에도 문학평론에 관한 글들이 나왔는데 대부분 장르별로 분화되어 있다. 예를 들자면 당나라의 고문운동을 주도한 한유와 유종원의 고문론 또는 산문론, 송나라 때 크게 유행한 문학 장르인 사詞에 관한 사론詞論, 원나라 때 크게 유행한 곡曲에 관한 곡론曲論, 그리고 명·청 시대에 크게 유행한 소설에 관한 소설론 등이다. 물론 시에 관한 평론문인 시론詩論은 각 시대마다 나왔다.

여기서 시대별로 중요한 시론을 열거하면, 당나라 사공도司空圖의 〈이십사시품二十四詩品〉, 송나라 엄우嚴羽의 〈창랑시화滄浪詩話〉, 명나라 공안파公安派 및 청나라 성령파性靈派의 시론이 있다. 〈이십사시품〉은 시의 품격을 고고高古, 전아典雅, 세련洗鍊, 호방豪放, 표일飄逸 등 서로 다른 24개의 품격으로 나누어 설명하고 있고, 〈창랑시화〉는 시에 있어서 '묘오妙悟'를 강조한다. 또한 공안파의 시론은 시인의 자유로운 개성과 영혼을, 성령파는 '신운神韻'을 주장한다. 다만 문제는 역대의 시 비평가들이 사용하고 있는 '고고', '전아', '세련', '호방', '묘오', '성령', '신운', 그리고 '의경意境' 따위의 단어들이 정확히 무엇을 의미하고 있느냐에 있다. 이같은 단어들은 다분히 주관적이고 그 자체가 문학적인 표현이어서 이러한 단어들로 시를 평가하는 데는 한계가 있다.

요컨대 중국문학사상 문학평론은 양나라 유협의 《문심조룡》 이후 그만큼 진지하고 분석적이며 종합적인 책이 없었다고 평가된다. 그 이유는 중국의 문학종사자들이 너무나 문학적인 풍토에서 살아왔기 때문에 굳이 새삼스럽게 "문학이란 무엇인가?"라든지, "문학을 어떻게 할 것인가?"를 따져 물을 필요가 없었을지도 모른다. 그래서인지 대부분의 문학평론서는 기껏해야 문장의 종류나 따지고 상중하로 등급을 매기거나 주관적인 용어를 사용해 품평하는 정도로 마무리했다.

유협 이후 중국 대륙의 선비들이 너무도 자연스럽게 시문詩文을 감상하고 창작했기 때문에 문학평론은 더 이상 전문화되지 못하고, 자연스럽게 작가들의 여기餘技쯤으로 얼버무려진 셈이라고나 할까. 그 결과 아편전쟁 이후 물밀 듯이 밀려온 서세동점西勢東漸의 근대사 속에서 중국의 문학평론도 서양의 현대주의, 구조주의 신비평 또는 역사비평, 심리비평, 신화비평, 그리고 탈현대비평 등의 과학적 분석에 압도당한 나머지 수천 년간 축적된 전통 문학평론을 비과학적이고 흐리멍덩한 것으로 도외시하는 경향마저 있다.

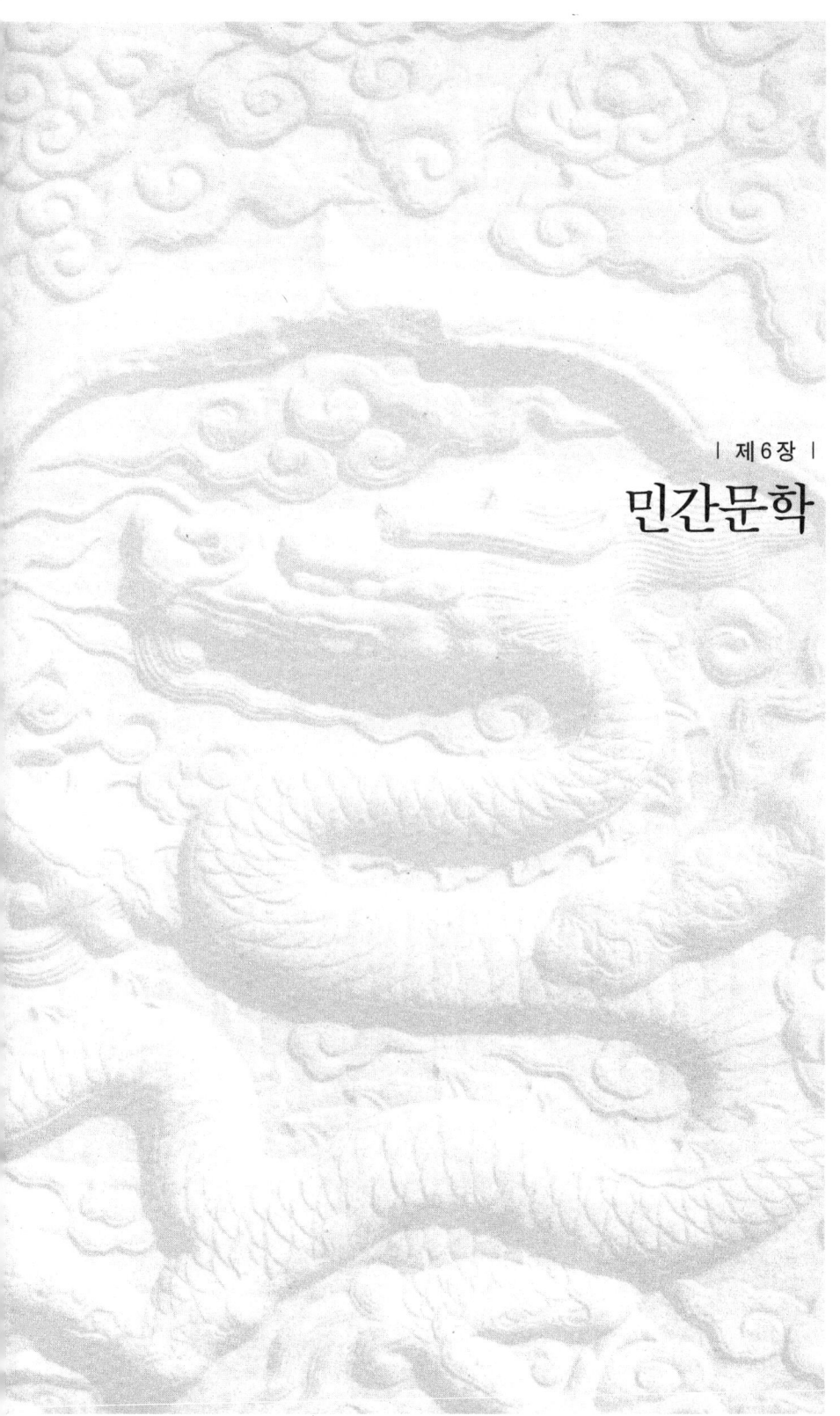

| 제6장 |

민간문학

민간문학은 민중이 쉽게 접하고 즐길 수 있는 문학 장르이다. 그런 의미에서 민중문학이라고도 말할 수 있는 이 분야는 보통 노래의 가사로 불리는 민요와 춤을 곁들인 연극의 대사, 그리고 무성영화의 변사辯士와도 같은 전문 이야기꾼의 이야기 등으로 구성된다. 문맹률이 높은 중국뿐만 아니라 한국에서도 시나 소설을 직접 읽는 민중은 그리 많지 않다. 오늘날의 민중도 대부분 텔레비전 드라마나 영화의 배우들이 연기와 함께 들려 주는 이야기가 아니면 가수가 부르는 노래를 흥얼거리는 것이 고작이다. 오죽하면 '느낌표'나 'TV 책을 말하다' 같은 프로를 통해 책을 많이 읽도록 홍보하게 되었을까? 세계적으로 교육열이 높은 국민으로 알려진 한국이 이 정도인데 중국은 더 말할 필요가 없을 것이다. 요컨대 민중문학은 손으로 씌어진 문학이라기보다 입으로 말하는 문학이다.

이처럼 민중문학을 입으로 말하는 문학으로 단정할 때, 어떤 이들은 그렇다면 글로 씌어진 시, 소설, 산문 따위의 지식인문학이 민중문학과 별개로서 따로 있는 것이냐고 질문할지도 모른다.

결론부터 말하면 사실 민중문학과 지식인문학을 정확히 양분兩分하기는 어렵다. 민중과 지식인을 구분하기도 쉽지 않기 때문이다. 민요, 마당극 같은 구전口傳문학을 즐기는 민중도 시와 소설을 좋아할 수 있고, 시와 소설 읽기를 즐기는 지식인도 민요, 마당극을 좋아할 수도 있다. 때문에 민중문학이라고 구분을 하기보다는 구전문학이라고 명칭을 바꾸는 편이 오히려 나을 것 같다. 그러나 비록 입으로 전하는 문학이기는 하지만 역시 기록되어 왔기 때문에 완전히 입에서 입으로 전해지는 문학이라고도 말하기 어렵다. 따라서 불완전하지만 민간에 전래되어 오고 있는 문학이라는 점을 감안해 민간문학이라고 해 두기로 하겠다.

민간문학의 범위는 무척 넓다. 노래의 가사로부터 속담, 격언, 금언, 고사성어, 이밖에 신화, 전설, 역사, 철학, 문학의 모든 이야기들이 여기에 포함된다. 이것들은 대체로 민요, 판소리류, 탈춤류 등 세 가지 형식으로 민중에게 전달되어 왔다. 민요는 대중가요의 노랫말이고 판소리류는 악기의 반주와 더불어 노래도 하고 이야기도 하는 설창說唱 예술이고, 탈춤류는 노래와 춤, 연기까지 곁들이는 희극, 창극을 말한다. 오늘날에는 영화가 매우 중요한 민간문학의 장르이지만 청나라 때까지의 중국 대륙의 민간문학에는 당연히 제외되어야 함은 물론이다.

여기서 짚고 넘어가야 할 문제는 기록된 옛날의 민간문학은 더 이상 현대의 민중이 이해할 수 있는 내용이 아니라는 점이다. 예를 들어 《시경》의 풍風으로 오늘날까지 전해지는 상고시대 민중의 가요는 이제 더 이상 민중의 가요가 아니라 《시경》 연구가가 연구 대상으로 삼는 고전이 되었다. 또한 당

나라 때 이야기하면서 노래한, 오자서伍子胥의 이야기 대본 〈오
자서변문變文〉도 오늘날 민중이 이해할 수 없는 고문古文이 된
지 오래다. 심지어 극문학의 하나인 원元나라 때의 잡극《서
상기西廂記》의 대본도 민중이 아닌 원곡元曲 연구가의 수중에
있다. 때문에 오늘날 민간에서 민중이 즐기는 민간문학은 오
직 입으로 전해져 온 민요와 가요이고, 판소리나 야담野談, 또
는 만담漫談 기능 보유자가 구연口演하는 판소리나 야담의 사
설일 뿐이다. 이같은 구전문학의 한계는 아무리 옛날 이야기
투로 구태의연하게 말하더라도 말하는 당시의 구어체의 영향
을 피할 수 없다는 점이다. 그렇지 않으면 청중이 이해하기
어렵기 때문이다. 이같은 점을 감안해 크게 민요, 강창문학,
극문학으로 이루어져 있는 민간문학을 훑어보기로 한다.

민요

　민요는 민중가요의 노랫말이다. 그러니까 경전문학 가운데 《시경》의 노동요, 사랑 노래 등과 《역경》에 나오는 민간가요를 비롯해 은나라, 주나라, 춘추전국시대의 초나라, 오나라, 월나라, 진나라 등을 거쳐 한나라, 위진남북조 여러 나라, 당나라, 송나라, 원나라, 청나라 및 오늘날까지의 민가民歌들이 다 민요들인 셈이다.

　그러나 민요의 명칭은 시대에 따라 달랐다. 예를 들어 《시경》에서는 풍風이라고 불렸고, 한나라 때와 위진남북조시대에는 악부민가樂府民歌라고 했다. 당나라 때에는 곡자사曲子詞라고 했다. 한편 송宋나라 때는 사詞라고 했고, 원나라 때에는 곡曲이라고 했으며 명나라, 청나라 때는 산가山歌, 그리고 오늘날 중국에서는 그저 민가民歌라는 명칭으로 불리고 있다. 물론 이 명칭도 고정적인 이름이 아니어서 여전히 역대의 민요들을 이와는 다른 이름으로 부르는 경우도 적잖기 때문에 굳이 시대별

이름에 집착할 필요는 없다. 다만 민요의 명칭들이 서로 다른 시대에 따라 다른 이름으로 불리기도 했다는 점을 참고로 소개하는 것뿐이다.

또 한 가지 짚고 넘어갈 점은 오늘날 중국 민중 사이에 유포되어 있는 민가를 제외한 옛 민가들인 《시경》의 풍風, 《초사》의 초가楚歌, 악부민가樂府民歌, 곡자사曲子詞, 사詞, 곡曲 등은 비록 역대의 민가를 만든 사람이 그 당시의 민중이었고 비록 내용이 대중적이라고 해도 그 내용이 활자로 씌어져 있는 한 더 이상 민가라고 보기 어렵다는 사실이다. 왜냐하면 활자로 전해져 내려오는 문자는 이미 현대의 민중이 이해할 수 없는 고문古文으로 변해 오늘날의 민중들은 그것을 읽을 수가 없을 뿐더러 즐길 수도 없기 때문이다. 다만 입으로 전해 온 옛날 민가의 내용만은 오늘날에도 민가로서 인정받을 수 있다.

요컨대 풍風으로부터 곡曲에 이르는 민가는 상당 부분 민중의 가요가 아니라 시가詩歌 연구가, 그것도 고대와 중·근세 시가 연구가들의 연구 대상이 되었다. 그럼에도 불구하고 고대와 중·근세의 민가들을 죽 한 번 훑어보는 일은 각 시대 민중의 정서를 이해하는 데 도움을 줄 수 있다. 그런 의미에서 본 절에는 한나라의 악부민가부터 송나라의 곡에 이르기까지 민가들을 간단히 소개하려 한다.

1. 악부민가樂府民歌

한나라 때에는 오늘날 문화관광부의 음악 부서에 해당하는 악부樂府에서 민가를 채집했는데, 아깝게도 대부분 유실되어 그다지 많이 전하

지는 않는다. 다만 한나라 때에 채집된 민가들은 왕족과 귀족들 사이에
도 영향을 미쳐 문인들도 민가를 본떠 악부시樂府詩를 짓는 일이 많았
다. 이같은 기풍은 위진남북조, 당나라 때까지도 이어져 이백李白도 민
가의 곡조에 가사를 짓는 악부시를 즐겨 창작했다. 〈술을 건네며〉도 그
러한 악부시 가운데 하나이다. 문인들의 악부시는 점차 5언체의 고시古
詩로 변화했다고 하니, 예나 지금이나 통속과 고상의 경계는 그리 분명
하지 않은 듯하다.

　문인들의 악부시말고 순수하게 한나라 때 악부민가로 채집된 작품
가운데 〈상야(上邪, 하늘이여)〉가 있는데 그 가사를 소개하면 다음과 같다.

　　하늘이여! 나 님과 서로 만나 오래도록 떨어지지 않고 싶어요
　　산이 닳고 강물이 마르고
　　겨울에 우뢰가 진동하고 여름에 눈이 내리고
　　하늘과 땅이 합쳐진다 해도 어찌 님과 끊어질 수 있으리오!

　　上邪! 我欲與君相知 長命無絕衰　상야! 아욕여군상지 장명무절쇠
　　山無陵 江水爲渴　산무릉 강수위갈
　　冬雷震震 夏雨雪　동뢰진진 하우설
　　天地合 乃敢與君絕!　천지합, 내감여군절!

　산이 닳아 없어지고 강물이 말라 버릴 때까지 우리 사랑 서로 변치
말자고 맹세하는, 남녀의 애절한 마음이 잘 담겨져 있는 사랑 노래이
다. 여름에 듣는 우레 소리를 겨울에 듣고 겨울에 내리는 눈이 여름에

내리는 것 같은 계절의 뒤바뀜이 있더라도, 심지어 하늘과 땅이 맞붙어 버리는 한이 있더라도 임과의 사랑이 변할 수 없다는, 순진한(?) 애정이 담뿍 실린 민가이다. 이밖에 죽은 사람을 장사지낼 때 부르는 상가喪歌의 하나인 〈해로(薤露, 부추 잎 위의 이슬)〉를 감상해 보자.

부추 잎 위의 이슬
얼마나 쉽게 마르는지?
이슬은 마르면 내일 아침 또다시 내리건만
사람은 죽어 한번 가면 언제나 돌아오는지?

薤上露 해상로

何易晞? 하이희?

露晞明朝更復落 로희명조경부락

人死一去何時歸? 인사일거하시귀?

아침이슬과 같이 덧없는 인생의 서러움을 적나라하게 드러낸 민가이다. 이 민요를 지은 사람은 오늘 아침에 내린 이슬도 다음날 아침에 다시 돌아오는데 사람은 한번 죽으면 다시 돌아올 날을 기약하기 어렵다고 생각하고 있다. 그러나 사실 오늘 아침 내렸다가 사라진 이슬과 내일 아침 내릴 이슬은 같은 이슬이 아니다. 그런데도 똑같은 이슬로만 느껴지는 반면, 오늘 태어났다가 죽은 사람과 내일 태어날 사람은 전혀 다른 사람으로 느껴지는 심리의 밑바닥에는 인간만이 유한한 개체적 삶을 영원히 누릴 권리가 있다고 보는 오만함이 깔려 있다는 생각이 든다. 오늘날 인간의 유전자 지도인 게놈지도를 완성한 것도 따지고 보면 이러한 불로장생의 꿈을 버리지 못한 결과라고도 할 수 있다.

　한나라의 악부민가를 끝내면서 한 가지 짚고 넘어갈 점이 있다. 그것은 고조선의 민요인 〈공후인箜篌引〉이 중국측 자료인 《고시원古詩源》에는 한나라의 악부민가로 소개되어 있다는 점이다. 물론 《고시원》의 편자는 〈공후인〉을 수록하고 난 뒤 지은이를 조선의 곽리자고霍里子高의 처 여옥麗玉이라고 써놓기는 했다. 그러나 조선이라는 이름이 누락된 채 끼어들어간 작품은 얼마나 많을 것인가? 이것만 보더라도 고대중국의 문헌 안에 많은 고대한국의 문학이 포함되어 있음을 알 수 있다. 여기서 잠시 〈공무도하가公無渡河歌〉라고도 알려져 있는 〈공후인〉을 감상해 보자.

　　당신은 강을 건너지 말아요
　　당신이 결국 강을 건너다가
　　강물에 빠져 죽고 말았으니
　　당신을 장차 어찌하오리까

　　公無渡河　공무도하
　　公竟渡河　공경도하
　　墮河而死　타하이사
　　公將奈何　공장나하

　어느 날 백발의 미친 남자인 백수광부白首狂夫가 강을 건너겠다며 물에 뛰어들어 그만 빠져 죽자 그의 아내가 불렀다는 노래이다. 노래를 마친 백수광부의 처는 곧 남편을 따라 물에 몸을 던져 죽었다. 이 광경을 본 뱃사공 곽리자고가 집에 돌아와 아내 여옥에게 그 참상과 함께 백수광부의 처가 불렀던 노래를 들려 주자, 여옥도 매우 슬퍼하면서 공후를 타며 이 노래를 불렀다고 전해진다.

위진남북조 때에도 적잖은 악부민가가 채집되었다. 그 가운데 지금의 남경南京을 중심으로 유행한 오가吳歌 중에 진晉나라의 자야라는 이름의 한 여인이 불렀다는 〈자야가(子夜歌, 자야의 노래)〉를 보면 다음과 같다.

처음 님을 사귀고 싶었을 땐
두 마음이 하나같이 바라보았는데
비단실 잘 골라서 짜던 베틀에 앉았건만
한 필도 못 짤 줄 뉘 알았으리?

始欲識郎時 시욕식랑시

兩心望如一 양심망여일

理絲入殘機 리사입잔기

何悟不成匹? 하오불성필?

5언체로서, 각 행의 끝발음이 '으'와 '이'로 압운까지 되어 있는 이 민가는 어쩌면 후대의 문인들이 가필했을 수도 있다. 실제로 〈자야가〉라는 곡 아래 수십 수의 서로 다른 가사가 있는데 그 가운데는 양梁나라 무제武帝가 지은 것도 있다. 어쨌든 이 민가의 가사는 한 여인이 한 남자와 한마음으로 사모했건만 결과적으로는 배필이 될 수 없었던 회한을 노래하고 있다. 특히 제3행의 비단실 사絲는 임 생각의 사思와 같은 발음이고 또 제4행의 옷감의 길이를 재는 필疋은 배필의 필疋과 같은 뜻이어서 이를 바꿔 제3, 4행을 다시 해석하면 다음과 같이 달라진다.

님 생각을 잘 다듬어 베틀에 앉았건만
배필이 되지 못할 줄 뉘 알았으리?

이처럼 하나의 단어에 드러나는 뜻이 있고 숨어 있는 뜻이 있는 함축적 표현이 풍부한 〈자야의 노래〉 가사들은 민간문학을 공부하는 사람들의 좋은 재료가 되고 있다.

2. 곡자사曲子詞와 사詞

악부민가는 당나라에 와서도 계속되는데 재미있는 점은 한나라와 위진남북조 때 문인들이 즐겨 지었던 악부체 시詩인 악부시가 당나라에 와서도 백거이白居易 같은 시인들에 의해 풍자성이 강한 신악부新樂府로 지어졌다는 점이다. 물론 신악부는 곡조가 붙지 않은 가사일 뿐으로 민요가 아니다. 민요의 채집에 관한 기록이 없는 당나라 때에 이르러서 곡조가 있는 민가는 악부민가 대신 곡자사曲子詞라는 새로운 이름을 얻게 된다.

곡자사는 주로 돈황敦煌의 막고굴莫高窟에서 발견되었기 때문에 돈황

가사敦煌歌辭라고도 불린다. 여기서 잠깐 청나라 말에 한 수도승인 왕도사王道士에 의해 약 900년 만에 발견된 돈황의 문물에 관해 소개하면 다음과 같다.

1900년 감숙성의 사막 지역인 돈황에 있는 막고굴에서 불상, 불경, 불화 등과 함께 귀중한 문헌자료가 발견된 곳은 놀랍게도 승려들이 수행하던 석굴의 벽 속이었다. 훗날 장경동(藏經洞, 불경이 보관되어 있는 동굴)이라 불리는 이 동굴은 대략 서기 1000년경에 승려들이 피난을 가면서 벽 속에 이것들을 넣고 봉한 것으로 알려졌다. 비밀리에 행해졌을 이같은 문화재 밀봉사건은 밀봉에 참여한 극소수 당사자들이 어떤 연유인지 몰라도 다시 돌아오지 못하게 되어 이후 약 900년간 고스란히 방치되어 왔던 것이다.

그러나 열강의 틈새에서 멸망의 길을 걷던 청나라 말에 이 문화재들이 온전히 지켜질 리 만무했다. 맨 먼저 돈황 문화재의 일부가 헝가리 사람 슈타인Stein, Aurel에 의해 영국으로 반출되었고, 이어서 한문 지식이 높았다는 프랑스인 펠리오Pelliot, Paul에 의해 고고학적 가치가 높은 두루마리 완정본 따위의 문서들이 프랑스로 옮겨갔다. 그후 일본, 러시아, 미국이 차례로 손을 댔고, 남은 부분은 청나라 관리에 의해 북경으로 옮겨지는 도중에 도난당하거나 파손되어 오늘날에는 그 원형을 찾아보기 어렵다.

아무튼 돈황에서 발견된 장서는 약 2만여 권인데 대부분 종이나 비단에 손으로 쓴 필사본이고 일부가 목각본으로 알려져 있다. 문학에 관한 자료로는 일부 문인들의 문집을 제외하면 대부분 작자 미상의 민요인 곡자사와 다음 소절인 강창문학講唱文學에서 설명할 변문變文 같은 민간문학자료이다. 씌어진 한자의 필체도 다양하고 한자가 아닌 다른 문자도 티베트 문자를 포함해 약 10개나 된다. 그로 인해 도대체 어떤 사람들이 이것들을 썼을까 하는 저자의 문제와 가장 오래된 자료와 최근의 자료는 언제인가라는 시기의 문제를 놓고 학자들이 꾸준히 토론해왔다. 그 결과 지은이는 주로 승려들과 과거시험을 치르기 위해 공부하러 온 서생들이고 지은 시기는 대체로 남북조시대로부터 당나라 말, 또는 송나라 초로 추정되고 있다. 그런데 당나라 말 무렵부터 약 70년 간 돈황 지역은 토번(吐蕃, 오늘날의 티베트족)의 지배를 받았고 또한 티베트족의 나라로 알려진 서하西夏의 지배하에 있었기 때문에 돈황의 승려들은 한족만이 아니라 티베트족을 비롯하여 다양했을 것이다. 그래서 문서에 씌어진 문자가 한자만이 아니라 티베트 문자 등 다양하다.

곡자사의 저자에 관해서는 주로 남자와 사랑에 얽힌 신세를 노래하는 내용이 많음을 볼 때 지은이는 상당수 기녀(妓女, 기생)였을 것으로 추정하고 있다. 그 가운데 〈망강남(望江南, 강남을 바라보며)〉 한 수를 감상해보자.

내게 엉겨붙지 말아요
내게 엉겨붙으면 마음 너무 치우치잖아요
나는 곡강 못가의 버들
이 사람이 꺾고 저 사람이 엉겨붙지만
사랑은 잠시뿐인걸요

莫攀我 막반아

攀我太心偏 반아태심편

我是曲江臨池柳 아시곡강임지류

者人折了那人攀 자인절료나인반

恩愛一時間 은애일시간

자신을 강가의 버드나무로 비유하고 이 사람, 저 사람이 꺾고 엉기고 하는 상황이 과연 기생의 신세와 흡사하다. 〈망강남〉이라는 이 곡은 이후 송나라 때까지 유행을 했는지, 고려시대 이규보(李奎報, 1168~1241)의 〈망강남령望江南令〉이라는 사詞가 《고려사》에 전해진다. 〈망강남령〉은 1절뿐인 〈망강남〉에 1절과 2절의 가사를 붙인 형식으로서, 이같은 형식은 송나라, 원나라 때 유행했던 소령小令의 체제이다. 이규보가 살았던 고려시대가 송나라와 맞물려 있음을 참고할 때 수긍이 가는 점이 있다.

아무튼 이미 당나라 때에도 많은 문인들이 민요의 곡조에다가 개사改詞, 그러니까 가사를 바꾸는 식으로 사를 지었는데, 위응물韋應物, 유우석劉禹錫, 백거이, 온정균溫庭筠 등을 비롯해 이백李白도 〈보살만菩薩蠻〉이라는 사를 남겼다. 심지어 임금인 현종도 〈호시광好時光〉이라는 사를 썼다 하니 사라는 문학 장르가 매우 광범위한 저자와 독자를 가졌음을 알 수 있다.

한편 대륙에서 당나라가 망할 무렵 한반도에서는 통일신라가 망하면서 후백제, 후고구려가 생겼다. 이 가운데 약 40년간 존속한 후백제(892~935)의 동요 한 구절이 《삼국유사三國遺事》에 전하고 있는데 그 내용을 소개하면 다음과 같다.

가엾구나 완산의 소년
아빠 잃고 눈물을 흩뿌리네

可憐完山兒 가련완산아
失父涕連洒 실부체연쇄

　5언체의 이 동요는 불안한 시대에 후백제의 서울인 완산주(지금의 전주
全州)에서 아버지를 잃고 울부짖는 소년을 노래한 듯하다. 평범하면서도
사람의 가슴을 아프게 하는 이 노랫말은 꽤 오랫동안 유행했던지, 훗날
조선시대의 《청구영언靑丘永言》과 《가곡원류歌曲源流》에 한글 시조로 기
록되어 있다.

　송나라 때에는 사가 더욱 유행해 많은 계층의 사람들이 즐겨 지어 불
렀다. 위로는 임금인 신종神宗, 휘종徽宗으로부터 유영柳永, 소식蘇軾, 이
청조李淸照, 육유陸游, 강기姜夔 등 사대부, 부인, 규수, 기녀에 이르기까
지 웅혼한 기개, 애틋한 사랑, 서민적 애환을 묘사하는 사가 많이 나왔
다. 그러나 당나라 때의 시인들이 시를 많이 짓고 기생을 비롯한 서민들
이 곡자사를 지은 데 반해 송나라 때는 많은 시인들이 시와 함께 앞다투
어 사를 많이 지었다.

　때문에 송나라 때에는 민중의 사와 지식인들의 사가 확연히 구분되
면서 민중의 사인 민요는 점차 문학사에서 밀려나고, 지식인의 곡조 없
는 사만 득세하는 기이한 현상이 벌어졌다. 때문에 지은이를 알 수 없는
민중의 가요는 《화간집花間集》 같은 고상한 사집詞集에 수록되어 있지 않
고 《독성잡지獨醒雜誌》 같은 문헌에 채록되어 있다. 그 가운데 정치인을

풍자한 동요 한 수를 소개해 보자.

　늦벼를 베었고 채소를 잘랐다
　새끼 양은 먹었는데 연잎은 있다

　殺了稑(童)蒿 割了菜(蔡)　살료동(동)호 할료채(채)
　吃了羔(高)兒 荷(何)葉在　흘료고(고)아 하(하)엽재

이 노래는 하집중何執中이란 사람이 재상의 자리에 있을 때 유행한 민요로서, 당시 동관童貫, 채경菜京, 고구高俅 등은 다 죽음을 당하고 하집중만 권좌를 보존하고 있음을 풍자하고 있다. 바꿔 말해 동관의 성인 동童은 늦벼를 의미하는 동稑과 발음이 같고 채경의 성인 채蔡는 채소를 뜻하는 채菜와 같으며, 고구의 고高는 양의 새끼인 고羔와 같고 하집중의 하何는 연잎 하荷와 발음이 같기 때문에 이런 동식물을 상징해 세력가들의 죽고 죽이는 살벌한 권력투쟁을 풍자한 것이다.

3. 곡曲과 산가山歌

원元나라에 이르면 몽고족의 가락에 맞춰 가사를 짓는 곡曲이라는 새로운 장르가 등장하는데 대체로 송나라의 사詞처럼 한 곡조에 맞춰 많은 문인, 시인들이 가사를 바꿔 만드는 개사改詞가 유행했다. 곡의 작가로는 관한경關漢卿, 백박白樸, 마치원馬致遠, 왕실보王實甫 등이 유명하고

대부분 원나라의 수도인 대도(大都, 지금의 북경)를 중심으로 북방에서 활약했다.

여기서 잠시 마르코 폴로의 《동방견문록》에 묘사된 원나라의 수도 대도의 모습을 소개한다. 이 책을 소개하기 전에 징기스칸成吉思汗으로 시작되는 원나라(1206~1367)에 대해 간단히 설명하자면, 원나라는 1276년 징기스칸의 손자인 쿠빌라이칸 때 천하를 통일해 오늘날의 이라크, 폴란드까지 멸망시켰다. 세계 역사상 가장 광활한 영토를 가졌던 원나라는 관리의 신분을 4등급으로 나누고 백성은 10등급으로 나누어 지배했다.

관리의 1등급은 몽고인이고 2등급은 색목인(色目人, 눈의 색깔이 다른 서양인)이고 3등급은 만주인, 그리고 4등급은 한인漢人이었다. 백성의 10등급은 일일이 설명하지 않겠지만 참고로 말하면, 끝에서 두 번째 계급인 9등급이 바로 유생儒生이었다. 이는 당나라를 잇는 송나라의 한족 지배 계급을 철저히 배제하고자 한 몽고족의 의도였다.

이제 《동방견문록》으로 돌아와 보자. 1275년 베니스의 상인 마르코 폴로가 대도에 왔을 때는 쿠빌라이칸의 시대로 수도 대도는 네모반듯하게 잘 구획되어 있었고 벽돌, 기와, 대리석에 정교하게 조각된 훌륭한 건물들이 있고 다리, 운하도 잘 갖춰져 있었다. 강에는 배들이 줄을 서고 육지에는 약 50킬로미터마다 한 곳씩 역을 두어 그곳에 4백 필의 말을 대기시켜 놓았기 때문에 기동성이 매우 높았다. 원나라 귀족들은 금, 은, 보석이 장식된, 몇 년 씩 입어도 될 만큼 질긴 옷을 입고 특히 항주杭州 사람들은 비단을 즐겨 입고 매일 목욕을 했다. 음식도 매우 풍부해, 그 중 쌀에다가 온갖 약재와 향료를 넣어 빚은 술인 약주를 뜨겁게 데워서 마셨다.

　원나라 황제는 기독교, 이슬람교, 유대교, 불교 등 많은 종교를 인정해 성탄절, 석탄일 같은 각 종교의 중요한 날에는 해당 종교인들을 입궐시켜 축하해 주었다. 또한 황제의 생일날과 설날에는 성대한 의식을 베풀었다. 예를 들어 설날에 모두 흰 옷을 입고 전국 각지에서 당도한 선물들을 모두 5천 필의 코끼리 등에 싣고 입궐하게 했고, 길들인 사자를 등장시켜 황제 앞에서 꿇어 엎드리게 했다. 또한 희극, 마술, 요술 따위의 공연도 있었다. 다만 황제를 배알할 때에는 흰 신발로 갈아신고 입궐할 때에는 궁궐의 문지방을 밟지 못하게 했으며, 만약 문지방을 밟는 사람이 있으면 즉시 옷을 벗겼다.

　역을 중심으로 상공업이 발달했다. 화폐로는 뽕나무 껍질로 만든 지폐와 함께 소금, 산호, 조개, 금괴 등이 있는데 지폐는 주로 각 도시마다 주둔해 있는 군인의 월급으로 쓰였다.

　상벌이 엄격해 나라에 공을 세운 사람은 금, 은으로 만든 패찰을 하사받아 허리에 차고 다니게 했고 반란자는 처형되었다. 특히 이 책에는 쿠빌라이칸의 조카인 나얀이 반역을 꾀하다가 잡혀오자 그를 황제 앞에 세우고 담요에 싼 채 마구 흔들어 피를 흘리지 않고 '영혼을 떠나 보내는' 광경이 인상적으로 기록되어 있다.

　우리처럼 음주가무를 좋아하는 몽고족이기에 원나라 때에는 노래와 춤, 그리고 각종 연극이 유행해 앞에서 언급한 대로 곡曲이라는 장르가 출현했다. 곡 가운데서도 산곡散曲이라고 불리는 장르는 송나라의 사詞처럼 지식인, 시인들이 즐겨 지었다. 민간에 유행했던 노래가사는 연극적 요소를 두루 갖춘 잡극雜劇에 많이 등장했다고 알려져 있다. 흔히 오

늘날 표준중국어에 입성入聲이 없음은 몽고어의 영향 때문이라고 하는
데, 그렇다면 원나라 당시의 곡에 붙은 가사에도 입성이 없었을지 모른
다. 《훈민정음》에도 기록되어 있는 입성은 중성이 ㅂ(ㅍ), ㅅ(ㅈ, ㅊ), ㄱ(ㅋ)
으로 끝나는 발음으로, 예를 들면 밥, 갓, 국 같은 발음이다.

명나라 때에 이르면 민간가요가 속곡俗曲, 산가山歌 또는 잡가雜歌로도
불리는데, 이 가운데 풍몽룡馮夢龍이 수집해 편찬한 《과지아掛枝兒》에 수
록된 〈분리(分離, 헤어짐)〉를 감상해 보자.

헤어지리라

하늘이 땅 되었을 때

헤어지리라

동쪽이 서쪽 되었을 때

헤어지리라

벼슬아치가 아전 서리 되었을 때!

니가 떼어내려 할 때 나를 떼어낼 수 없고

내가 떠나려 할 때 너를 떠날 수 없다

죽어 황천에서도 귀신을 분리할 수 없으리라!

要分離 요분리

除非是天做了地 제비시천주료지

要分離 요분리

除非是東做了西 제비시동주료서

要分離 요분리

除非是官做了吏! 제비시관주료리!

你要分時分不得我 니요분시분불득아

我要離時離不得你 아요리시리불득니

就死在黃泉也做不得分離鬼! 취사재황천야주불득분리귀!

　　남녀의 사랑 노래가 분명한 이 민요는 "산이 닳아 없어지고, 강물이
마르고, 여름에 눈이 내리고 겨울에 우레가 친다 하더라도 당신과 헤어
질 수 없다"는 위진남북조시대의 악부민가를 떠올리게 한다. 남녀가 어
떤 일이 있어도 서로 헤어질 수 없다고 하는 말은 고금동서를 막론하고
사랑에 눈이 먼 남녀가 이구동성으로 하는 말이기도 하다. 때문에 하늘
이 땅이 되고 동쪽이 서쪽이 되기 전에는 헤어질 수 없다는 구절은 그리
새로울 것이 없다. 다만 벼슬아치가 아전 서리가 된다는 구절은 양반이
중인이 된다는 신분하강을 의미하는데, 명나라 때에 양반계급에서 중
인계급으로의 신분 이동이 하늘이 땅이 되고 동쪽이 서쪽 되는 것만큼
어려웠다는 사실에 놀라지 않을 수 없다.
　　이 민요는 풍몽룡이라는 문인이 수집해 편찬한 것인만큼 그의 손질
을 거쳤을 가능성이 있다. 가사의 내용이 너무도 정연한 것만 봐도 짐작
이 가는 일이다. 이처럼 민간의 가요는 이후 청나라에도 문인들에 의해
지속적으로 수집되고 편찬되고 발간되었다. 끝으로 명나라 때의 민요
가운데 〈등(等, 기다림)〉이라는 산가를 소개한다.

　　치자꽃이 여섯 장 이파리를 피울 때
　　칭 오빠가 내게 황혼 녘에 만나자네

해는 길어 아득히 넘어가기 어려워

양손이 창문을 당겨 해를 바라보네

梔子花開六瓣頭　치자화개육판두

情哥郎約我黃昏頭　정가랑약아황혼두

日長遙遙難得過　일장요요난득과

雙手扳窓看日頭　쌍수반창간일두

　　제1, 3, 4행이 모두 일곱 글자로 되어 있고 제2행만이 예외적으로 여덟 글자이다. 이는 애인의 이름이 길어진 때문인 듯하다. 또한 제3행을 제외하고 각 행이 모두 '頭(tou)'로 압운이 되어 있다. 짤막한 이 민요에는 크고 흰 치자꽃 이파리 여섯 장이 활짝 피는 어느 여름날 한 여인이 연상의 남자로부터 뜨거운 해가 지는 황혼 녘에 만나자는 말을 듣고 언제 해가 떨어지나 초조히 기다리는 마음이 잡힐 듯하다.

판소리류

판소리류는 말할 설說과 노래할 창唱 그대로 이야기하다가 노래하고, 또 노래하다가 이야기하는 방식의 설창문학說唱文學으로서 민간문학의 매우 중요한 장르이다. 설창문학은 강창문학이라고도 불리는데 이것은 대중 앞에서 글자가 아닌 소리를 가지고 들려 주는 이야기와 노래이다. 때문에 예부터 글자를 알든 모르든 관계 없이 많은 사람들의 사랑을 받아 왔다. 이같은 강창문학이 언제부터 민간에 유행하기 시작했는지는 정확히 알 수 없으나, 강창의 대본이라고 할 수 있는 변문變文이 앞서 설명한 돈황 석굴에서 발견된 이래 강창문학은 당나라 때부터 있었던 민간문학으로 알려져 있다. 이후 송나라, 원나라의 고자사鼓子詞, 설화說話, 사화詞話, 그리고 명나라 청나라 때에는 보권寶卷, 탄사彈詞, 고사鼓詞 등으로 이어진다.

1. 변문變文

변문은 창문唱文이라고도 불리는데 많은 창문이 헝가리인 슈타인과 프랑스인 펠리오에 의해 영국과 프랑스로 이동되었다. 그로 인해 파리 국립도서관에는 《유마창문維摩唱文》 일부와 《법화경창문法華經唱文》이 소장되어 있고, 런던박물관에는 《유마창문維摩唱文》 일부와 《추녀연기醜女緣起》가 소장되어 있다. 그러나 북경도서관 소장본인 《팔상성도변八相成道變》을 비롯해 《항아변문降魔變文》, 《부모은중변문父母恩重變文》 등이 모두 변문變文으로 끝이 나서 이것들을 변문으로 부르기 시작했다. 주로 《법화경》, 《유마힐경維摩詰經》, 《아미타경》 같은 불경을 이야기하고 노래하는 방식으로 구성한 변문은 운문과 산문을 엇섞은 문체가 일찍부터 발달한 인도로부터 들여온 것으로 추정되고 있다. 변문은 스님들이 민중을 교화할 목적으로 들려 주는 내용이었기 때문에, 이야기할 때는 당시의 구어체 언어를 많이 사용했고 노래할 때에는 주로 리듬감이 있는 7언七言을 많이 사용했다. 물론 때로는 3언三言도 섞고 5언五言, 6언六言으로 노래하기도 했다. 그러나 《항마변문》, 《유마힐경변문》처럼 이야기할 때 구어체 산문이 아닌 원숙하고 세련된 병문騈文을 구사하는 변문도 많다.

변문의 서술방식은 대략 세 가지로 나뉜다.

첫째, 《유마힐경변문》처럼 먼저 이야기로 자세히 설명한 다음 노래로 되풀이하는 방식과, 둘째 《대목건연명간구모변문大目乾連冥間救母變文》처럼 실마리만 이야기체로 던진 다음 노래로 자세히 설명하는 방식으로 한국의 판소리와 그 유형이 가장 비슷하다고 할 수 있다. 마지막 방식은,《오자서변문伍子胥變文》처럼 특별한 구분 없이 이야기와 노래를 섞어서 진행하는 것이다. 또한 처음에는 《유마힐경》이나 《아미타경》 같은 불경의 원문 일부를 인용하고 이를 해설하는 식으로 진행된다. 그러다가 점차 불경의 원문 인용은 생략되고 불경의 이야기만을 하게 되었고 차츰 불경과 관계 없는 이야기를 연출하기 시작했다. 《오자서변문》처럼 오나라의 충신 오자서의 이야기라든지 한나라 미인 왕소군이 흉노에게 시집가는 이야기인 《왕소군변문王昭君變文》 등이 그 좋은 예이다.

이처럼 당나라의 변문은 점차 사찰의 스님들이 불경을 중심으로 하는 승강僧講에서 속세의 사람들이 역사 인물을 소개하는 속강俗講으로 변화하면서 어느 정도 교훈을 주는 민중오락의 장르로 발전했다. 특히 노래하는 대목에 오면 대체로 스님들의 게송偈頌처럼 음률에 따라 혹은 높고 낮게, 혹은 길고 짧게, 혹은 강하고 약하게 노래하듯이 읊는 식으로 진행했다고 전해진다.

변문을 읊는 방식에 대해서는 '평平', '측側', '음吟', '단斷' 등이 있었다고 기록되어 있다. 이를 추측하자면 오늘날 표준중국어의 제1성, 제2성, 제3성, 제4성도 연상되고, 한국의 사찰에서 불경佛經을 염불하는 소리 또는 꽹과리를 치며 부르는 김영임의 〈회심곡〉의 가락도 연상된다.

2. 설경說經 · 고자사鼓子詞 · 설화說話

당나라의 변문은 송나라에 이르러 설경說經, 고자사鼓子詞, 설화說話라는 이름으로 대체되고 금나라, 원나라 때부터는 제궁조諸宮調, 사화詞

話라는 새로운 이름을 얻게 된다. 송나라 초에는 당나라 변문의 승강僧講과 같이 불경을 강창講唱하는 설경說經이 있었으나, 점차 특정한 곡조에 맞춰 가사를 돌려 짓는 사詞의 영향을 받아 변문의 곡조도 변하고 명칭 자체도 변하게 된 것이다.

고자사鼓子詞는 대표적인 송대宋代의 강창문학이다. 그 명칭에서 볼 수 있듯 고자사는 북으로 반주하며 연출되었다고 한다. 그러나 때로는 비파 같은 현악기의 반주로도 이루어졌다. 고자사는 처음에는 오히려 민간이 아닌 사대부의 연회 때에 주로 사용되었으나 점차 민간에도 유포되어 민중들도 즐기게 되었다. 〈십이월고자사十二月鼓子詞〉, 〈금릉부회고자사金陵府會鼓子詞〉 등이 그 예인데, 사설은 당시의 구어체 이야기이고 노래 또한 당시 유행했던 곡조이다. 송나라의 고자사는 송나라 말부터 제궁조諸宮調라는 명칭으로 바뀌어 금나라, 원나라 때 매우 유행하게 되는데, 《유지원제궁조劉智遠諸宮調》, 《서상기제궁조西廂記諸宮調》 등이 그 예이다. 고자사가 처음부터 끝까지 단조로운 한 가지 곡조로 일관한다면 제궁조는 많게는 18개의 곡조를 다양하게 운용하는, 보다 길고 다채로운 구성으로 되어 있다. 원나라 때에는 제궁조를 전문적으로 설창說唱하는 설창인들이 있었다. 주로 여성이 많았고 이들은 오늘날 한국에서 판소리를 완창하는 것처럼 매우 긴 시간에 걸쳐 《서상기제궁조》를 완창했다고 전한다.

설경이나 고자사말고도 송나라 때에는 노래보다는 이야기에 중심을 두는 설화說話가 있었는데, 주로 생황이나 피리로 반주했다. 〈설공안說公案〉, 〈설철기아說鐵騎兒〉 같은 짧은 단편도 있었고 역사를 이야기하는 중편 또는 단편도 있었다. 비록 이야기가 중심이 된다 하더라도 중간에 〈염

노교念奴嬌〉, 〈접연화蝶戀花〉 같은 곡조의 가사인 사詞가 삽입되어 있다.

설화는 보통 설화인說話人이 대본인 화본話本을 가지고 강창하여 사람들에게 들려 주는 방식으로 진행되었다. 앞장에서도 언급했듯이 훗날이 화본은 《대송선화유사大宋宣和遺事》, 《대당삼장취경시화大唐三藏取經詩話》 따위의 화본소설로 발전했고, 이후 명나라, 청나라에 이르면 《수호전水滸傳》, 《서유기西遊記》 같은 장편 연재소설로 발전하게 된다.

또 하나의 강창문학으로는 설화와 연관이 깊은 사화詞話가 있다. 그예로는 〈대당진왕사화大唐秦王詞話〉, 〈역대사략십단금사화歷代史略十段錦詞話〉가 있다. 사설詞說로도 불리는 이 사화는 사실상 설화와 매우 비슷하지만 화본소설의 대본에 더욱 가까웠던 형태인 것 같다. 왜냐하면 화본소설의 명칭이 대부분 〈대당삼장취경시화〉처럼 '시화詩話' 또는 '사화詞話' 이기 때문이다. 시화와 사화의 구분에 대해 청나라의 학자 왕국유王國維는 강창문학 안에서 노래하는 부분이 시로 되어 있을 경우를 시화라고 하고, 사로 되어 있을 경우에 사화라고 한다는데 실제로는 그 구분이 쉽지 않다.

한편 원나라, 명나라 때에 이르면 사화는 더 이상 들려 주는 강창문학이 아니라 〈금병매사화金瓶梅詞話〉같이 읽는 소설의 명칭으로 변모했다. 이같은 변화는 중국문학사에서 드문 일이 아니다. 그 예로 당나라때의 전기傳奇는 위진남북조의 지괴소설을 뜻했으나, 명나라 때의 전기傳奇는 원나라의 잡극雜劇 계열의 연극 대본을 말한다. 시화 또한 비슷한운명으로, 송나라 당시의 〈창랑시화滄浪詩話〉도 일반 대중에게 들려 주는 강창문학이라기보다 지식인, 또는 문인이 읽는 전문적인 시詩 비평서로 알려져 있다.

이처럼 민간문학, 또는 속문학俗文學은 순문학 또는 아문학雅文學에 영향을 주어 아문학의 장르가 되기도 하고 반대로 아문학의 장르가 속문학의 장르가 되기도 한다. 이로써 아雅와 속俗, 또는 문인과 민중의 구분 자체가 무리한 일임을 알 수 있다.

3. 보권寶卷 · 탄사彈詞 · 고사鼓詞

명나라, 청나라 때에 이르면 강창문학은 대체로 보권, 탄사, 고사라는 용어로 집약된다. 먼저 보권은 당나라 변문變文과 송나라 설경說經의 뒤를 잇는 강창문학이라고 말할 수 있다. 보권의 내용을 보면 역시 변문과 마찬가지로 불교적인 내용과 불교와 관계 없는 도교의 내용, 그리고 민간에 전해 오는 이야기 등으로 구분된다. 불교적인 보권으로는 관세음경문觀世音經文이 가장 많았다고 한다. 이밖에 약사여래불藥師如來佛에게 발원하는 〈약사본원경藥師本願經〉, 불교의 일파인 혼원교混元敎를 선전하는 〈혼원교홍양중화보경混元敎弘陽中華寶經〉이 있다. 혼원교는 훗날 하얀 연꽃으로 상징되는 백련교白蓮敎로 발전되어 청나라 때 백련교도의 난을 일으키는 등 정치집단화한 것으로 알려졌다. 오늘날 중국 정부가 파룬궁法輪功 신도들을 박해(?)하는 이유를 우리는 이 백련교도의 난에서 찾을 수도 있을 것이다.

한편 부녀의 수행을 다룬 〈유향녀보권劉香女寶卷〉, 〈수녀보권秀女寶卷〉과 함께 민간에서는 불교와 도교가 혼합되어 재신財神, 약왕藥王, 토지신土地神에게 발원하는 보권도 많다. 서울 동대문 밖의 동묘東廟에 모시고 있는 관우關羽도 명, 청대 민중들의 발원 대상이다. 마지막으로 민간고사를 내용으로 하는 보권으로는 양산박梁山泊과 축영태祝英台의 슬픈 사랑 이야기를 다룬 〈양산박보권〉, 그리고 흰 뱀으로 변신한 여자의 이야기를 다룬 〈백사보권白蛇寶卷〉 등이 있다. 또한 진시황 때 징발당해 만리장성을 쌓다가 죽은 남편을 위해 통곡하자 만리장성이 무너져 내렸다는 제齊나라 여인 맹강녀孟姜女의 이야기를 담은 〈맹강선녀보권孟姜仙女寶卷〉도 있다.

탄사는 중국 남방에 널리 유행하고 있는 강창문학으로, 주로 비파를 반주악기로 삼고 있어 이같은 명칭을 얻었다. 오吳나라 지방의 곡조인 오음吳音을 위주로 하는 탄사는 여러 사람이 등장해 대화를 나누거나 제각기 노래를 부르기도 한다. 이 모두를 강창인講唱人 혼자서 여러 가지 다른 목소리로 연출한다. 탄사의 내용은 주로 역사로서, 가장 이른 탄사로는 양신楊愼의 〈이십일사탄사二十一史彈詞〉이고 청나라 때에는 김낙金諾의 〈명사탄사明史彈詞〉가 전한다. 재미있는 것은 보권으로 전해지는 〈백사보권〉이 〈백사전白蛇傳〉이라는 탄사로도 알려져 있다는 점이다. 이처럼 보권과 탄사는 적잖은 내용을 서로 공유하고 있다.

청나라 때에 이르러서는 탄사의 곡조가 북쪽 만주족의 가락인 국음國音 위주로 변해 〈서한유문西漢遺文〉, 〈북사유문北史遺文〉 같은 탄사는 국음을 기본으로 하고 있다. 명나라 때 유행했던 오음吳音 계열의 남쪽 가락은 청나라 때에는 토음土音으로 불리며 여전히 성행했는데 〈과보록果報錄〉, 〈진주탑眞珠塔〉이 그 예이다. 청나라 때에는 정치 권력의 중심부가 남쪽에서 북쪽으로 옮겨졌기 때문에, 수도가 있는 북경을 중심으로 하는 북곡北曲이 나라의 음조를 뜻하는 국음國音이 된 반면, 양자강 하류의 남방의 가락은 토속의 음조를 의미하는 토음土音으로 불렸던 것이다.

한편 탄사는 점차 노래가 위주로 되면서, 특히 부인들의 관심을 끌어서 당시 부인들이 탄사의 가장 열렬한 감상자요, 작자였다. 예를 들어 〈천우화天雨花〉는 도정회陶貞懷라는 여성의 작품이고 〈몽영록夢影錄〉, 〈봉쌍비鳳雙飛〉, 〈정충전精忠傳〉도 여성이 대본을 쓴 탄사로 알려져 있다. 이는 한국 가야금 병창의 여성 음악인을 떠오르게 한다.

마지막으로, 북으로 반주를 하는 고사鼓詞가 있다. 이는 주로 북방의 곡조에 기반을 둔 강창문학의 장르로서 송나라 때는 고자사鼓子詞라고 불렀다. 역시 나라와 나라간의 전쟁이나 국가의 흥망을 다룬 대형 역사 고사가 많은데, 이 가운데는 우리에게도 낯익은 《삼국지三國志》, 《충의수호전忠義水滸傳》 등이 있다. 주로 책 두 권에서 열 권에 이르는 대작이 많기 때문에 청나라 중엽 이후에는 주로 한 고사鼓詞의 중요한 일부분만 골라서 연출했다. 고사 가운데서도 창唱, 곧 노래를 위주로 하는 형식의 고사가 명나라 말엽 산동山東 지방에서 유행했다. 이같은 형식이 바로 오늘날 한국의 판소리에 가장 가까운 것 같다.

원래 민간의 강창문학이었던 고사는 점차 문인들의 손을 거쳐 문사가 화려해졌으며, 급기야 만주족의 귀족 사이에서도 유행하는 고상한 장르로 환골탈태換骨奪胎했다. 때문에 고사의 대본은 대부분 문인에 의해 창작되었으니 〈작교鵲橋〉, 〈백화정百花亭〉, 〈출새出塞〉 등은 나송창羅松窓의 작품이고 〈수라한數羅漢〉, 〈주서파周西坡〉 등은 한소창韓小窓의 작품이다. 이 가운데 나송창의 고사는 감상적이고 유려한 서조西調를 바탕으로 하고 있고, 한소창의 고사는 비교적 격앙되고 강건한 동조東調를 바탕으로 하고 있다.

한국의 판소리 창법도 섬진강을 좌우로 갈라 동편제와 서편제로 나누어져 전승되고 있음을 볼 때, 한·중 양국의 강창문학이 오늘도 서로 면면히 통하고 있음을 알 수 있다.

탈춤류

    탈춤류는 탈을 쓰고 춤을 추는 무용을 비롯해 가무희歌舞戲, 골계희滑稽戲, 괴뢰희傀儡戲, 창극唱劇, 경극京劇, 잡기雜技 따위의 모든 희극戲劇을 통칭하는 말이다. 그런데 희극에는 대사와 노래와 동작이 필요하다. 물론 노래가 위주인 창극도 있고 우스운 대사가 중심이 되는 코메디인 골계희도 있지만 말이다. 비록 꼭두각시라는 소품이 필요한 꼭두각시극인 괴뢰희, 스크린과 얇은 호피虎皮 인형이 필요한 그림자극인 영희影戲, 각종 탈을 소품으로 하는 가무희, 그리고 접시, 줄 따위를 소품으로 하는 잡기와 각종 무기와 깃발을 소품으로 하는 경극 등이 각 시대에 따라 희극의 성격을 달리하지만 기본적으로 희극은 노래와 춤, 대사가 있는 종합예술이다. 예를 들어 현대판 골계희라고 할 수 있는 '개그콘서트'에도 대사와 동작과 노래가 있다.

    기록에 의하면 삼황오제로 알려진 복희씨, 신농씨, 황제, 소호, 전욱,

제곡, 요, 순을 비롯해 은나라의 탕임금, 주나라의 무임금 모두가 음악을 짓고 노래와 춤을 곁들여 민중을 다스리는 데 이용했다고 한다. 주로 악기의 반주에 맞춰 노래를 부르고 춤을 추었다고 전해지는, 상고시대의 가무歌舞는 춘추전국시대에 이르면 칼과 방패를 가지고 노래를 부르며 춤을 추는 무무武舞로 발전했다.

무무에 관해서는 《예기》에 실려 있는 〈악기樂記〉에서 공자가 다음과 같이 설명하는 내용이 있다.

"음악에 맞춰 방패를 들고 우뚝 서 있는 것은 주周나라 무왕武王을 상징함이고, 소매를 들고 휘두르며 발을 구르는 것은 주나라의 재상 강태공姜太公을 상징하며, 춤추던 대열이 흐트러지면서 모두 앉는 것은 주공周公과 소공召公의 다스림을 상징한다."

무무는 한나라에 이르면 호랑이와 칼을 들고 싸우는 연극이라든지, 검무劍舞나 건무巾舞처럼 칼과 두건을 갖추고 추는 춤으로 발전한다. 또한 한나라 때에는 민중음악이나 오랑캐 음악에 맞춰 춤을 추는 기록도 보이는데, 이같은 연출은 시대의 변화에 따라 점차 가무희歌舞戲, 기악무伎樂舞, 잡극雜劇, 전기傳奇, 화부희花部戲 등으로 발전한다. 이를 시대적으로 정리하자면 한나라, 위진남북조 때에는 주로 가무희라는 명칭이 유행했고, 남북조와 당나라 때에는 가부희 또는 기악무로, 송나라·원나라 때는 주로 잡극으로, 명나라 때에는 전기로, 그리고 청나라 때에는 화부희로 불리게 된다.

1. 가무희歌舞戲와 기악무伎樂舞

한나라 때 민간에는 가무희가 마당극 형식으로 연출되었다. 주로 오늘날 한국의 탈춤처럼 가면을 썼던 것으로 보인다. 그러나 역시 본격적인 가무희는 남북조시대에 유행했는데, 이와 같은 기록이 《삼국지三國志》, 《위서魏書》 등에 보인다. 예를 들어 제齊나라 때에는 〈요동요부遼東妖婦〉같이 외설스러운 마당극도 있었고, 뚱보와 말라깽이를 조롱하는 〈설비수說肥瘦〉도 있었다.

또한 양梁나라 때 주사周捨가 썼다는 가무기歌舞伎인 〈상운악上雲樂〉을 보면, 푸른 눈 높은 코의 서양 사람이 양나라 조정에 와서 술 마시고 춤추고 한바탕 재주를 부린 다음 무제武帝의 천수千壽를 빌며 가무를 끝내는 내용으로 되어 있다. 주인공이 푸른 눈과 높은 코의 서양인이므로 반드시 그러한 얼굴을 표현한 가면을 썼을 것이고 또 노래와 춤만이 아니라 한바탕 재주를 부린 것으로 보아 잡기(雜技, 서커스)도 있었을 것이다. 때문에 〈상운악〉은 가무기歌舞伎로 불리기도 했던 것이다. 남조南朝 양나라 때의 가무기가 오늘날 일본의 전통극인 가부키歌舞伎와 같은 글자임을 볼 때 백제 시대 미마지味摩之가 왜국倭國에 전해졌다는 기악무伎樂舞가 이와 무관하지 않음을 알 수 있다.

여기서 잠시 백제의 기악무에 관한 기록을 종합해 보면, 백제의 기악무는 기악면伎樂面이라고 하는 가면을 쓰고 음악에 맞춰 노래도 하고 춤도 추고 재담도 하는 종합예술로서, 왜국의 스이코 천황推古天皇 20년인 612년에 백제의 악사 미마지를 비롯한 세 사람이 왜국에 건너가 이를 전했다는 기록이 있다. 또한 그후 의자왕 20년에도 백제인 은고恩古가 왜국에 건너가 기악무를 전수했다는 기록도 있다. 처음에는 불교를 전파하는 일종의 공양극供養劇이었다는 것 이외에, 한국에는 어떤 물증도 남아 있지 않은 백제의 기악무는 오히려 일본에 남아 있는 기악면인 가면을 통해 그 일단을 짐작할 수 있다.

현재 일본에는 전국적으로 2백여 종의 기악면이 있는데, 그 가운데서도 나라奈良의 동대사東大寺와 일본 국립박물관에 국보로 지정되어 있는 기악면과 다케사키竹崎의 관음사觀音寺에 비장되어 있는 기악면에서 백제 기악면의 모습을 찾을 수 있다. 특히 관음사에 수장되어 있는 《비전고적연기肥前古跡緣起》라는 책에, "백제국이 귀면鬼面 2개를 보내왔는데 그 중 하나가 이 절의 보물로 비장되어 있다"는 기록이 있다고 전한다. 이 귀면은 목재로 만든 가로 20센티미터, 세로 28센티미터의 검정색 가면으로, 두 눈은 왕방울처럼 튀어나오고 코는 둥글면서 높으며 입가와 이마에는 주름살이 깊게 패어 있는 모습이 꼭 탈춤의 먹중, 백정 또는 말뚝이탈과 비슷하다.

고대 한국음악 연구가에 따르면 먹중, 백정, 말뚝이탈은 우리의 탈춤에 흔히 등장하는 탈인데, 실제로 오늘날 일본에 전승되어 온 백제의 기악무를 봉산탈춤, 양주산대놀이와 비교하면 너무도 많은 공통점이 있다고 한다. 예를 들어 일본의 기악무에 등장하는 곤륜崑崙, 역사力士, 오녀吳女의 삼각관계가 양주산대놀이에 출현하는 노장, 취바리, 당녀唐女의 삼각관계와 흡사하고, 맨 처음 부정한 사귀邪鬼를 몰아내는 의식도 기악무의 치도治道와 산대놀이의 고사, 봉산탈춤의 상좌춤이 같다. 또한 마지막으로 기악무의 무덕악武德樂은 산대놀이의 무당 넋두리와 봉산탈춤의 다리굿에 해당된다는 것이다.

뿐만 아니라 기악무의 가루라迦樓羅, 금강金剛의 사설은 산대놀이의 팔먹중, 침노리와 봉산탈춤의 팔먹중의 사설과 거의 똑같이 춤과 노래에만 취하지 말고 염불과 예불에 힘쓰라는 내용이다. 또한 기악무에서 파라문婆羅門놀이는 산대놀이와 봉산탈춤의 사당놀이처럼, 제아무리 높은 계급의 돈 많은 사람이라도 만사를 제 뜻대로 할 수 없음을 훈시하는 내용이다.

이밖에도 기악무의 곤륜崑崙과 산대놀이 · 봉산탈춤의 노장의 춤을 비롯하여 기악무의 역사力士 출현과 산대놀이 · 봉산탈춤의 취바리의 등장은 모두 중의 외도를 경계하는 내용이다. 요컨대 일본의 기악무와 한국의 양주산대놀이 · 봉산탈춤은 모두 다 절에서 공연된 일종의 교훈극으로, 이는 남북조시대에 옛 오吳나라 지방인 양자강 하류 유역에서 유행했던 기악무와 그 맥을 같이한다고 하겠다.

다시 남북조의 가무희로 돌아와 볼 때, 북조北朝의 북제北齊, 후주後周의 가무희로는 〈답요낭踏搖娘〉, 〈난능왕蘭陵王〉, 〈소중랑蘇中郎〉, 〈발두撥頭〉 등이 전한다. 이 가운데 〈소중랑〉은 빨간 얼굴을 한 남자에 관한 이야기이고, 〈발두〉는 효자 발두의 이야기로서, 발두는 아버지가 호랑이에 잡아 먹혔다는 소리를 듣고 머리를 풀어헤치고 소복을 입고 여덟 굽이의 산을 헤매며 아버지의 시신을 찾는다. 여기서 〈소중랑〉의 빨간 얼굴도 역시 가면을 쓰지 않으면 표현하기 어려웠을 것이다. 또한 〈발두〉에서 발두가 아버지의 시체를 찾아 여덟 굽이의 산을 헤맬 때 사용하는 음악도 여덟 개의 곡이었다고 한다.

남북조의 가무희는 당나라에 와서도 성행했는데, 이는 앞에서 언급했듯 기악무伎樂舞라고도 불렀다. 〈답요낭〉, 〈난능왕〉, 〈소중랑〉, 〈발두〉

모두가 당나라 때에도 공연되었으며, 시인 이백李白이 〈상운악〉이라는
시를 지었음을 볼 때 남북조시대의 〈상운악〉 또한 당나라 때에도 계속
사랑을 받았던 듯하다. 물론 당나라 때에도 〈서량기西凉伎〉, 〈소막서蘇莫
庶〉, 〈참군희參軍戲〉 같은 기악무가 새로이 지어지고 연출되었다. 이 가
운데 〈참군희〉는 풍자와 해학이 넘치는 개그코메디인 골계희로서 송나
라 때 이르러 더욱 발전하게 된다. 이처럼 가면을 쓴 주인공이 등장해
노래를 부르고 춤을 추며 희로애락을 담은 사설을 함으로써 관객과 울
고 웃는 가무희, 또는 기악무는 비록 송나라, 원나라, 청나라만큼 대규
모는 아니었을지라도 당대唐代 민간문학의 총집합이라고 말할 수 있다.

2. 잡극雜劇과 전기傳奇

송나라에 이르면 가무희와 함께 골계희가 특히 발달하는데 이를 흔
히 잡극雜劇이라 부른다. 예를 들어 맹원로孟元老의 〈동경몽화록東京夢華
錄〉, 내득옹耐得翁의 〈도성기승都城紀勝〉은 모두 유머극으로 적어도 다섯
명의 출연자가 있었다고 전한다. 송나라 후기에 이르러서는 잡극이 해
학(유머) 중심으로부터 점차 가무와 대화 중심의 연극으로 발전했다. 또
한 잡극에 사용되는 곡조도 점차 북방음악에서부터 남방음악으로 바뀌
었다. 이는 원나라 때 잠시 주춤하다가 명나라 때에는 전기傳奇라는 이
름으로 바뀌어 또다시 성행하게 된다.
여기서 잠시 북방음악(북곡北曲)과 남방음악(남곡南曲)이 어떻게 다른가
를 설명하면, 북곡은 대체로 기본음이 높고 창법이 간드러지면서도 직

설적이고 딱딱 끊기는 느낌을 주는 반면, 남곡은 기본음이 낮고 창법이 구성지면서도 끊어질 듯 이어지는 면면한 끈기가 있다. 이는 오늘날 한국의 남도소리(전라도 중심)와 서도소리(황해도 중심)를 비교해 보면 쉽게 짐작할 수 있을 것이다.

다시 원나라의 잡극으로 돌아와 볼 때, 원대元代의 잡극은 민중과 지식인을 막론하고 즐기던 매우 중요한 문학과 예술의 장르다. 대개 4막으로 이루어져 있고 창(唱, 노래), 과(科, 동작), 백(白, 대사)을 갖추고 있다. 특이한 점은 오직 주인공만이 노래를 부르고 나머지 출연자들은 대사로서 응대했다. 또한 악곡의 형식이 매우 복잡해지면서 노랫말에는 압운을 했는데 입성入聲이 없어진 것도 원나라 잡극의 특색이다.

오늘날 표준중국어에 입성이 사라진 것은 이처럼 몽고족의 원나라 때의 일이기 때문에 입성의 탈락은 몽골어의 영향이라고 하는 것이다. 잡극의 중심은 역시 노래에 있고 대화는 드문드문 들어 있는데 어떤 경우에는 관객을 향해 말하는 독백도 있다. 또한 대사는 때로는 연기하는 사람들이 일종의 '애드립'으로 지어서 덧붙이는 경우도 많았다고도 한다.

동작은 인사를 하고, 앉고, 무릎꿇고, 춤을 추는 따위의 모든 몸의 움직임을 말하는데, 때로는 상징적인 몸짓, 예를 들어 말을 탈 때 상체를 움직이며 채찍을 휘두르는 식의 말타는 흉내를 내고 배를 탈 때는 양팔을 벌리고 중심을 잡는 흉내를 내는 것이다. 잡극의 무대에는 비록 말이나 배같이 덩치가 큰 경우는 어렵지만 비교적 간단한 소품들은 많이 동원되었고 출연자의 명칭과 복장에 관한 기록도 전해지고 있다. 가장 중요한 출연자로는 정말正末, 정단正旦, 정淨, 축丑 등이 있다. 정말은 남주인공, 정단은 여주인공을 말하고, 정은 개성이 강하고 특수한 역할의 남자 조연이며, 축은 우스꽝스러운 광대 또는 어리숙한 바보를 의미했다. 이 네 개의 배역말고도 노인, 노파, 관리, 선비, 사기꾼, 아이 등을 의미하는 배역의 이름도 있으나 그 한자 이름은 생략하기로 한다. 주인공을 제외한 출연자들은 모두 얼굴에 선명한 흰색, 검은색 등으로 색칠을 하는데 그 색채와 무늬만 봐도 등장인물의 성격을 알 수 있을 만큼 얼굴을 무슨 색깔로 어떻게 칠했는지가 상징하는 바가 컸다고 전한다. 이는 오늘날 경극京劇 배우의 얼굴 색깔의 연원이라고 할 수 있다.

흔히 원곡사대가元曲四大家라고 해 관한경關漢卿, 왕실보王實甫, 백박白樸, 마치원馬致遠을 꼽는다. 이 가운데 관한경과 그 일파의 잡극이 가장 서민적이고 소박한 민간희곡으로 알려져 있다. 관한경은 주로 왕족이나 귀족의 사랑을 고상하고 우아한 문어체로 표현한 왕실보, 백박, 마치원과 달리 생생한 민중의 생활 속에서 소재를 찾아 생동하는 구어체를 사용했고 속어나 사투리도 거침없이 썼다.

예를 들면 관한경의 대표작으로 손꼽히는 《두아원(竇娥寃, 과부 두아의 원한)》에서 관한경은 남편을 잃고 시어머니와 살던 두아가 어떻게 장張 부자의 농간에 걸려 시어머니를 독살했다는 혐의를 쓰고 잡혀가 억울한 죽음을 당하게 되는지를 구구절절이 묘사하고 있다. 이는 분명 당나라 현종과 양귀비의 사랑을 그린 백박의 《오동우梧桐雨》나 당나라의 사대부 장군서張君瑞와 최앵앵의 사랑 이야기인 왕실보의 《서상기西廂記》, 또는 한나라 원제元帝와 왕소군의 애절한 사랑 이야기인 마치원의 《한궁추漢宮秋》와는 격이 다르다. 그리하여 《두아원》은 오늘날에도 경극京劇 《유월설六月雪》이라는 제목으로 공연되고 있을 정도로 꾸준한 인기를 누리고 있다.

몽고족의 원나라가 멸망하고 과거제도가 다시 부활된 명나라에 와서도 서위徐渭의 《여장원女壯元》 같이 민중이 즐기는 잡극은 여전히 지속되었다. 다만 그 명칭과 악곡, 그러니까 노래의 곡조 등이 변화한다. 때문에 당나라의 전기소설傳奇小說과 묘하게도 이름이 같은 전기傳奇라는 명칭이 원대元代 잡극의 뒤를 이어 명대明代에 사용된다. 이처럼 원나라 때의 잡극이

관한경

명나라에 이르러 귀신의 이야기가 대부분인 당나라의 전기소설傳奇小說과 같은 이름을 갖게 된 데에는, 원나라의 잡극이 명나라에 와서는 많은 경우 혼령과 귀신의 이야기를 그 내용으로 삼았기 때문이 아닐까 생각된다. 한편 그 길이에 있어서도 원나라 때 주로 4막이었던 것이 명나라 때는 십수 막, 심지어 수십 막으로 길어진다. 예를 들어 고명高明의 《비파기琵琶記》, 탕현조湯顯祖의 《환혼기還魂記》는 각각 43막, 55막이다. 물론 한 막의 길이가 다소 짧아지기는 했지만 전체적으로 볼 때 원나라 잡극에 비해 장편화된 것이다.

맨 처음 등장인물 중 한 사람이 무대에 나와 "오늘 공연할 연극이 무엇인가?" 하면 무대 안쪽에서 "비파기요" 하는 식으로 시작되는 전기 역시 잡극과 마찬가지로 노래와 춤(동작), 대사로 이루어진다. 다만 명나라의 전기는 곡조가 북방 가락이 아니라 송나라 후기와 마찬가지로 양

자강 유역의 남방 가락이라는 점과 등장인물 전원이 노래한다는 점이 원나라 때 잡극과 다르다. 또한 잡극에서는 오직 주인공만이 노래를 불렀지만 전기에서는 독창, 합창, 윤창輪唱 등 모든 출연자들이 노래 부를 기회를 갖는다. 노랫말에도 다시 입성入聲이 부활해 남방 언어의 특징을 갖는다. 오늘날 중국의 광동어와 상해어 등에 입성이 있음을 보면 쉽게 이해할 수 있다.

대사에 있어서도 적잖은 변화가 보인다. 예를 들면 원대 잡극의 대사는 통속적인 구어口語가 많았던 데 반해 명대 전기는 문사가 화려해지고 문어체가 많아진다. 때문에 잡극에서 대사를 백白이라고 불렀던 것과 달리 전기에서는 문장文章이라는 용어를 사용하고 있다. 이러한 변화는 명나라의 전기가 원나라의 잡극에 비해 더욱 귀족화했음을 의미한다. 그만큼 민중으로부터 멀어져 유한有閑 문인들의 고상한 문학예술로 변질되었다는 뜻이다.

동작에도 변화가 있어, 전기에서는 무용(춤)이 많아졌다고 전하는데, 이 또한 우스꽝스럽고 평범한 동작과 구어체 대사가 많았던 잡극에 비해 전기의 품격이 더욱 우아하고 고상해졌다는 의미로 이해된다.

배역도 많이 달라졌다. 생生, 말末, 외外, 단旦, 후后, 파婆, 정淨, 축丑 같은 배역의 명칭도 일부 변하거나 늘어났다. 때문에 잡극에서 정말正末이었던 남주인공이 전기에서는 생生으로 변하고 이밖에도 외外, 후后, 파婆의 배역이 새로 생겼다. 뿐만 아니라 남자 조연인 소생小生, 여자 조연인 소단小旦, 대중을 의미하는 잡雜 또는 중衆처럼 잡극에서는 따로 이름지어 부르지 않았던 새로운 배역도 많이 생겨났다. 이와 함께 공연이 장편으로 길어지기 때문에 전기의 집필자와 연출자는 관중이 지루하지 않

원대 희곡의 공연벽화

게 文문과 무武, 냉기冷氣와 열기熱氣 등을 엇섞어 연출했고, 음악도 한
가지 곡조가 아니라 여러 가지 곡조를 변화 있게 운용했다고 전한다.

　앞에서도 언급했지만 명나라의 전기는 민중으로부터 점차 멀어져 사
대부나 선비가 즐기는 전아하고 교조적인 형식으로 탈바꿈한다. 특히
오늘날 강소성 소주蘇州 동쪽에 있는 곤산崑山 출신의 위량보魏良輔가 개
량한 음악인 곤곡崑曲이 유행하게 되자 전기는 더욱 화려하고 우아하며
전아典雅한 아름다움을 추구하게 된다. 이에 따라 노래가 동작이나 대사
에 비해 상대적으로 중시되다 못해 전기는 더 이상 무대에서 공연되지

않고 문인들 사이에서 읽히는 희곡 장르로 전락했다.

이러한 상황에서도 앞에서 언급했던 탕현조(1550~1617) 같은 개성 있는 전기작가가 등장해 뜻있는 지식인과 민중의 관심을 끌었다. 그의 전기 《환혼기還魂記》는 삶과 죽음을 초월하는 류몽매柳夢梅와 두려낭杜麗娘의 애절한 사랑을 그리고 있는데, 당시의 우아한 곡조를 따르지 않고 소박하고 평범한 민중의 가락과 구어체 대사로서 당시의 문인 비평가들로부터는 곡률曲律도 모른다고 비웃음을 샀지만, 수많은 민중의 사랑을 받았던 작품으로 전해진다.

3. 화부희花部戲

청나라 때에도 원대의 잡극雜劇이나 명대의 전기傳奇는 그대로 이어졌다. 북곡北曲을 중심으로 하는 잡극에 있어서는 오위업(吳偉業, 1609~1671)의 《임춘각臨春閣》, 우동(尤侗, 1618~1704)의 《독이소(讀離騷, 이소를 읽으며)》와 《도화원(桃花源, 복사꽃 계곡)》 등이 있다. 이 가운데 《독이소》와 《도화원》은 굴원의 〈이소〉와 도연명의 〈도화원기桃花源記〉를 그 저본으로 삼고 있음이 분명하다. 다만 청나라 때에는, 명나라 때 시작되었으나 크게 유행하지 않았던 단막극이 유행해 양조관楊潮觀을 비롯한 작가들에 의해 씌어진 적잖은 단막극이 나왔다. 이처럼 짤막한 단막극은 틀림없이 많은 민중의 호응을 얻었을 것이나 이에 관한 자료가 거의 없어 안타깝다.

우아하고 고상한 곤곡崑曲을 중심으로 하는 명나라 때의 전기는 이어

李漁, 1611~1685)의 《신중루(蜃中樓, 신기루)》와 《비목어(比目魚, 넙치)》로 이어졌다. 이어는 명나라 때 전기를 당시의 시대적 감각에 맞게 바꿔 연출한 전기의 개혁자로 알려져 있다. 이밖에도 명대 탕현조의 《환혼기》에 비길 만한 청나라 때의 전기로는 홍승(洪昇, 1650?~1704)의 《장생전長生殿》과 공상임(孔尙任, 1648~1715?)의 〈도화선桃花扇〉이 전해진다.

그러나 청나라 건륭(乾隆, 1736~1795) 황제 시절에 이르러서는 곤곡의 전기가 너무나도 세련되고 고답적高踏的으로 변화하는 바람에 민중이 알아듣기 어렵게 되자, 점차 각 지방을 중심으로 토속적인 곡조를 바탕으로 하는 화부희가 등장하게 된다. 이 화부희의 화부花部라는 명칭은 곤곡을 아부(雅部, 전아한 곡)라고 부른 데 대응해 불렀던 이름이다.

오늘날의 경극京劇은 가장 대표적인 화부희이다. 이것은 처음부터 북경의 곡조를 중심으로 한 것이 아니라 원래는 호북湖北 지방에서 시작되어 안휘安徽를 거쳐 또 다른 지방의 장점을 받아들이며 북경에 들어와 현재에 이른 극으로서, 경극은 흔히 안휘성 곡조의 색채를 가장 많이 띠고 있다고 한다.

경극말고도 진강秦腔, 그러니까 옛 진나라의 영토인 섬서성, 산서성, 산동성, 하남성, 하북성의 곡조를 중심으로 하는 화부희도 있고, 지역에 따라 호북희湖北戲, 호남희湖南戲, 광동희廣東戲, 복건희福建戲, 사천희四川戲, 운남희雲南戲, 절강희浙江戲 등으로 불리는 화부희도 있다. 이 가운데 호북희는 옛날 초나라 지방의 곡조를 바탕으로 하는 극이라 해 초극楚劇이라고도 불리며, 절강희는 옛날 월나라 지방의 곡조를 바탕으로 하는 극이라 해 월극越劇이라고도 불린다.

특히 월극은 2, 3년 전 한국에 와서 한국의 판소리 창극단과 일본의 가부키단과 합동으로 《춘향전》을 공연한 바 있는 상해의 백화월극단을 통하여 우리나라에도 소개되었다. 필자가 직접 관람한 바에 따르면 현대화한 합창을 제외하고 월극 배우의 창嘍은 그 곡조가 기본적으로 한국의 판소리와 일본의 가부키의 음조와 잘 어울렸다. 그만큼 월극의 소리는 경극의 다소 높고 가성이 많은 목소리보다 자연스럽고 구성진 데가 있다고 하겠다.

화부희의 대본은 대부분 무명 인사들이 쓴 것들이어서, 비평가들로부터 구성이 허술하고 노랫말이 너무도 천박하고 세속적이라는 부정적 평가를 면하지 못하고 있다. 실제로 오늘날의 화부희는 각 지방에서 공연하는 중에 때로는 배우의 말이 끊기기도 하고 중언부언하기도 하는 등 세련된 연출을 기대하기 어렵다. 그렇지만 그만큼 민중의 정서와는 쉽게 결합되어 오늘날에도 중국의 각 지방에서 설날이나 중요한 날에는 마을의 넓은 공터 등에서 공연이 이루어진다. 재미있는 점은 어떤 지방의 화부희에서는 위진남북조나 당나라 때처럼 가면을 쓰고 탈춤을 추기도 한다는 것이다.

이처럼 소박하고 투박하기까지 한 각 지방의 화부희와는 달리 화부희의 일종이면서도 경극京劇과 월극越劇은 이미 상업화해, 화려한 무대 장치와 배우들의 세련된 춤 솜씨, 그리고 구성진 노래 솜씨 등으로 국제적 볼거리로 성장했다. 그 결과 경극과 월극은 더 이상 민중과 호흡을 같이하는 민간문학 예술의 한 장르로서의 의미를 잃어버렸다. 왜냐하면 오늘날 중국 민중은 값비싼 입장료를 지불하고 직접 경극과 월극 공연을 볼 수 없게 되었고, 다만 텔레비전에서 대규모로 화려하게 펼쳐지는 공연을 쳐다볼 뿐이기 때문이다.

| 나오는 글 |

　지금까지 중국문학을 한국문학과는 전혀 별개의 독립적 분야로 보기
보다는 한국문학과 유기적으로 관계를 맺고 있는 통합적 문학으로 보
고 논지를 전개해 왔다. 특히 당나라 때까지의 고대한국과 중국은 영토
와 민족뿐만 아니라 한자를 비롯하여 여러 갈래의 문화를 공유했기 때
문에 문文, 사史, 철哲을 아우르는 문학의 공통분모는 쉽게 찾을 수 있
다. 바꿔 말해 사서오경 四書五經의 경전문학과 신화와 전설의 산문문학,
사辭, 부賦, 병문騈文, 시, 소설, 그리고 민간문학에 이르기까지 양국의
문학은 상호간에 영향을 끼치며 발전해 왔다.

　물론 백제, 고구려의 멸망 이후, 비록 발해라는 나라가 있었지만 대
체로 한반도 안으로 그 영토가 국한된 후신라, 고려, 조선 등 약 1,300
년의 역사가 당唐, 송宋, 원元, 명明, 청淸에 대한 정치, 경제, 문화적 사대
事大로 점철되어 온 것은 사실이다. 때문에 후신라 이후 문학 방면에 있
어서 중국 대륙의 영향을 받아왔음도 사실이다.

　그 결과 당시唐詩, 송사宋詞, 원곡元曲, 명청소설明淸小說 등이 후신라,
고려, 조선의 문단에 적잖은 영향을 끼쳤으니, 그 구체적인 예를 들면
다음과 같다. 당나라 악부민가樂府民歌의 신라 가요에 대한 영향, 한나라
사마천의 《사기》가 고려 김부식의 《삼국사기》의 체제에 끼친 영향에서

부터 양梁나라 소통의 《문선》이 조선 서거정徐居正의 《동문선東文選》에 준 영향, 명나라 구우瞿佑의 《전등신화剪燈新話》가 조선 김시습의 《금오신화金鰲新話》에 준 영향, 청나라의 견책소설譴責小說, 즉 사회의 병폐를 풍자하고 탐관오리를 꾸짖는 소설이 조선 후기 실학자 박지원朴趾源의 《호질虎叱》, 《허생전許生傳》에 미친 영향 등등.

그렇지만 당나라 이전의 문학은 사정이 다르다. 앞에서도 수차례 이야기했지만 《역경》, 《서경》, 《시경》, 《예기》 같은 경전과 신화, 전설 및 시詩, 부賦, 병문駢文 등은 고대 한·중 양국이 공유했거나 경우에 따라서는 대륙이 반도의 영향을 받기도 했다. 바꿔 말하자면 동아시아의 문화적 풍향을 볼 때 언제나 대륙에서 반도로 부는 순풍順風만 있었던 것이 아니라 반도에서 대륙으로 부는 역풍逆風도 있었다는 뜻이다. 그 단적인 예가 남북조시대의 병문인데, 당시 금문今文으로 불렸던 병문이 외래 오랑캐 어문의 영향을 받아 고문古文의 정통문법을 밀어내고 새로운 어휘, 문법, 용법을 유포시킨 결과 남북조시대가 막을 내리고 당나라에 이르러 어문순화운동(고문운동)이 필요할 만큼 한족의 언어와 문자가 문란해졌던 것이다.

이러한 관점에서 우리는 왜 고려, 조선시대까지 과거시험 과목이 사서오경四書五經이고 시詩, 부賦였는지 좀 다른 각도에서 이해할 수 있다. 그러니까 후신라, 고려, 조선이 단순히 강대국인 당나라, 송나라, 원나라, 명나라, 청나라를 섬기는 약소국가여서 사서오경四書五經, 시, 부 같은 강대국의 문화를 무조건 추종했기 때문만이 아니라 우리의 옛 문화가 그 안에 함께 갈무리되어 있었기 때문에 이를 통해 나라를 이끌어갈 일꾼을 뽑았던 것이다.

또한 우리는 왜 조선의 선비들이 한문을 진서眞書로 받들고 한글을 언문諺文으로 다소 경시했는지도 그 진의眞意를 이해할 수 있다. 그러니까 조선의 지식인, 학자들이 한문을 아雅 문자로 보고 한글을 속俗 문자로 본 데에는 고대 우리의 선조들이 참여해 발전시킨 한자 문화와 역사를 소중히 여기고 이를 계승하고자 한 것이지, 그저 큰 나라의 눈치나 살피고 그 힘에 의지하려고 한 것만은 아니었다.

문학도 정치, 경제, 사회, 문화 등과 함께 끊임없이 변화해 왔다. 문학에 관한 기술 방법도 시대에 따라 달라졌다. 중국문학에 관한 서술도 변화를 거듭하고 있다. 이에 따라 학문 분야에 대한 엄격한 구분과 전문적이고 진지한 문체를 고수하는 기존의 《중국문학개론》, 《중국문학사》, 《중국고대문학사》, 《중국근대문학사》, 《중국현대문학사》, 《당시》, 《송사》, 《명청소설》 등도 도전을 받기 시작했다. 난해하고 심각한 용어의 연속인 기존의 중국문학사 대신 《그림으로 읽는 중국문학 오천년》, 《이야기 중국문학사》처럼, 수많은 그림을 끌어들이고 딱딱한 문어체 문장을 될수록 읽기 쉬운 구어체로 풀어 쓰는 새로운 문학사가 등장하고 있는 것이다.

때문에 본 《중국문학사의 한국적 고찰》도 보다 많은 교양 독자를 배려하기 위해 기본적으로 변화하는 문학사 기술 방법에 발맞춰 비교적 이해하기 쉬운 문체를 선택했고 될수록 많은 예와 현대적 비유를 끌어들였다.

또한 아雅 문학과 속俗 문학의 구분이 점점 모호해지는 요즈음, 한자와 동양문화를 알 기회가 점점 줄어드는 현대 한국의 젊은이들을 위해 사서오경 같은 난해하기 짝이 없는 고전을 가급적 일상의 용어로 설명했다. 인명이나 서명, 지명 같은 고유명사도 모두 한글로 쓰고 그 옆에 한자를 표기했다. 모쪼록 오늘 우리나라의 젊은이들이 진정으로 자신의 문화적 뿌리를 알아 옛 것을 바탕으로 새 것을 깨우쳐 나가는 데 이 책이 작은 이정표가 되기를 바라는 바이다.

中國社會科學院文學研究所 中國文學史編寫組, 《中國文學史》, 人民文學出版社, 北京, 1995

毛子水 校訂本, 《中國文學發展史》, 華正書局, 台北, 1982

羅根澤, 《中國文學批評史》, 學海出版社, 台北, 1980

梁容若 著, 《中國文學史研究》, 三民書局, 台北, 1970

塩谷 溫, 《中國文學槪論》, 講談社, 東京, 1989

魯迅, 《中國小說史略》, 北新書局, 北京, 1930

高有鵬, 《中國民間文學史》, 河南大學出版社, 開封, 2001

段寶林 著, 《中國民間文學槪要》, 北京大學出版社, 北京, 1998

胡適, 《白話文學史》, 安徽敎育出版社, 合肥, 1999

吉川幸次郎 等 編, 《中國詩史》, 筑摩書房, 東京, 1982

呂思勉 童書業 編著, 《古史辨》, 上海古籍出版社, 上海, 1982

張傳珍 著, 《中國古代史綱》, 北京大學出版社, 北京, 1992

逄振鎬, 《東夷文化史》, 中國社會科學出版社, 北京, 1995

陳蒲淸, 《古代中朝文學關係史略》, 湖南人民出版社, 長沙, 1999

金柄珉 金寬雄 主編, 《朝鮮文學的發展與中國文學》, 延邊大學出版社, 延吉, 1994

高明 主編, 《羣經述要》, 黎明文化事業公司, 台北, 1979

黃侃 句讀, 《周易正義》, 上海古籍出版社, 上海, 1990

王忠林 註譯, 《荀子讀本》, 三民書局, 台北, 1977

李福淸(B. Riftin) 著, 《神話與鬼話》, 社會科學文獻出版社, 北京, 2001

朱熹 集注, 陳戌國 標點, 《四書集注》, 岳麓書社, 長沙, 1987

何建章 譯, 《白話戰國策》, 岳麓書社, 長沙, 1992

傅錫壬 註譯, 《楚辭讀本》, 三民書局, 台北, 1982

卜憲群 編著, 《世說新語》, 北京燕山出版社, 北京, 1995

祖保泉 著, 《文心雕龍解說》, 安徽敎育出版社, 合肥, 1993

李志鈞 校點, 《阮籍集》, 上海古籍出版社, 上海, 1978

葉楚傖 主編, 《先秦文學選》, 正中書局, 台北, 1976

董森 等 編輯, 《吳歌》, 中國民間文藝出版社, 北京, 1984

張仁靑 著,《中國騈文發展史》,臺灣中華書局, 台北, 1970

劉麟生 著,《中國騈文史》,臺灣商務印書館, 台北, 1970

成惕軒 選注,《騈文選注》, 正中書局, 台北, 1974

邱爕友 註譯,《唐詩三百首》, 三民書局, 台北, 1976

郭紹虞 主編,《中國歷代文論選》, 中華書局, 北京, 1963

程應鏐,《南北朝史話》, 北京出版社, 北京, 1992

李國祥 等 譯注,《尙書選擇》, 巴蜀書社, 成都, 1994

龍漢宸 主編,《禮記》, 北京燕山出版社, 北京, 1995

王寧 主編,《評析本白話 春秋公羊傳穀梁傳》, 北京廣播學院出版社, 北京, 1993

王寧 主編,《評析本白話 論衡》, 北京廣播學院出版社, 北京, 1993

陳柱 著,《中國散文史》,臺灣商務印書館, 台北, 1980

金學主,《中國文學事》, 新雅社, 서울, 1990

鄭範鎭 河正玉 共著,《中國文學史》, 東亞學硏社, 서울, 1982

李秀雄 金經一,《中國文學史》, 대한교과서(주), 서울, 1994

金學主,《中國文學槪論》, 新雅社, 서울, 1981

胡雲翼 著, 張基槿 譯,《中國文學史》, 대한교과서(주), 서울, 1961

許世旭,《中國古代文學史》, 法文社, 서울, 1986

金學主,《中國古代文學史》, 民音社, 서울, 1987

許世旭,《中國近代文學史》, 法文社, 서울, 1996

劉若愚 著, 李章佑 譯,《中國詩學》, 同和出版公社, 서울, 1984

朝鮮史學會 編,《支那史料抄》, 景仁文化社, 서울, 1982

錢穆 著, 李鍾燦 譯,《中國文化史》, 東文社, 서울, 1979

全海宗 著,《韓中關係史硏究》, 一潮閣, 서울, 1982

申采浩 著,《朝鮮上古史》, 三星文化文庫, 서울, 1980

崔棟,《朝鮮上古民族史》, 東國文化社, 서울, 1969

梁啓超 著, 李民樹 譯,《中國文化思想史》, 正音社, 서울, 1976

文定昌 著,《百濟史》, 柏文堂, 서울, 1975

朴鍾淑 著,《百濟 · 百濟人 · 百濟文化》, 知文社, 서울, 1988

李能和 輯選, 李鍾殷 譯注,《朝鮮道敎史》, 普成文化社, 서울, 1983

鹿島氏 譯,《桓檀古記》, 圖書出版 民族文化, 부산, 1982

강수원 옮김,《桓檀古記》, 온누리, 청주, 1985

北崖 著, 申學均 譯,《揆園史話》, 大同文化社, 서울, 1974

黃維翰 撰,《渤海國記》, 遼海書社, 서울, 1987

朴堤上 原著, 金殷洙 譯,《符都誌》, 가나출판사, 서울, 1986

김백현 지음,《도가철학연구》, 동녘출판기획, 강릉, 2002

金敬琢 譯著,《周易》, 明文堂, 서울, 1974

車相轅 譯著,《書經》, 明文堂, 서울, 1974

金學主 譯著,《詩經》, 明文堂. 서울, 1974

南晚星 譯註,《禮記》, 平凡社, 서울, 1981

李錫浩 譯註,《春秋左傳》, 平凡社, 서울, 1982

朱自淸 著, 全寅初 譯,《經典常談》, 乙酉文化社, 서울, 1977

金凡父 校閱, 表文台 譯解,《論語》, 玄岩社, 서울, 1966

具本明 校閱, 安炳周 譯解,《孟子》, 玄岩社, 서울, 1966

趙芝薰 校閱, 李東歡 譯解,《大學 中庸》, 玄岩社, 서울, 1966

동양고전연구회,《논어》, 지식산업사, 서울, 2002

金敬琢 譯註,《老子》, 玄岩社, 서울, 1982

宋志英 譯解,《莊子》, 東西文化史, 서울, 1978

宋貞姬 譯,《楚辭》, 明知大學出版部, 서울, 1983

劉勰 著, 崔信浩 譯註,《文心雕龍》, 玄岩社, 서울, 1975

司馬遷 著, 南晚星 譯,《史記列傳》, 乙酉文化社, 서울, 1993

李漢祚 編譯,《杜甫詩選》, 中央日報社, 서울, 1981

金富軾 著, 李丙燾 譯註,《三國史記》, 乙酉文化史, 서울, 1982

一然 著, 李丙燾 譯註,《三國遺事》, 廣曺出版社, 서울, 1984

梁柱東 著,《古歌研究》, 一潮閣, 서울, 1983

■ 박종숙

전북 전주 출생
한국외국어대학교 중국어과 졸업
경향신문 기자(1978~1980)
미국 피츠버그대학교 동아시아연구(East Asian Studies) 석사과정 졸업(1982)
고려대학교 민족문화연구소 중한사전편찬실 연구원(1983~1984)
박사학위 취득(중국문학, 한국외국어대학교, 1990)
중국사회과학원 방문 연구교수(2001~2002)
현재 호서대학교 중어중국학과 교수

저서
《百濟 · 百濟人 · 百濟文化》(1988, 지문사)

공저
《중국시의 전통과 모색》(2003, 신아사)
《짜오! 차이나》(2000, 해냄)
《중국이 보인다》(1998, 일빛)
《중국현대문학의 세계》(1997, 현암사)
《중국현실주의문학론》(1996, 법문사)

공역
《양자강 저 너머》(2001, 지구촌)

중국문학사의 한국적 고찰

지은이 | 박종숙
펴낸이 | 오웅근
펴낸곳 | 지문사
출판등록 | 제2-201호(1980. 1. 9)

초판 1쇄 인쇄 | 2003년 12월 26일
초판 1쇄 발행 | 2003년 12월 30일

주소 | 121-250 서울시 마포구 신수동 448-6
전화 | (02) 715-8304 · 2305
팩시밀리 | (02) 718-9387

ISBN 89-7211-373-5 03820